献 给

我的老师

鲍勃·鲍德温、吉姆·博伊尔、肯·罗比森和约翰·特鲁比

及我的学生们

我从你们身上甚至学到了更多

没有你们,这本书根本不会出现

后浪出版公司

电影学院 018

你的剧本逊毙了!
100个化腐朽为神奇的对策

YOUR SCREENPLAY SUCKS!

(美)威廉·M·埃克斯(William M. Akers)著　周舟译

世界图书出版公司
北京·广州·上海·西安

目 录
Contents

推荐语 ·· 7
前　言 ·· 10

第一幕　故事

第一场　构思　1

☐ 1. 你写的并不是你真正感兴趣的！ ···················· 5
☐ 2. 你的构思的原创性不够令人激动！ ················ 9
☐ 3. 你选错了类型！ ·· 12
☐ 4. 你的故事只有你自己感兴趣！ ···················· 14
☐ 5. 你的故事写的是悲惨的家伙，他们一路悲惨到底，
　　临了儿依然很惨，甚至更惨！ ···················· 16
☐ 6. 你的片名不够精彩！ ································ 18

第二场　人物　20

- 7. 你选错了主人公！ ………………………………………… 20
- 8. 你的主人公塑造得不对！ ………………………………… 23
- 9. 你塑造人物不够具体！ …………………………………… 29
- 10. 你没给你的人物安身之处！ ……………………………… 31
- 11. 我们对你的英雄没兴趣！ ………………………………… 33
- 12. 你的对手不是一个人！ …………………………………… 35
- 13. 你的对手不够强！ ………………………………………… 36
- 14. 你没能让对手促成你的英雄改变！ ……………………… 38
- 15. 你的坏蛋没觉得他是自己电影里的英雄！ ……………… 39
- 16. 你没给坏蛋准备坏蛋演说！ ……………………………… 40
- 17. 你的人物只能做蠢事推动故事前进，换句话说，
     他们所做的只是你让他们做的！ ………………………… 42
- 18. 你笔下的小角色没性格！ ………………………………… 44

第三场　结构　47

- 19. 构思故事时你却在操心结构！ …………………………… 47
- 20. 你的故事张力不够！ ……………………………………… 48
- 21. 你没有时间压力！ ………………………………………… 51
- 22. 你给读者的情感刺激不够强！ …………………………… 52
- 23. 你的故事结构一团糟！ …………………………………… 55
- 24. 你没有做，那么重做，一再重做
     ——你的"一句话大纲"！ ………………………………… 66
- 25. 你还没做出一个"随想"版大纲！ ………………………… 68
- 26. 你还没运用戏剧的凯瑞斯·哈丁法则！ ………………… 73
- 27. 你的 B 故事没影响到你的 A 故事！ ……………………… 75
- 28. 你没用好伏笔和照应！ …………………………………… 76
- 29. 你没像藏吉米·霍法那样藏好呈示！ …………………… 79

- ☐ 30. 你没把意外尽量留到最后！ …………………………… 81

第四场　场景　84

- ☐ 31. 你没把每个场景夯实！ ………………………………… 84
- ☐ 32. 你的场景没有动作转向！ ……………………………… 89
- ☐ 33. 你的反转不够多！ ……………………………………… 93
- ☐ 34. 你没对每个场景大喊："我怎么才能增强冲突?!" …… 95
- ☐ 35. 你没好好利用押韵场景的非凡力量！ ………………… 96
- ☐ 36. 你没有在尽可能多的场景里删去开头和结尾几行！ … 98
- ☐ 37. 别让你的人物做调查，让她找人谈话！ ……………… 106
- ☐ 38. 你的人物打太多电话了！ ……………………………… 107
- ☐ 39. 你没能让每个场景都令人印象深刻！ ………………… 107

第五场　对话　110

- ☐ 40. 你没坚持速记偷听到的对话！ ………………………… 110
- ☐ 41. 你笔下每个人物的声音都没有分别！ ………………… 111
- ☐ 42. 你琢磨对白的工夫还不够！ …………………………… 115
- ☐ 43. 你还没将对白 A—B 化！ ……………………………… 119
- ☐ 44. 你的对白都是问答式的！ ……………………………… 120
- ☐ 45. 你只让人物说了台词，而没表达出潜台词！ ………… 122
- ☐ 46. 你做了太多调查！ ……………………………………… 124
- ☐ 47. 你做的调查不够！ ……………………………………… 125

第二幕　写作实践

第一场　欢迎进入写作　134

- ☐ 48. 你没受过你所选择的叙事媒介的训练！ ……………… 134
- ☐ 49. 你用的写作工具不对！ ………………………………… 137
- ☐ 50. 你的表达不够清晰明了！ ……………………………… 139

第二场　格式　145

- ☐ 51. 你不懂剧本格式！ ……………………………………… 145
- ☐ 52. 你光有场景时空提示行或者压根儿就没有
  场景时空提示行！ …………………………………… 163
- ☐ 53. 你过度指导演员了！ ………………………………… 166
- ☐ 54. 你错用了演员提示！ ………………………………… 167

第三场　人物　173

- ☐ 55. 你把人物的名字换了！ ……………………………… 173
- ☐ 56. 你剧本里有名有姓的人物太多了！ ………………… 174
- ☐ 57. 你人物的名字第一个字相同，或者更糟，
  他们的名字押韵！ …………………………………… 175
- ☐ 58. 你对主人公的描述没做到简明、有效、
  不超过两句话！ ……………………………………… 181

第四场　场景描述　184

- ☐ 59. 你用的是小说的语言！ ……………………………… 184
- ☐ 60. 你的场景描述中了"系动词"的毒！ ……………… 186
- ☐ 61. 你没去掉尽可能多的"这"、"那"！ ……………… 188
- ☐ 62. 你没把最重要的字眼放在句子的最后！ …………… 190
- ☐ 63. 你居然在场景描述里描述对白！ …………………… 192
- ☐ 64. 你没注意场景描述中的影像顺序！ ………………… 194
- ☐ 65. 你没尽量压缩场景描述！ …………………………… 197

第五场　改写　210

- ☐ 66. 你不要重复！任何东西都不要重复！ ……………… 210
- ☐ 67. 你在写的时候就改写！ ……………………………… 214
- ☐ 68. 你在读完整个剧本之后马上改写！ ………………… 216

- ☐ 69. 你的第 1 页不够抓人！ ………………………… 218
- ☐ 70. 你浪费了头 10 页的机会，哎——哟！ ………… 226
- ☐ 71. 你还没撕掉头 20 页！ ……………………………… 232
- ☐ 72. 你没去除所有无关的动作！ ……………………… 234
- ☐ 73. 你认为你的第一稿（或者第九稿）很完美！ …… 240

第六场　吹毛求疵　244

- ☐ 74. 你没做到字字精准！ ……………………………… 244
- ☐ 75. 你用的是数字而不是文字！ ……………………… 246
- ☐ 76. 你提镜头要求！ …………………………………… 247
- ☐ 77. 你要求特定的歌曲！ ……………………………… 249
- ☐ 78. 你没有启动拼写检查，你个笨蛋！ ……………… 250
- ☐ 79. 你太信任你的拼写检查，哈哈哈哈！ …………… 254
- ☐ 80. 你认为越长越好！ ………………………………… 255
- ☐ 81. 你没把你的剧本大声读出来！ …………………… 255
- ☐ 82. 你用了台破打印机！ ……………………………… 256

第三幕　现在怎么办？

第一场　别当傻瓜，当专家　263

- ☐ 83. 你想要的是出名，而不是写作！ ………………… 263
- ☐ 84. 你认为你的剧本与众不同，规则不适用于它！ … 265
- ☐ 85. 你的标题页上放了不该放的东西！ ……………… 267
- ☐ 86. 你没做过台词排演！ ……………………………… 271
- ☐ 87. 你还没真正准备好，就急着把剧本寄出去！ …… 272

第二场　电影业　275

- ☐ 88. 你压根不知道电影业如何运作！ ………………… 275
- ☐ 89. 你不知道好莱坞的人什么时候吃饭！ …………… 278

- 90. 你的自尊过劳了！直说就是
    "别跟观后意见过不去"！ 279
- 91. 你不知道怎样写一封得体的询问函！ 282
- 92. 你在询问函里提了愚蠢的要求！ 287
- 93. 你不想签他们的授权许可书！ 288

第三场 杞人之忧 290

- 94. 你认为好莱坞会偷走你的创意！ 290
- 95. 你不知道汉隆的剃刀！ 292
- 96. 你不知道娜塔莉·麦钱特和
    帕蒂·史密斯的区别！ 294
- 97. 你不知道能写出一条血路摆脱困境！ 295
- 98. 你不知道怎么找到个经纪人！ 297
- 99. 他们说喜欢你的剧本，你就兴奋了！ 300
- 100. 你分不清哪个是期望哪个是拒绝！ 302

第四场 淡出 303

译后记 308
出版后记 310

推荐语

"有句老话说:那些做不成什么事的人才会去教书。威廉·M·埃克斯显然是个反证。他既是优秀的作家又是难得的良师——在我看来,这种复合型人才就像能跑能跳能吃能拉的弹簧木马一样稀世罕见。众多编剧历经九九八十一难才学会,恨不得你一辈子都别知道的业内真经,《你的剧本逊毙了!》居然就对你倾囊相授。最难得的是以极其简洁易懂的语言写就,绝不云山雾罩故弄玄虚。凭什么你就能得来全不费工夫,你小子真够走运!读这本书就像上了一堂令人终身受益的电影专业课,主讲人既有发现的智慧、理解的天赋,还有分享的慷慨——他是一个天生讲故事的人,轻松自在娓娓道来却能循循善诱引人入胜。如果马克·吐温写剧本的话,我想他笔下的剧本指导书应该也就是这样了。"

——乔恩·阿米尔(Jon Amiel),《都铎王朝》、《偷天陷阱》导演

"如果你需要充满赞扬、鼓励,让你自我感觉良好的写作书,我建议你读《作家的心灵鸡汤》,如果你需要一个家伙迎面狠狠一拳让你彻底清醒,再对你和盘托出为好莱坞写剧本的那些赤裸裸、脏兮兮的真实,那就读这本《你的剧本逊毙了!》。"

——琳达·麦卡洛(Linda McCullough),芝加哥哥伦比亚大学

"这本关于剧本写作的书,本身就像一个好剧本,充满了上佳的故事、范例、建议,令我不忍释卷。"

——汤姆·舒尔曼(Tom Schulman),《死亡诗社》编剧(获奥斯卡最佳编剧)

"这本书宛如一位周到体贴的向导，帮助你摆脱形式的困扰，于创作的死胡同中觅到一条出路。"

——约翰·雷夸（John Requa），《我爱你莫里斯》编剧

"它是一本高水平的食谱，遵照它就能避免很多年轻或缺乏经验的编剧常犯的错误……它是一座照亮'剧本黑夜'的灯塔，而光，正是我们孜孜以求的。"

——本尼迪克特·菲茨杰拉德（Benedict Fitzgerald），《好血统》、《耶稣受难记》编剧

"不针对个人，只就事论事，你的剧本确实很烂，几乎所有剧本在锤炼成形之前都很烂。威廉·M·埃克斯的这本书是出色的向导，带领初次试笔的编剧躲开陷阱和常见错误。他的建议诚实而简单，却可以让你的剧本不那么烂——只要你愿意向着这个目标去努力。"

——拉里·卡拉斯泽斯基（Larry Karaszewski），《1408 幻影凶间》、《艾德·伍德》、《性书大亨》、《月亮上的人》编剧

"威廉·埃克斯用坦率直接、实事求是的方式告诉你怎么写、怎么改你的剧本。没有任何废话，直接杀向你所犯的错误，再简单明了地告诉你怎样去修改。一本不可多得的好书。"

——马修·特里（Matthew Terry），编剧、教师、www.hollywoodlistales.com 网站专栏作家

"论及剧本写作的书林林总总，威廉·M·埃克斯的《你的剧本逊毙了！》无疑是其中的佼佼者。他提出的这 100 种方法所涉甚广，从灵感到步骤再到最细致的实践，却都非常实用。不管你的书架上已经拥有了哪些关于编剧技艺的书，这一本绝对应该成为它们中的一员。"

——罗伯特·奥伦·巴特勒（Robert Olen Bulter），普利策奖得主，《从你梦想之处出发》（From Where You Dream）作者

"我发现你所说的话正是我一直对我认识的编剧们所说的话。当然,它也提供给我非常有益的提醒,在写剧本的时候虽然很多道理我都知道,但有时还是会忘了付诸实施。加之全书态度直截明了,例子合理有力。一个字:赞!"

——格瑞格·比曼(Greg Beeman),《超人前传》执行制片人

"威廉的书是编剧新手的必备宝典。当然它不仅能帮助初学者写出更好更有商业价值的剧本,让他们笔下的作品更有可能引起电影制片人(和为他们挑选剧本的专业人员)的兴趣;即使是经验丰富的成熟编剧,也能从这本谆谆教诲却益然有趣的书中收获众多有所助益的小贴士。"

——彼得·海勒(Peter Heller),洛约拉马利蒙特大学

"就像一本为作者之旅撰写的神奇旅游手册。目光如炬,时刻警醒你不要踏入剧本写作的雷区。"

——凯文·韦德(Kevin Wade),《第六感生死缘》编剧

"伟大的剧本写作书始于也终于威廉·M·埃克斯的《你的剧本逊毙了!》。它不仅充满剧本写作的海量信息,还具有异乎寻常的阅读乐趣。我读这本书的过程都是边学边笑,这是严肃的编剧的必备书。"

——凯莱·贝克(Kelley Baker),《愤怒的电影人生存指导手册》(*The Angry Filmmaker Survival Guide*)作者

"威廉·M·埃克斯博学多才,他是大制片厂的编剧,是独立制作的编剧、导演,而且还是对学生满怀关心、洞察深刻的好老师。他谙熟修改剧本的所有方法、诀窍,都慷慨地写在这本书里!每个面对'剧本黑夜'的作者都不可缺少的宝书。"

——布莱克·斯奈德(Blake Snyder),《救猫咪!》(*Save the Cat!*)、《救猫咪Ⅱ》(*Save the Cat! Goes to the Movie*)作者

前　言

> 忠言逆耳，诚实中肯的批评总是很难被接受，不管它是来自你的亲戚、朋友、熟人还是陌生人。
>
> ——富兰克林·P·琼斯（Franklin P. Jones）

《你的剧本逊毙了！》这本书就源于我在做剧本批评时脑中突然萌生的一个念头。

我有三个剧本拍成了故事片。我是编剧工会的终身会员，从事剧本写作已经有二十个年头，这么多年来我一直帮我的朋友们做剧本批评，在过去七年多的时间里，这项业务是有偿的。更不用提，我还在剧本写作的课堂上指导过数以百计的剧本。

但是通过看剧本、评剧本，我发现刚上手写剧本的人总是犯同样的错误。而这些错误，在好莱坞，会直接导致审稿人倒抽一口凉气，继而撂下不看了……

是的，他们还真就会这样做。

我发现自己一遍又一遍地告诉作者们同样的事情："别把角色的名字取得那么诗意化"，"每个人物的声音听起来都不像他自己而像另一个人"，"你的英雄①没有一个清晰的目标"。一遍一遍又一遍，重复得我都有点恶心了。于是我打定主意要创建一张简单明了的一览表。对照这张表，作者在把剧

---

① 英雄（hero），在这里指电影、戏剧或小说中的一种角色类型。西方传统中一部作品的主人公通常被称为"英雄"，下文多次提及。"英雄"、"女英雄"（heroine）均指主人公、女主人公。——编者注

本送到我这儿之前就可以做改写的工作,清除掉那些基本细节问题,这样我们就可以直接开始讨论情节、人物和结构,而不是把时间都浪费在泛泛的事情上,比如"别忘了拼写检查"。这个简短的一览表最后就变成了这本书。

"我只读到第一个错字。"

——好莱坞经纪人

欢迎来到好莱坞。

"如果这事容易,那谁都去做了。"

——所有洛杉矶的制片人

理论上,审稿人应该读完全文。有些人会,有些人则不会。制片人没有对你友善可亲的义务,即使他们满心希望找到下一个《夺宝奇兵之法柜奇兵》(Raiders of the Lost Ark, 1981),他们照样能随便找一个借口读到第10页就撂下。所以别给他们这个借口!这本书就是希望能排除你剧本里那些可能导致审稿人把它扔进废纸篓的地雷。

别不信,他们扔进废纸篓的剧本还少吗。

读你剧本的人里头百分之九十都没有权力说"Yes",但是每一个人都能说"No",而且他们可能正迫不及待地想动用这个权力。

"要和强权斗争。"

——罗西·培瑞兹①《为所应为》

洛杉矶一个阳光明媚美丽怡人的午后,我坐在一个助理的办公室里等制片人。制片人办公室的门关着,也许此时此刻她②正在自己装潢过度而品味庸俗的办公室里尽兴地玩着回力球。谁知道。穷极无聊,为了打发时间,

---

① 罗西·培瑞兹(Rosie Perez),1964—,美国演员、舞者、舞蹈指导、导演、社会活动家。上世纪八十年代,在为歌手珍妮特·杰克逊、鲍勃·布朗等人担任录影带舞蹈编排期间,罗西被导演斯派克·李发现,在影片《为所应为》(Do the Right Thing, 1989)中第一次担任女主角。1993年曾因出演彼得·威尔(Peter Weir)导演的影片《空难遗梦》(Fearless)获奥斯卡最佳女配角提名。——译者注

② 本书作者惯于用"她"(she)来做第三人称指代,下文同。——编者注

我抬头看向助理办公桌的上方,那有两个书架堆着剧本,满满当当都快堆不下了。房间的三面墙都是剧本。闲着也是闲着,我开始估算大约有多少剧本。1400个。1400个剧本!而且这些剧本还都是有经纪人的剧本。

对洛杉矶以外远离经纪人办公桌或制片人办公室,坐在自家打字机或电脑前的业外人士们来说,这简直不可思议。该如何与这么海量的人、剧本竞争,没法想象!剧本多得都快溢出每个制片人或者经纪人、主管办公室的天窗了,而且是每周都有这么多,真让人头大。而你,只是一个坐在家中或者公园里或者咖啡馆里写自己的剧本的作者,在我们这片广袤的土地上同时还有数以千计的坐在公园里的人,也在写他们的剧本。所以,你必须写得超级棒才有一丁点儿杀出重围的胜算。

诚然,你所面对的竞争宛如一头庞然巨兽,但它也不是铁板一块。在它的盔甲里藏着罅隙和裂缝,一个优秀的剧本就能在这缝隙中蜿蜒前进,但必须是写得相当好的剧本才行。如果你的剧本并不完美,或者只是接近了你所能达到的完美,幸存的概率几乎为零。至于你在几个星期里头草草写就而且一字不改的那玩意儿,那已经不是浪费时间那么简单了,而是极度的无知和傲慢。

当你在制片人办公室里,看一眼那用剧本堆成的马特霍恩峰①,想想每一本都是跟你一样的某人写的……很显然,剧本写作不适合脆弱的心灵。

写一个投机②的剧本(所谓"投机"的剧本,就是指你在写的时候就抱着投机的心理,目的就是为了能卖掉它),就必须一切为了审稿人,这个审稿人不是你老妈,也不是对你的剧本素材评头论足的损友,而是专门拿薪水看剧本的某人。你要知道每个审稿人每周末必须咬牙读完50个剧本。你还没有真正踏入这一行,不知道要找到一个业内的"实权人物"来读你写的东西有多困难。如果有一天你得到这个机会,你不想搞砸了吧。

---

① 马特霍恩峰(Matterhorn),阿尔卑斯山脉中的著名山峰,位于意大利和瑞士边境,海拔4478米,群峰耸立终年积雪,原作者在此用马特霍恩峰比喻制片人办公室里堆积成山的剧本。——译者注
② 这里所说的投机(speculation)的剧本,区别于受制片人、导演或制片公司之邀,就确定主题或意向从事的剧本创作的活动,而是一般剧本创作者根据自己的意愿或对市场的预判写作的剧本,写成后再投稿给制片人、投资人或制作公司,希望对方能够买下自己的剧本。这里的投机并不是一个贬义词,而是借用自美国经济术语的"投机交易"之意。——译者注

尽管审稿人真的真的想发掘一个精彩的剧本，打开每一本剧本的时候，他的心中都燃起掘到宝藏的希望，但是别忘了他同样也渴望别再看了，赶紧躺到游泳池边，来杯振奋精神的美妙的阳伞饮料。所以，如果你给他任何一个扔下你的剧本的借口，他巴不得就势一歪。唉！你所有的努力就全泡汤了。你六个月的生命，或者整整一年——更有甚者我就知道有个家伙花了好几年——结果就等于零了，多么巨大的浪费。

你们中的某些人，可能会得到一些令人心碎的消息：唯一想读你的作品的人只有你的父母，和你的男朋友或女朋友。当然后者还取决于你们的关系开始了多久。还记得阳伞饮料么，对于真正的"审稿人"来说读你写的东西远不如来杯阳伞饮料。审稿人想要的是那种读起来仿似一道闪电的东西，一页有很多空白的那种，他们不用费力就能明白你想说的到底是什么的那种。

你要求别人为你的作品掏至少10万美金，要求别人花10万到1亿美元来生产你虚构的东西，就当然需要把你的东西做好。场景描述要写得引人入胜，次要角色都要栩栩如生，拼写好好检查不能有错，就这样。我说的这些很容易做到，这与天赋、神话般的故事结构、圆形人物统统无关。我不是要告诉你怎么写一个伟大的剧本——有不少好书都是关于这个的——我只想提供给你一些指引，来确保你的审稿人能继续读下去。

有一次在飞机上我坐在一个制片人邻座，看见她读一个剧本，只读到第6页就放下了。这个作者花了好几个月写出这个剧本，但是出于某些原因，他的机会在第6页就化为泡影。当然也许把原因列出来是一长串。

我将帮助你——检查列出的导致失败的100个原因。

"如果故事混乱，那是因为作者自己迷失了。"

——约翰尼·柯克兰[①]（事实上不是他说的）

[①] 约翰尼·柯克兰（Johnnie L. Cochran, Jr.），1937—2005，美国律师，因在美国球星辛普森杀妻案中的精彩辩护表现闻名于世。另外约翰尼还代理过吹牛老爹、迈克尔·杰克逊等众明星的案子。——译者注

对审稿人来说，读一个剧本就像奋力疾跑着穿越黑暗的沼泽，她只能踩着漂浮在沼泽上的一百码的睡莲浮叶过去，还得躲避后面野人的射击。最后一页就是审稿人拼命想抵达的幸福彼岸。如果有什么干扰了她的注意力，哪怕只是一点点，她都会绊倒，失去平衡，落入食人鱼之口。竭尽你所能，用一切办法，让她一直留在睡莲浮叶上！

就像《爵士春秋》(All That Jazz, 1979，编剧：罗伯特·艾伦·亚瑟[Robert Alan Aurthur]和鲍勃·福斯[Bob Fosse])里乔·基甸(Joe Gideon)的角色说的：

"听着，我没法让你成为一个伟大的舞者，我甚至不知道能否让你成为一个好的舞者。但是如果坚持努力永不放弃，我知道我能让你成为一个更好的舞者。"

如果你对照这本书中所列的剧本检查表——核对改进，到这本书读完，你也会成为一个更好的编剧。这个我敢打包票。

希望你能觉得这本书对你来说相当有用有益。

致　谢

首先要感谢的是布莱克·斯奈德，是他从一开始就肯定我这愚蠢的想法也许不赖。

还有弗朗西斯哥·梅内德斯(Fransisco Menendez)，是他邀请我去他拉斯维加斯内华达大学讲课，那100页的讲义最后就变成了这本书。

还有我善解人意、宽容体谅的大家庭——凯特·麦克柯米特(Kate McCormick)、斯考特·皮尔斯(Scott Pierce)、凯西·佩尔蒂埃(Cathie Pelletier)、汤姆·舒尔曼、琳达·麦卡洛、梅丽莎·斯克利芙娜(Melissa Scrivner)、尼克·莫顿(Nick Morton)、阿历克斯·比蒂(Alex Beattie)、杰西卡·斯德曼(Jessica Stamen)、马克·库拉兹(Mark Kurasz)、理查德·赫尔(Richard Hull)、凯利·贝克(Kelley Baker)、兰迪·费尔德曼(Randy Feldman)、威拉德·卡罗尔(Willard Carroll)、玛格丽特·马西森(Margaret Matheson)、科克·萨姆斯(Coke Sams)、马克·凯布斯(Mark Cabus)、贝思·奥尼尔(Beth O'Neil)、杰森·布卢姆(Jason Blum)、约翰·切瑞(John Cherry)、卡罗尔·考德威尔(Carol Caldwell)、戴夫·布朗(Dave Brown)、凯瑞斯·哈丁(Kerith Harding)、斯蒂夫·布鲁姆(Steve Bloom)、瑞安·索罗(Ryan Saul)、詹妮·伍德(Jenny Wood)、帕姆·凯茜(Pam Casey)、克里斯·鲁彭索尔(Chris Ruppenthal)、乔恩·阿米尔、辛安·布瑞斯博伊斯(Shian Brisbois)、鲍勃·穆拉什金(Rob Muraskin)、苏珊娜·金斯伯里(Suzanne Kingsbury)、托尼·凯恩(Tony Cane)、麦克斯·黄(Max Wong)、迈尔斯·戴维斯(Miles Davis)。

威廉·M·埃克斯
于珠华谭耶海滩[1]
2008 年 8 月

---

[1] 不是真的,只是听起来还挺不错吧。如果我能多卖几本书,或许……

第一幕
故　事

<u>你就靠这个挣钱,其余的都是技巧。</u>

"如果一个人能用二十五个字,甚至更少的字,告诉我一部电影的构想,那么他可能会拍出一部好电影。我喜欢那种尽在掌握的构想,尤其是电影的构想。"

——史蒂文·斯皮尔伯格[1]

"所谓作家,就是比起其他人,写作对他们来说更难的那种人。"

——托马斯·曼[2]

"作家的任务是让你去聆听,让你去感受,但是首先,它是让你去看。这——没别的了,这就是一切。"

——约瑟夫·康拉德[3]

"写那些让你恐惧的事。"

——唐纳德·巴塞尔姆[4]

---

① 史蒂文·斯皮尔伯格(Steven Spielberg),1946—,美国著名电影导演、编剧和电影制作人。40年的电影生涯中,斯皮尔伯格涉猎多种主题与类型,创造多次票房纪录,两度荣获奥斯卡最佳导演奖,并成为有史以来电影总票房最高的导演(数据截至2009年),他的电影已经创造了接近80亿美元的国际总票房。——译者注

② 托马斯·曼(Thomas Mann),1875—1955,德国作家。1901年托马斯·曼的第一部小说《布登勃洛克家族——一个家族的衰落》出版,立即就在读者和文学评论界引起了巨大的反响和共鸣。28年后,就是由于这本书,瑞典皇家科学院授予了托马斯·曼诺贝尔文学奖。——译者注

③ 约瑟夫·康拉德(Joseph Conrad),1857—1924,有"海洋小说大师"之称的康拉德生于波兰,后加入英国籍,共写了13部长篇小说、28篇短篇小说和两篇回忆录,其中比较著名的有长篇小说《水仙号上的黑家伙》、《吉姆老爷》等,其中篇小说《黑暗的心》后来被导演科波拉改编成影史名作《现代启示录》。——译者注

④ 唐纳德·巴塞尔姆(Donald Barthelme),1931—1989,美国后现代主义小说家。一生创作大量短篇小说,并曾从事新闻记者、杂志编辑等工作,并在纽约城市大学任教。他最为人所知的代表作是中篇小说《白雪公主》。——译者注

> **淡入**
>
> "所有严肃作家都勇于从自我内心出发。"
> ——尤多拉·韦尔蒂①

接下来要讲的是这本书里最重要的一课，可能也是所有剧作课中最重要的一课。事实上这是我无意中偷听到的：

两个人排队买《心灵访客》(Finding Forrester, 2000)的票，一个家伙说："这部电影说什么的？"他的伙伴回答："肖恩·康纳利。"

永远也别忘记这个。

也许这与你心中的信念是相悖的——你并不是要努力写出一个伟大的故事，也不是要设法绘出一张蓝图以供制片厂能把它拍成电影，你所写的文字更没法治愈癌症或者赢得一座诺贝尔奖——你所写的文字只是吸引演员参演的诱饵。

远在电影业的孩提时代，演员的名字根本不会在银幕上出现。这并不是因为那个时代的制片人是笨蛋，相反很可能是他们精明的小算盘。不过很快地，公众发现演员能抓住他们的眼球，承载他们的想象。影迷们开始给"比沃格拉夫女郎"写信，而接到粉丝来信的女演员们则告诉比沃格拉夫公司②，在她下一个合同里她要加上一条要求：自己的名字必须出现在银幕上。制片人被迫让步，然后观众终于在银幕上看到了这个演员的名字：玛丽·璧克馥③。接下来发生的一切就都已经写入电影史册了。

---

① 尤多拉·韦尔蒂(Eudora Welty)，1909—2001，美国当代小说家，善于描写美国南方生活，《乐观者的女儿》一书获1973年普利策奖。——译者注
② 比沃格拉夫电影公司(Biograph Pictures)，美国早期知名电影公司，1895年由威廉·肯尼迪·迪克森创立，结束于1928年。它也是美国第一家专业电影制片、放映公司，还是最为多产的电影公司之一，出品了超过三千部短片和十二部故事长片。著名导演大卫·格里菲斯，著名影星玛丽·璧克馥、丽莲·吉许都曾签约于比沃格拉夫公司。——译者注
③ 玛丽·璧克馥(Mary Pickford)，1892—1979，美国早期电影明星，第一位在中国剧院门前的星光大道留下印记的女明星，联艺影业公司的创立成员之一，美国电影艺术与科学学院的创始人之一。16岁进入美国电影界，逐渐在大卫·格里菲斯等人的影片中成为美国默片时代最受欢迎的女演员之一，1929年因主演《俏姑娘》(又译《风骚女人》)获奥斯卡最佳女演员奖。1916年她自己组建璧克馥制片公司。1919年与卓别林等人的公司联合组成联美影片公司。1933年退出影坛。——译者注

制片人老早老早就知道公众只对电影明星感兴趣。不是故事,不是导演,看在上帝的份上,也不是编剧。只有演员。当某人说,"我们正把这个剧本送去给一个天才",这个"天才"就是演员。

如果你的故事构想不能让一个演员兴奋,如果他们没觉得,这个角色和对白能帮他们赢得一座奥斯卡小金人,或让他们看起来酷毙了,或让观众泪腺喷发春心荡漾,那么你的电影就不会被拍出来。为了让演员兴奋,你必须让制片人兴奋;而为了让制片人兴奋,你必须让发展部主管[①]兴奋;而为了让发展部主管兴奋,你必须先让一个审稿人兴奋。

为了让这个审稿人把你的剧本推荐给她的老板,你必须先得让她读这个该死的东西。对,这就是全部流程。

所以,你要竭尽所能让每个读者都读到你剧本的最后一页。当然如果你的剧本很逊,他们肯定就不会如此自虐了。

好了,接下来该我们捋胳膊挽袖子大干一场,找出导致你的剧本如此之逊的原因。透露给你一个好消息:绝大多数剧本都需要改写重写或者修修补补。今天烂的不代表永远烂。

除非你有一个很烂的构想。那你死定了。

一旦选定了故事构想,你就要全情投入了。见过吃早餐的猪是什么样吧,找找全情投入的感觉。

"投入"与"全情投入"的区别是什么?小鸡吃早餐那叫投入,而小猪吃早餐则叫全情投入。

——无名氏

把这个牢牢根植于心中,下面进入 100 个导致你的剧本逊毙了的原因,附加一大堆"亡羊补牢"的好法子。

[①] 发展部主管(development executive,简称 DE),在电影制片行业中,一个发展部主管主要的任务就是读剧本,发现能够拍成电影(电视剧、电视电影)的源素材。——译者注

第一场
构　思

☑1. 你写的并不是你真正感兴趣的!

写那些让你深深着迷欲罢不能的东西,那些让你血液沸腾,让你午夜难以入眠,让你在鸡尾酒会上不顾场合热烈争论,甚至不惜和老友闹翻的东西。

"写剧本将改变你的人生,就算你不能卖掉它,最起码你改变了你的人生。"

——约翰·特鲁比[1]

我们应该读懂好莱坞传奇剧作教师之一约翰·特鲁比这句话中的暗示:你现在所写的东西在深深吸引别人之前,是否深深吸引着你自己?可能已经深藏于表面之下的十七层底,你笔下的故事是不是终究还是围绕某个吸引你的核心的?

如果你有什么想说,那你的剧本就值得一读。即使你写的是一出光屁股银行劫匪的歌舞片,一样有可能赢得投资。

---

[1] 约翰·特鲁比(John Truby),美国编剧、导演、剧作教师。过去的30年中,他为超过1000个电影剧本做过剧本顾问,另外他也因编剧软件计划——"票房炸弹"(Blockbuster,原Storyline Pro)而闻名。——译者注

写作不适合懦夫，它需要投入巨大的心力和精力，艰苦卓绝。从事这项工作一段时日，你就会被痔疮、背痛缠身。如果你一心只想着挣钱，你绝对没法捱过这漫长过程中深入骨髓的艰难困苦。所以，看在上帝的份上，你得确实有什么想说才行。

你为什么想要写作？你为什么充满激情？对你来说什么东西重要？什么是你能写的，你关心的，你所知的，读者有兴趣看的？什么故事你比其他任何作者更有资格说？如果因为之前七部冲浪惊悚片都赚了一笔，所以你也要写一部冲浪者的惊悚片，那从一开始你写作的目的就是错的。而敏锐的观众也能闻到这种从内而外散发出来的坏疽的腐臭味。你可以写这个世界上最愚蠢的电影——如果其中确实有什么东西仿佛钩子勾着你的内脏——你终于有机会写点与众不同的东西了。

想想《婚礼傲客》(The Wedding Crashers, 2005)，乍一看，它似乎蠢到家了。两个家伙偷偷溜进婚礼就为了蹭吃蹭喝泡女孩。我当单身汉那阵儿怎么就没想出这么绝的点子？要是之前想到这个主意，然后坐下来理清思绪挥笔写就这个剧本的是我就更好了！言归正传，我们看看这个蠢故事，它有不同于喧嚣外表的严肃内核。对，一些深邃的东西：两个朋友之间的友谊。这是一个就像《墓碑镇》(Tombstone, 1993)、《太坏了》(Superbad, 2007)那样发生在两个可爱家伙之间表现兄弟情深的故事。而且《婚礼傲客》的内核真实感人，它不是一出脑残喜剧，而是一个讨人喜爱、温暖人心的故事。

"王八蛋才知道哪个会火。"

——雷·查尔斯[①]

你没法知道哪个剧本能卖出去。根本不可能。没人能办到。写你真正

[①] 雷·查尔斯(Ray Charles)，1930—2004，著名黑人盲人歌手、灵魂歌王，将福音音乐的灵性与蓝调音乐结合起来，首开"灵乐"先河，被尊为"灵乐之父"。著名的《滚石》杂志将他列为历史上最伟大的音乐家中的第10位。他的歌声曾启发披头士、埃尔顿·约翰、诺拉·琼斯等众多流行歌手。他一生获得13座格莱美奖杯，1986年入选摇滚名人堂，1988年获颁格莱美终身成就奖。2004年雷去世后，好莱坞按照其生平拍摄了传记影片《灵魂歌王》(Ray, 2004)。——译者注

感兴趣的内容的原因之二就是,你根本就不知道观众会爱读哪一类故事。制片人总是会告诉你他觉得自己想要什么,但其实他心里一样没底。他只是尽力表现得好像他知道一样,而且他的理由似乎很有说服力。但是记住,他还相信他的孩子不会偷他的酒呢,所以为什么要听他的?对经纪人也一样,还有演员,或者地球上任何一个能喘气的活人。

你必须写那些对你真正有意义的东西,因为

"不管他们说什么,那并不是他们真正想要的。"

——贝尔菲尔德①定律

如果回溯到1976年,你随便拦住街上某人问他们想看哪一类电影,他们会回答:"哇,老兄,还用问吗。我想看《大白鲨》(Jaws,1975)那样的。哥们儿,那杀人鲨真是酷毙了。"话虽这样说,其实他只是因为喜欢《大白鲨》,就想当然地认为他想去看跟《大白鲨》差不多的电影。他真正想看的是精彩、新颖、令人惊异,而且一点都不像《大白鲨》的影片。他没法表达清楚是因为——连他也不知道自己想看什么,因为压根儿就没看到呢,只有当他看到的时候他才能知道。观众真正想看的终于在1977年火爆影院,它的名字叫《星球大战》(Star Wars)。难道《星球大战》像《大白鲨》么?

制片人也跟观众一样。他们只有等你给他们的时候,才知道他们想要什么。所以赶紧把你独特的东西展示给他们吧。

如果他们相信什么能大卖他们就会竭尽全力去叫卖——所以写点你想到的让别人能够卖得出去的东西吧。就算它最后可能没有找到买主,最起码你写了自己真正想写的东西!

---

① 贝尔菲尔德(Barefield),爱尔兰克莱尔郡的一个小镇,位于爱尔兰N18国道上恩尼斯和戈特之间,距都柏林224公里,距利默里克33公里。——译者注

强力推荐唐纳德·戴维斯①写的《说出你自己的故事》(Telling Your Own Stories)，这本书应该可以帮你找到你的故事。

有个帮你选择写什么的方法，就是看有没有一个想法总是固执地一再浮在你的眼前，而且对你说："听着，伙计，我就是你必须说的那个故事。"你有没有对一个特定事物长时间保持兴趣？也许就可以把这份狂热变成一部电影。长久以来，它就像你体内不死的千年虫一直咬噬着你的五脏六腑。有句话说当人患上"文学痒"之后，除了拿起笔杆来搔搔外，再无他物可以治疗，这就是你的境遇。所以写吧。写你渴望写的东西无疑更容易，因为读者能被你发自内心如假包换的热情感染到。

有很多种方法可以帮你找到创作的题材。你可以想到什么就写什么。一个原创的想法。你拥有完全的自由，可以创造世界、人物、事件，甚至你故事中的历史都可以任你撰写。你掌管一切。尽情撒欢，好好享受吧。或者，你可以窃取历史，写《特洛伊》(Troy, 2004)或者《斯巴达300勇士》(300, 2007)。你可以拿一部不受版权限制的小说，像简·奥斯汀的《艾玛》(Emma, 1996)，将故事倒置，转眼间，你就得到了《独领风骚》(Clueless, 1995)！你也可以花钱买下一个短篇故事、某人的生平故事、一本书或者杂志上的一篇文章，怎么都行。

不管你选择写什么，你笔下的人物都必须能吸引我们的注意。所有好的写作都是写人的状态。电影越耽于情节、动作、特效而疏于人物的刻画与呈现，就越容易陷入困境迷途难返。看看《虎胆龙威》(Die Hard, 1988)。你会为麦克莱恩和他的妻子忧心，还担心外面的警察，另外还记挂着汽车修理厂豪华轿车里的孩子。如果我们对你的人物压根儿不关心，那就完了。相反，只要我们与你的人物建立了某种联系，你就万事大吉胜利在望了。

作为你的故事构想的第一个观众，你自己必须首先对它感兴趣。

---

① 唐纳德·戴维斯(Donald Davis)，1944—，美国故事大师、作者、牧师。在成为专业讲故事人之前，戴维斯做了20年的牧师。他一共录了二十五盘故事专辑，根据这些故事还写了好几本书，并长年在研讨班、大师班授课。因其高超的讲故事技巧和对文化推广的贡献，戴维斯被尊称为"故事泰斗"。——译者注

如果你真的动手去写它,你能在数年之内都保持兴趣不减么?你当然不想眼见火花渐渐熄灭,而摸黑撞进岔路口的花园里。你的故事构想有这么伟大、让人兴奋、不可抗拒么?你能拽着读者从头读到尾么?你认为你能卖掉它么?你的方式有出新出奇之处么?

会有制片人愿意冒着光脚踩过碎玻璃的风险去拍你的电影么?

☐ 2. 你的构思的原创性不够令人激动!

去看电影!看看那些已经被拍出来的电影。看看那些有趣而具原创性的影片,像《暖暖内含光》(Eternal Sunshine of the Spotless Mind, 2004)。还有《夺金三王》(Three Kings, 1999),开始的时候好像是一个简单的小型的战争故事,但是渐渐地却变成了一些更引人入胜的东西!

> "人类最古老也最强大的情感是恐惧,而最古老也最强大的恐惧是对未知的恐惧。"
>
> ——H·P·洛夫克拉夫特①

带我们去一个从未涉足的世界,给我们一次意料之外的旅行。《奇幻人生》(Stranger than Fiction, 2006)是一部特别的喜剧。而《2001 太空漫游》(2001: A Space Odyssey, 1968)甫一问世的时候,更是每个毛孔都透着新鲜。见鬼,实际上直到今天它依然如此。还有《春天不是读书天》(Ferris Bueller's Day Off, 1986)、《上帝之城》(City of God, 2002)、《傀儡人生》(Being John Malkovich, 1999)、《狗脸的岁月》(My Life as a Dog, 1985)等等。

每一部影片都是精彩的原创作品。如果你不能带着读者去往一个他们未曾到过的世界,凭什么要求他读完第 1 页?

---

① H·P·洛夫克拉夫特(H. P. Lovecraft),1890—1937,美国恐怖、幻想、科幻作家,尤其以其怪异小说(weird fiction)闻名。美国畅销作家斯蒂芬·金称洛夫克拉夫特为 20 世纪经典恐怖故事最伟大的创造者。——译者注

我这里有份礼物要送给你。一个你在电影里从未见过的世界,绝对一次都没见过。这个世界离你所在之地不过几里远。而且迄今为止,这个世界还是一片电影处女地。问自己一个艰难的问题:"你怎么才能带我们踏上一段某种程度上新奇而又迷人的旅程?"约翰·巴里(John Barry)的《涨潮》是一本令人震惊的纪实类文学作品。19世纪中叶,一个潜水钟的临时代理工程师行走于密西西比河之底:

> 没有光,伊兹没法看到河流,但是能感受到它。黑暗静谧之中,水流拥抱着他,河底则吸吮着他。水流也会猛击、鞭打、威吓、拖拽他。一个潜水员只能时而顺着倚靠水流,时而迎着撞挤水流。跟风不一样,水流永不停歇。之后他写道:"有时我需要下沉到河底,但水流很急,需要非常的手段才能使潜水钟下沉……河底漂移的沙子就像浓密的暴风雪……水面下65英尺处,我发现了河床,至少3英尺厚,一整块在移动,很不稳定。为了在河床上面寻找潜水钟的立足点,我用脚拼力插向河床直到脚下有固实的感觉。等到稳力站直了,跟水面上一样迅疾的水流驱动着沙子冲过我的手。我能判断沙子是在河床表面两英尺之下运动,移动速度随深度而成比例降低。"

哇,一个多么神奇的世界。如果你在那儿拍一部电影,那将是一个我们任何人都不曾到访的世界。还有,《希德姐妹帮》(Heathers,1989)里的韦斯特伯格学校也是我们不曾去过的世界。

只因为你觉得这个构想妙不可言,并不意味着它就是应该写的东西。一个只是你自己认为妙不可言的构想,并不一定就是应该写出来的东西。不是你脑子里蹦出的所有点子都是惊世神作。

花时间拍拍它的头,把它里朝外翻出来看看,左右任意扭转,让它更有趣些。问自己一些问题。我怎么做才能让它更好?它是不是像我看过的某部电影?有没有什么是我们从未见过的?别人凭什么要对这个故事感兴趣?有没有什么能让人们迫不及待地告诉他们的朋友?它能促发一种强烈的情绪反应么?我们从前见过它么?我怎么能改变它开头的类型?我怎么才能让它更酷、更俏皮、更绝妙?我是不是只是把别人的电影又老调重弹了一遍,还是其中灌注了我自己的一部分灵魂?我怎么才能从这个构想出发并使它勃发出令人惊异的火花?

"竞争是丑陋的。"
——理查德·西尔伯特①,《唐人街》、《至尊神探》的美术设计师

你最好相信这话。而且当你在外四处奔走筹钱拍摄传说中的故事片时,最好有尖货在手。不可思议的诡异事件确实时有发生,人们会为一个烂剧本筹集资金,会把一个烂剧本搬上银幕,但是这并不意味着他们就应该把烂剧本拍成电影。把大量的时间、金钱浪费在无聊、平庸的素材上简直就是犯罪。根据我们的经验,牙医几乎什么鬼东西都投资。可是为什么你要去浪费他们的钱和时间,还有舞台工作人员的时间,灯光师的时间,演员的时间,剪辑的时间以及你自己并不太富裕的宝贵时间呢?就为了你写得并不怎么样的那鬼东西?再写十份初稿,确保你的剧本是百分百原创,纯粹——毫无杂质,镀钛——刀枪不入。人们看到它不会再问,能做点什么来帮你改善完成它;而你也已经殚精竭虑绞尽脑汁再也没法写出更新鲜的作品。只有这样,才算完成。

你拍一部电影给伙伴看,给亲戚看,或者给满屋子头脑发热意识不清的投资者看,并不等于你拍了一部成功的电影。只有当某人买了你的电影,然后能在Ipod、手机甚至在电影院里看到它,才叫成功。牢记那句古老的广告箴言:"只有卖出去,才算有创意。"

现在,你只用操心写的事儿。不过,也许你也需要操心一下别人准备怎么把它卖出去。毕竟,电影也是一桩生意。

当你坐下来构思一部电影的时候,应当考虑到,"哪部分能让它卖出去?"有什么能一拿过去让发行商一看就提起他的精神头?有他们能用来秀在预告片里的爆炸或者香艳镜头么?对我来说,戏剧是最有趣的讲故事的

---

① 理查德·西尔伯特(Richard Sylbert),1928—2002,奥斯卡获奖美术设计师、美术指导,曾多次与著名导演罗曼·波兰斯基、伊利亚·卡赞、迈克·尼科尔斯、沃伦·比蒂等合作。代表作品有《谍网迷魂》(The Manchurian Candidate,2004)、《灵欲春宵》(Who's Afraid of Virginia Woolf?,1966)、《毕业生》(The Graduate,1969)、《罗丝玛丽的婴儿》(Rosemary's Baby,1968)、《唐人街》(Chinatown,1974)、《棉花俱乐部》(The Cotton Club,1984)、《至尊神探》(Dick Tracy,1990)等。——译者注

方式，但也是最难卖出去的，因为没有"可利用的元素"。你只能让人和人说话，或者有时让他们提高嗓门互相嚷嚷两句。除非他们互扔家具，你找不到更多的动作放进预告片里。恐怖片有"可利用的元素"，因为里面有黏液和血污。你的电影呢？你的剧本有能让它被卖出去的"哇"的瞬间吗？

问自己一个问题：你看过的电影中，有哪些前所未见的场景让你过目难忘？然后创造一些这样的并能强烈作用于你的剧本的场景放进你的电影里。下面我列举了一些我心目中的经典场景：

《情到深处》(Say Anything, 1989)中，约翰·库萨克高举着大录音机为心仪的女孩播放歌曲时，浪漫得一塌糊涂；《动物屋》(Animal House, 1978)中的食物大战；《天堂电影院》(Cinema Paradiso, 1988)里，埃尔夫雷多打开电影放映机的玻璃罩，影像从放映室穿墙而过；《小鹿斑比》(Bambi, 1942)中斑比的妈妈死了；《低俗小说》(Pulp Fiction, 1994)中塞缪尔·L·杰克逊一边干掉毒贩一边背诵圣经；《杀死一只知更鸟》(To Kill a Mockingbird, 1962)中，一直躲在吉姆卧室门背后的布·拉德利走了出来；《阿拉伯的劳伦斯》(Lawrence of Arabia, 1962)中，劳伦斯不得不处死他九死一生从沙漠中救回来的卡西姆；《梦幻街奇缘》(Miracle on 34th Street, 1949)中，圣诞老人用荷兰语跟一个小女孩说话。

《光猪六壮士》(The Full Monty, 1997)的高潮，盖兹——整部电影一直发起这个脱衣舞男秀的家伙，承认他太害怕上台了，然后他的儿子鼓励他。在电影院里看到这一幕时，我一边大笑不止，一边热泪直淌。

你构思的故事拍成电影能做到这样么？

☐ 3. 你选错了类型！

类型是个大命题。很多书都是讨论类型的，它也确实值得做系统而深入的专门大型研究。

你需要知道的是，你的影片类型是什么，而且必须清晰、迅速、及早地传达给观众。如果你正在写一个你压根儿就不了解的类型，显然要困难得多。

它是一个清晰的、已经确立的、简单易懂的类型么？它是西部片？恶作剧电影？爱情片？戏剧？粗俗喜剧？科幻片？恐怖片？成长故事？到底是什么？如果你不能确定，到第 10 页我们发现你还是不太确定，你就完了。读者必须马上知道她在看的到底是哪一类故事。

你在写的是自己喜欢的类型么？是你擅长的类型么？如果你一直都看的是警察片，但你现在写的却是一个 1700 年发生在英格兰荒原的浪漫爱情故事，也许你是在"暴殄"天赋。如果你发现自己在奈飞 DVD 影像租赁商城①租的西部片比其他类型都要多，这就说明你想写西部片已经很久了。

你抓住一种类型是因为这个月影院里正流行这个类型？那你肯定死翘翘。

你要花六个月甚至是一年的时间来写一个剧本，再花一年去找一个愿意买它的人——这还是在你足够幸运的前提下——到那时今日特别推荐的最爱早已是明日黄花。所以你只是在浪费自己的时间。你时间精力有限，能写的只有那么些剧本，所以慎重选择，把你一去不复返的宝贵时间花在正确的选择上。

有时你会成为衰运的牺牲品。从前，我的大学密友鲍勃·罗戴特②决定写一部黑帮片。他确实写了。但是他的运气确实也衰到家了，就在他把剧本寄给他经纪人的那个星期，居然就有三部黑帮片上映而且都铩羽而归。可想而知，避之唯恐不及的经纪人直接扔掉了他的剧本。但是鲍勃没有放弃，之后没多久，他写出了《拯救大兵瑞恩》(*Saving Private Ryan*, 1998)。

选择类型时最好不要因为它现在很火，或者因为它能让你挣钱。挑选让你感觉从容自在如鱼得水的类型，选择你真正钟爱的类型。但是也要知道外面有很多人在做着跟你一样的工作……

---

① 奈飞(Netflix)DVD 影像租赁商城，世界上最大的在线影片租赁提供商，向它的 670 万名顾客提供超过八万五千部 DVD 电影的租赁服务，而且能向顾客提供四千多部影片或者电视剧的在线观看服务。公司的成功源自能提供超大数量的 DVD，而且能够让顾客快速方便的挑选影片，同时免费递送。——译者注

② 鲍勃·罗戴特 (Bob Rodat)，1953—，美国编剧，代表作品：《拯救大兵瑞恩》、《爱国者》(*The Patriot*, 2000) 等，最新编剧作品是好莱坞商业片大导罗兰·艾默里奇定于 2011 年上映的影片《基地》(*Foundation*)。——译者注

□ 4. 你的故事只有你自己感兴趣！

不要让读者无聊！

不要让读者枯燥！

不要让读者索然无味！

"你奔向电影院的时候，应该像骑着火箭一样 High！"

——加里·奥德曼①

看这本书你大可以持怀疑的态度。只要你愿意，可以随时对我所说的提出反对。如果我说了什么你觉得低能白痴的话，尽管拍砖。不管你做什么，只求别乏味无聊。这是唯一神圣不可侵犯的规则。如果一个场景、你的故事构思或你的主人公乏味无聊，那就请你直接搁笔吧，除非你能找到一个方法让它不那么乏味无聊。

如果你的故事是自传性的，这问题尤其棘手。

你告诉人们："哟，它就发生在我身上，是如此强烈。"我很难过地通知你，这远远不够。你觉得兴奋只是因为你自己经历过而已，不代表它也能让读者兴奋。你的狗狗去世了你痛哭流涕不代表读者也会。尤其当你的宠物狗狗之所以挂掉，只是因为保险箱倒下压死了它。

你的人生也许并不是上好的电影题材，所以一定要注意把它改编成戏剧，然后应深深挖掘你的内心，发掘出那种深埋的情绪。你可以就自己的感受写一部了不起的电影，强烈的情感是全宇宙通吃的，也会像流沙一样深深吸住你的读者，让他们沉溺其中不可自拔。

---

① 加里·奥德曼(Gary Oldman)，1958—，著名英国演员，1986 年因在摇滚影片《席德与南茜》(*Sid & Nancy*，1986)中扮演席德而在影坛崭露头角，之后出演了《刺杀肯尼迪》(*JFK*，1991)、《吸血鬼惊情四百年》(*Dracula*，1993)、《这个杀手不太冷》(*Leon*，1994)、《空军一号》(*Ain Force One*，1997)等知名影片，近年来最受关注的作品则是《哈利·波特》(*Harry Potter*)系列和《蝙蝠侠前传》(*Batman Begins*)系列。——译者注

我们也许不会关心你九岁的时候做了些什么,但是我们肯定关心你的感受是什么。我写的一个关于西贡沦陷的故事,来源于孩提时代我看《音乐之声》(The Sound of Music,1965)时,看到一家人为了逃避纳粹的追捕努力逃出这个国家时的恐惧。我陷入自己深深的恐惧之中,写出了这个剧本。结果证明,它也引起了其他人的共鸣,我卖出了我的剧本。

从前,比利·鲍勃·松顿(Billy Bob Thornton)当演员的时候,时运不济,处境堪怜。因为精神极度苦闷,他躲在他的房车里对着镜子做鬼脸,开始对着自己倾诉内心的感受。就是从他支离破碎的灵魂深处,撕心裂肺的对镜恶骂中,他压榨出一个惊人的角色——《弹簧刀》(Sling Blade,1996)中的卡尔。卡尔不是比利·鲍勃,但是他们分享了同一种名为情感的结缔组织。因为对这种深刻悲哀的真切了解与细致描摹,他得到了一座金光闪闪的奥斯卡小金人。

你对竞争激烈的国际标准舞有所了解么?一无所知,对么? 看《舞出爱火花》(Strictly Ballroom,1992)的头十分钟,电影制作者就能让你确信充满竞争的国标舞是世界上最重要的事情!

"不被人理解,并不代表你就是一个艺术家。"

——保险杠招贴①

你发掘了它,并不意味着其他人也会在乎;你认为这是个伟大的构想,并不意味着它确实就是伟大的构想。如果你的构想压根就不伟大,你就是在浪费时间。我说的是一个伟大的构想。《X 档案》(The X Flies)的作者有时需要连续六个月每天工作十小时才提出一个构想,最终成为电视剧集中的一集。这可不是一个轻松的事。

好消息是在这个阶段你浪费的只是你自己的时间。对了,你还浪费了本来出去垒砖可以挣到的钱,可惜你却呆坐在咖啡馆里根据一个只有你自己关注的构想写着剧本。

---

① 保险杠招贴,汽车贴纸文化的一种,源自赛车运动,早期汽车贴纸一般都是赞助厂商的商标和车队的队标等。——译者注

因为你花时间写了,就会有人想去读它?或者想去看这部电影?真的?真的么?别浪费你自己的时间或者别人的时间了。

"写你所知的。"

——每个启发想象力的写作老师

"他写他所知的。但这维持不了多久。"

——霍华德·内梅罗夫①

美国桂冠诗人内梅罗夫深知写作中的真谛!从某种意义上说,如果你是一个真正的作家,你不能只写你所知的。你必须蒙上双眼站在跳板的末端勇敢地跳出去,向前延伸,延伸……写作时你可以运用你所知的,这是当然,但是也允许你走出得心应手的舒适区。你认为那个创作电视剧《越狱》(Prison Break)的家伙坐过牢么?《黑道家族》(The Sopranos)的创作者既不是临床医师也不是黑手党头目。马里奥·普佐是意大利人,所以他知道意大利面、家庭、名声等等这些对在美国的意大利裔侨民意味着什么,其他则都是他的虚构,这才有了《教父》(Godfather, 1972)。

"写你所知"最有价值的意义在于:把在你心里翻江倒海的东西拿出来,用在你的作品里。它并不是说如果你是一个二年级教师,你就只能去写二年级教师。但是如果你是一名二年级老师,你写的也确实是一位二年级老师,一定要确保她身处于一个富于情感的故事中,而这种情感能深深吸引住所有人。

□ 5. 你的故事写的是悲惨的家伙,他们一路悲惨到底,临了儿依然很惨,甚至更惨!

告诉你写什么不是我的工作。什么让你清早不再赖床,什么让你夜半

---

① 霍华德·内梅罗夫(Howard Nemerov),1920—1991,美国诗人,1963—1964、1988—1990 两度荣膺桂冠诗人,曾获美国国家图书奖、普利策奖和博林根诗歌奖。——译者注

难以入眠,什么让你开车自言自语,什么让你宁愿被伴侣跳脚大骂不在家照顾孩子而要躲在公园里奋笔疾书——就写那个。

写你想写的。但是作为主题,我不推荐苦难,特别是苦海无边看不见尽头的苦难。这也许是你人生的真实写照,但是抱歉,我们需要的是故事。

苦难真的很难很难被拍成电影。如果你的电影是关于漫无止境、令人生畏的苦难,那么就更难——简直是难上加难——被拍成电影。如果最后连一丝精神振奋都欠奉的话,读者会直接把你的剧本扔进壁炉,映着它烧着的火焰高声谈笑。为什么观众要跟人物一起咬牙苦捱,捱到最后居然一切都是徒劳?

帕特里克·马伯[①]把佐伊·海勒[②]的小说《她在想什么》改编成了电影《丑闻笔记》。小说结束于人物审判和磨难,她们身处于低俗、黑暗、丑恶之地,没有一丝一毫救赎的希望。这种黑暗地带或灰暗之地,显然不适合电影的结尾。聪明的马伯改写了结尾,给了主人公也给了我们希望。不是很多,但是已经足够观众去想:"哦,她已经历了这所有不幸,至少她学到了点什么,也许能拯救她的婚姻。"哇。

结束时给读者以希望或救赎。《百万美元宝贝》(*Million Dollar Baby*,2004)的编剧保罗·哈吉斯[③]拥有一个冷酷而残忍的结局,不过紧接着主人公最后做了他一直想做的事情。我们还是带着一丝微薄的振奋,离开电影院。尽管我们很难过,但也为英雄感到高兴,因为他正努力地从悲伤中找寻

[①] 帕特里克·马伯(Patrick Marber),1964—,英国喜剧演员、剧作家、电影演员、导演、编剧。1997年他的话剧《偷心》在英国国家剧院上演赢得一片喝彩,之后他亲自操刀担任由茱莉亚·罗伯茨、克里夫·欧文等主演的电影版《偷心》(*Closer*,2004)编剧。2006年他因《丑闻笔记》(*Notes on a Scandal*,又名《她在想什么》)获奥斯卡最佳改编剧本奖提名。——译者注

[②] 佐伊·海勒(Zoe Heller),1965—,英国记者、小说家。曾担任过英国《星期日独立报》记者,后为美国《名利场》、《纽约客》撰稿,出版了三本小说,其中2003年的《丑闻笔记》被好莱坞搬上银幕,由朱迪·丹奇、凯特·布兰切特主演。——译者注

[③] 保罗·哈吉斯(Paul Haggis),1953—,出生于加拿大的保罗很轻易就在好莱坞找到了自己的立足之地,与克林特·伊斯特伍德合作的《百万美元宝贝》一举拿下当年的最佳原创剧本奖,2005年哈吉斯自编自导的《撞车》(*Crash*,2004)一举击败当年大热的《断背山》(*Brokeback Mountain*,2005),获得奥斯卡最佳影片大奖。近年来哈吉斯已晋升为好莱坞最贵的编剧之一,编剧的作品也多为商业大片,如《007之皇家赌场》(*Casino Royale*,2006)、《终结者Ⅳ》(*Terminator Salvation*,2009)等。——译者注

快乐。这是编剧先生的上乘良策!

给读者一个快乐结局或者指出一条路给读者以希望!

☐ 6. 你的片名不够精彩!

你有一个好片名,还是一个蠢片名?从你的片名是不是压根儿就看不出这是什么故事?是不是根本没人看懂,也没人关注?是不是怪诞得招人讨厌?是不是主人公的名字?是不是不好念或不好写?

如果你的片名不够一流,换掉它。

如果片名让你莞尔或者开怀,或者一阵莫名的暖意,那就留着它。如果它能透露给读者一些影片的信息,那就留着它。片名是观众了解你的电影的第一途径,如果你有一个愚蠢的片名,他们就会以为这是个愚蠢的剧本。这个怎么强调我都总觉得自己强调得还不够。

有一次我跟我以前的学生通电话,他在洛杉矶担任一个经纪人的助理,要在两个剧本之中选择一个看。他选了那个片名很酷的。他的理由是如果一个人能想出一个好的片名,也许剧本也会不错。有时,我都怀疑他还会不会读另外那个剧本。

我最喜欢的片名是《银翼杀手》(*Blade Runner*, 1982),又酷又炫,让我立马产生想读这个剧本或者看这部影片的冲动。我恨不得给自己写的每部影片都取名叫《银翼杀手》。噢耶!

还有一些也很棒:《异形》(*Alien*, 1979)、《琼楼旧梦话当年》(*Rich and Famous*, 1981)、《乱世佳人》(*Gone with the Wind*, 1939)、《天堂里的烦恼》(*Trouble in Paradise*, 1932)、《角斗士》(*Gladiator*, 2000)、《美丽心灵》(*A Beautiful Mind*, 2001)、《异形魔怪》(*Tremors*, 1990)、《尔虞我诈》(*Used Cars*, 1980)、《疯狂金龟车》(*Herbie: Fully Loaded*, 2005)、《疯狂乔治王》(*The Madness of King George*, 1994)、《生死时速》(*Speed*, 1994)、《往日情怀》(*Oldest Living Confederate Widow Tells All*, 1994)、《机械战警》(*Robocop*, 1987)、《星期五女郎》(*His Girl Friday*, 1940)、《拯救圣诞老人》(*Ernest Saves Christmas*,

1998)、《热天午后》(*Dog Day Afternoon*, 1975)。

　　下面这些则不怎么样,因为你没法从片名中得到电影的有效信息:《逃出克隆岛》(*The Island*, 2005)、《K 星异客》(*K-Pax*, 2001)、《泳池诱惑》(*Swimfan*, 2002)、《足球尤物》(*She's the Man*, 2006)、《神勇智探》(*The Man*, 2005)、《野兽》(*Monsters*, 2010)、《天兆》(*Signs*, 2002)、《007 之明日帝国》(*Tomorrow Never Dies*, 1997)、《前进》(*Go*, 2001)、《咒怨》(*The Grudge*, 2003)、《皮毛》(*Fur*, 2006)、《魔域仙踪》(*The Neverending Story*, 1985)、《K 歌情人》(*Music and Lyrics*, 2007)、《家有顽童》(*Freddy Got Fingered*, 2001)、《鸳鸯绑匪》(*Gigli*, 2003)、《命运之手》(*Manos*: *The Hands of Fate*, 1966)、《惊心食人族》(*Jeeper's Creepers*, 2001)、《八月迷情》(*August Rush*, 2007)。

　　《婚礼傲客》、《四十岁老处男》(*The 40-Year-Old Virgin*, 2005)、《一夜大肚》(*Knocked Up*, 2007)怎么样?那是片名中的上等极品。讨人喜欢、吊人胃口,而且开宗明义,让你一下子明白这部电影是说什么的。不幸的是,这些都是人用过了的。

　　你的片名是你能想出的最好片名么?为你的影片想至少 50 个片名。给你的朋友发电子邮件,让他们给你的片名提出建议。让他们选出最佳 10 个。走进一间唱片店,看看那些歌名,上 IMDB 网站偷一个 1934 年老片的片名,总之,想尽一切方法,利用一切手段,为你的影片找到一个好名字。

　　片名好坏会直接影响它之后的命运。

第二场

人 物

□ 7. 你选错了主人公！

说起来不可思议但是是真的,人们常常把一整个剧本都写完了,才发现选错了人做他的英雄。一旦你发现自己犯了如此巨大而根本性的错误,难免意志消沉,要一切推倒重来回到正确的路确实很不容易。但是在这个阶段扔掉之前所写的一切,重新围绕正确的人物开始,总好过你就这么把它递给那个关键先生,白白糟蹋掉他今生今世可能给你的唯一一次机会。

怎样才能确定你选对了主人公呢?

英雄鉴别试验

1) 你的英雄必须主动

他必须牢牢抓住掌控权,掌控他的行为、他的问题、他的命运,永不放弃斗争,直到他战胜了那个坏蛋。一个消极被动的主人公永远不能吸引观众或读者。《亡命天涯》(*The Fugitive*, 1993)里的逃亡者理查德·金博尔博士从来就未曾放弃,不管什么问题落在他身上,他都坚持战斗、战斗,直到找到结果,然后继续战斗。

是她发起动作,还是允许其他人想出下一步该干什么? 当然,你可以写一个剧本,人物安静地坐着,不采取行动,也不做出决定,从始至终都是安静消极的。但即使是好莱坞最娴静淑雅的娜塔莉·波特曼也不会演的。

被动的主人公就像一张飞往幻想之城的单程机票,有去无回毫无指望。

2) 你的英雄必须有一个清晰明确的问题

一个问题。这个问题对于读者来说必须简单,必须清晰,而且前10页读者就得知道这个问题,不能是好几个问题。只能有一个主要问题,也就是这个故事要说的那个。电影更接近短篇故事而不是长篇小说,一定要简单。

就一个问题。

3) 英雄的问题要引起观众的兴趣

光吸引你没用,光吸引我也没用。你必须要吸引我们。问题必须足够强烈拽着我们一路狂奔到110页。不要想那些太琐屑太鸡毛蒜皮的,要比较重量级的。

英雄的问题越大,对读者的吸引可能就越大。这当然不是说每部电影都要写一个家伙炸掉了一个强盗小行星,以阻止它撞击地球——地球人知道的,以免它摧毁我们。但这个问题必须是你的人物有史以来所面对的最困难的问题。在《告别昨日》(*Breaking Away*,1979)中,英雄的斗争在于一直挣扎自己究竟要做一个自行车车手还是凿石匠。在《太坏了》(*Superbad*,2007)里,主人公只想搞到一点酒这样就可以带漂亮妞出去。

对全宇宙来说,它也许不算什么大问题,但是对电影中的人来说最好是个大问题。

4) 英雄必须自己解决他/她的问题

关键时刻没有人能够拯救他。他必须自己搞定。他可以拥有盟友,但是在最后的战役中,你的英雄必须自己击败邪恶力量(如果你是英国人,应该是"eeevil")。

是她想出一个好主意最后拯救了自己,还是其他什么人救了她?如果是后者,那位其他什么人就是主人公的最佳候选人了!

在《埃及王子》(*Prince of Egypt*,1998)里,古以色列人连夜逃出埃及,逃到红海岸边,前有汪洋后有追兵,他们上天无路入地无门。突然,从碧蓝的大海中央,一根火柱款款而来,阻止了一直追赶摩西的坏蛋,还告诉摩西如何分开红海保护大家安全渡海。摩西并没有自己解决问题。这是一个恶名昭彰的"天降神兵"①的范例,我为此专门去翻了圣经看上面是不是就这么写的,因为这是迪斯尼高人们容忍这种低劣写作的唯一理由。果不其然,圣经里就是这么写的,火柱确实出现了,搞定了所有摩西的问题。尽管典出圣经,作为剧本写作这仍然是让人发指的低劣败笔。

还有《木偶奇遇记》(*Pinocchio*,2002),每次小木偶皮诺曹遇上麻烦,蓝仙女都会从半空中俯冲下来,给他一些他自己找不到的线索。"天降神兵"是推动故事前进的下下之选,最好不要用它。

如果这上面的四条标准都亮起红灯,那么你需要认真地重新考虑你的主人公了。

问问自己:你的女英雄一直都像困在轧碎机里么?是不是不停地有越来越大的问题越来越快地袭向她?

她的情绪是不是强烈到足以支撑整个故事?

你感兴趣的是她的问题,还是在厨房里修了一架战斗机的她姑妈的问题?究竟哪个才是你的心头好?这个故事真的真的是关于她的么?或者其实是关于其他某某人的,比如说主角的小弟。这就是为什么你把粗糙的初稿给朋友读了之后会傻傻地问一句:"你认为主人公是贝蒂,还是维罗妮卡?"

她是不是绝大多数时间都出现在银幕上?

她是不是奋勇前进穿越炙热灼人的火焰山,并最终得到了改变?

---

① "天降神兵"(deus ex machina),古希腊人发明的一种舞台装置,意思是乘机械来去的神,是出现在一些剧目结尾处的一种升降设备,当故事中的神灵在最后时刻决定从高处下凡拯救即将身陷绝境的英雄时,由它负责承载扮演神灵的演员。后用来指代所有小说戏剧情节中牵强扯入的解围人物(或事件)。——译者注

那些做出改变的女演员往往能得到奥斯卡大叔的垂青。

如果你真选错了主人公,应该高兴才对!你已经做了大量细致的工作,这些都会为你的新故事服务。你可以一路放心向前航行,因为已经确信自己行驶在正确的航线上。当然最好的消息是,你还没有把你的剧本递出去。如果那样的话,你所有这些辛苦的海量工作都会变成浪费时间。

你真该庆幸自己现在就能发现,而不是等你手拿创新艺人经纪公司(CAA)①的保险项目时才发现。

8. 你的主人公塑造得不对!

千万别忘了《心灵访客》那最重要的一课。你写的文字就是吸引演员参演的诱饵。

只要演员对你塑造的人物动了心,他们就会加入进来,甚至努力促成将你的剧本拍成电影。所以一定要把好好把握人物塑造!

情节来自人物。所有发生的事情归根结底都源于他们自身。在《夺宝奇兵之法柜奇兵》一开始,我们就得到一个信息:哈里森·福特怕蛇,这是他性格中的一部分。所以,在高潮部分,就必须有蛇!《阿拉伯的劳伦斯》里劳伦斯满怀热情努力避免流血伤亡,而最后,他变了,他自己也迷上了杀戮游戏。《北非谍影》(*Casablanca*,1942)中,里克信誓旦旦不会为任何人出头,但是最后他却偏偏为人出了头。

接下来说说人物的变化——也就是人物的"弧光"②。也就是指影片开

---

① 创新艺人经纪公司(Creative Artists Agency),简称 CAA,创立于 1975 年,在如今好莱坞是当之无愧的王者,好莱坞 2/3 左右的一线明星都签在 CAA 旗下。汤姆·汉克斯、汤姆·克鲁斯、朱丽娅·罗伯茨、妮可·基德曼等巨星均出自 CAA,全明星阵容多达几百位,如果再加上音乐人、作家等,CAA 签约艺人总数过千。好莱坞最权威的《首映式消息》称之为"好莱坞最有影响力的机构"之一。——译者注

② "弧光"(arc),罗伯特·麦基在《故事》中这样定义"人物弧光":最优秀的作品不但揭示人物真相,而且在讲述过程中表现人物本性的发展轨迹或变化,无论是变好还是变坏。这种人物的变化就是人物弧光。——译者注

始时的他们 VS. 影片结尾时的他们发生什么变化。有时演员会先看头 10 页，然后翻到最后 10 页，看看人物有没有巨大的变化。如果没有，他们就直接把这剧本撂下了。如果是岩石警官就会说："哎——哟"。

　　人物转变很重要。我们希望仁慈和公正最终获得胜利，我们希望人物能在某种程度上认识自我发现自我，变得跟影片开头有所不同。正因为这些在真实生活中都很少发生，在故事里才愈发显得弥足珍贵。

　　记得《圣诞怪杰》(How the Grinch Stole Christmas, 2000) 么？故事开始的时候，阴森可怖郁郁寡欢的格林奇的心脏太小了。结尾的时候，他的心脏变成了以前的两倍，他笑容满面，与沃威勒村的居民和睦相处。这是一个巨大的转变。《意外的人生》(Regarding Henry, 1991) 里，哈里森·福特一开始是个性情古怪的混蛋，但是被枪击后他重新发现了人生，最后变成了一个好人。《绿野仙踪》(The Wizard of Oz, 1939) 里，桃乐茜讨厌堪萨斯，结尾的时候却为能回家欣喜若狂。《窈窕淑女》(My Fair Lady, 1964) 里，一开始的时候丽萨·杜利特尔是个举止粗俗的贫民窟女子，最后她变成了一位高贵优雅的上层淑女。《变相怪杰》(The Mask, 1994) 里，斯坦利·伊克斯一开始是个可怜兮兮、卑躬屈膝的失败者，而那个神奇面具则释放了他真正的自我。哇！影片结束时，他完全变成了另外一个人。

　　当然也有例外，不是所有电影的主人公都会发生转变，比如《荒野大镖客》(A Fistful of Dollars, 1964) 中那位无名侠客。他有性格"弧光"么？没——有。

　　在比利·怀尔德[①]和 I·A·L·戴蒙德[②]的《桃色公寓》(The Apartment,

　　[①] 比利·怀尔德(Billy Wilder), 1906—2002，犹太裔美国导演、制作人与编剧，美国史上最重要的导演之一。曾两度夺得奥斯卡最佳导演奖，八次获最佳导演奖提名。导演作品：《双重保险》(Double Indemnity, 1944)、《璇宫艳舞》(The Emperor Waltz, 1948)、《日落大道》(Sunset Boulevard, 1950)、《七年之痒》(The Seven Year Itch, 1955)、《热情似火》(Some Like It Hot, 1959)、《桃色公寓》(The Apartment, 1960) 等。——译者注

　　[②] I·A·L·戴蒙德(I. A. L. Diamond), 1920—1988，著名好莱坞喜剧编剧，职业生涯从 20 世纪四十年代一直持续到八十年代，1957 年开始与传奇名导比利·怀尔德的成功合作，《热情似火》、《桃色公寓》获得巨大成功，《桃色公寓》还获得奥斯卡最佳编剧大奖。怀尔德与戴蒙德合作的许多影片中都有两个男主人公不停地斗嘴却无损友谊的情节，戴蒙德的遗孀称这就是"怀尔德和戴蒙德关系"的真实写照。——译者注

1960)里,杰克·莱蒙是废物一个(他的邻居就是这么叫他的!),但到影片最后他学会了做一个受人尊敬的体面人(他是这么叫自己的!)。

影片一开始:

> 杰克非常希望能在他所工作的保险公司里得到晋升,出于这个目的,他忍辱负重,为用他的公寓泡妞的副总裁们买点心和酒讨好他们的情妇,自己却一个人躲着吃冷冻食品。别人酒足饭饱,他负责刷锅洗碗。为了实现野心,他沦为一个受气包。
>
> 大雨里他让出自己的公寓,供他的老板和一些傻大姐宝贝颠鸾倒凤。他满腹怨气但还是憋着不敢发作,因为他很清楚如果不让他们用公寓,他的饭碗就可能不保。

随后:

> 他把公寓钥匙给弗雷德·麦克默里,后者来这儿是为了和电梯女孩亲热,偏偏这个女孩正是杰克心仪已久的梦中女孩!可是,杰克必须得到他梦寐以求的晋升。

然后,沿着这条路继续深入:

> 杰克忍无可忍,告诉弗雷德他不能再用自己的公寓了。在决定做一个有尊严的人之后,杰克放弃了他的工作。他整个人都变了。连他说话的语气都跟以前不同了。正因为他发生了转变,迷人的雪莉·麦克莱恩最后才会跟他一起玩纸牌。瞧瞧!

杰克发生了变化。很大的变化。你的主人公也应该如此。

一旦你想清楚了你的主人公为什么是这个样子之后,就该按如下程序制作剧本这个"多层蛋糕":

> 从根本上说,他们是干吗的?他是一个专偷高档艺术品的雅贼还是一个笃信我主的牧师?嗯。她是芝加哥的水下焊接工。他是古罗马角斗士。他是长着一双剪刀手的怪鸡小子。她是会飞的修女。他是嗜

赌的生意人。

他们有没有内心冲突？萨莉是不是既脆弱又坚强，她的内心是不是善恶共存，是不是一个肩膀上站着天使，另一个肩膀上站着魔鬼？萨莉既想成为返校节舞会上与人为善的好女孩，但同时她也想干掉自己的竞争者。

他们有没有一些与众不同的特征？比如个性化的特点、文化背景、经济条件、所处历史时期，还有职业。所有这些都会影响他的说话、动作、举止。他们信仰什么，品行如何？他们对父母或者孩子或者工作搭档感觉如何？她是不是容易激动？他是不是讨厌说谎的人？他是不是一个大话王？他是一万年前被冰冻在大型冰块里的古人，所以看到钢笔都大惊小怪？她是不是个园艺狂热分子？等等等等都是。

读者喜欢细节，演员也是。你的主人公亲吻妻子的玉颈时是不是喜欢卖弄两句法文？他随身口袋里是不是揣着圣·克里斯托弗勋章？左撇子的习惯对她的生活有什么影响？她是不是把自己拔掉的眉毛在水槽边上排成一排？当她必须喊"爸爸"的时候，她是不是会磕巴？

最后，他们在整个故事中是不是始终如一？千万不要为了让人意外而故意不按常理出牌。一旦你确定了他的核心个性，那么他所做的一切就都必须符合他的性格。他不能是一个严格的素食主义者却突然开始大嚼熏肉。

每个人物都想得到点什么，很想很想得到。但是他们想要的却往往不是他们真正需要的。当然他们到最后定会恍然大悟（关于这个我会在后面结构的章节里做更多阐述）。

这种渴望一定要足够强烈，强烈到能驱动整部电影。但又必须足够简单让观众一目了然。《丰盛之旅》（*The Trip to Bountiful*，1985）里，那个老妇人想要回家。《为黛茜小姐开车》（*Driving Miss Daisy*，1989）里那个老太太想要自己搞定一切，但是他的儿子却不让她开车，非要给她请一个司机。

千万别让人物做小儿科的决定，比如"我是应该娶一个校园舞会皇后还是把牢底坐穿"之类的。给他们一个伤筋动骨的道德抉择，比如：1）我爱我的丈夫但是我又想和我的学生同居。2）一个好人杀了一个坏人。我应该吊死好人么？3）如果我告诉我的客户真相，他们就能庭外和解；如果我对他们撒谎，那么我在法庭上的精彩表现将会让我的律师生涯迎来一个职业高峰。

鬼魂①（就像《哈姆雷特》里的！）就是顶在你的英雄背后的矛尖，驱使他不得不前进。《唐人街》中，吉缇斯曾经想保护一个女人，但是最后她还是受到了伤害。他拼命不让这悲剧再度发生。《离离原上草》(Ironweed, 1987)中，英雄意外摔死了自己刚出生不久的孩子，这个孩子的鬼魂一直生吞活剥着他。《日落黄沙》(The Wild Bunch, 1969)中，罗伯特·赖安背叛了他最好的朋友威廉·霍顿成为了执法者。《北非谍影》中里克的鬼魂是他的巴黎，在那里他曾经拥有爱又失去爱，这驱使着他下次一有机会就要紧紧抓住爱。《普通人》(Ordinary People, 1980)电影一开场，主人公的一个儿子死去，而另一个儿子也想自杀。阴魂不散的幽灵就是死去的那个得到更多爱的儿子，他驱使所有人物走向悬崖边缘。

背景故事（backstory）和这里所说的鬼魂不同。背景故事解释的是他们为什么是这个样子，因为过去发生的某些特定事件。可以是十件事，也可以是六件或者两件。它不是鬼魂（英雄鞋里面的石子），而是例如人物生长在新泽西州，养鸽子，来自码头装卸工人的家庭，是一个拳击手，因为输钱而日渐堕落，可能变成一个冠军挑战者等等这些情形。

鬼魂则是更大的背景故事的一部分。这里就不花费太多笔墨讨论背景故事和鬼魂了。总之，我们看见的是冰山一角，但是你知道水面之下有什么。

《雨人》(Rain Man, 1988)中汤姆·克鲁斯曾经是个好孩子。有一次他考试所有科目都得了 A，他向爸爸要最宝贝的别克车的钥匙。老人说不。汤姆不管三七二十一和朋友一块儿把别克车开了出去，而他父亲报警说车被偷了。汤姆和朋友都进了监狱。其他孩子的父亲都来接走了他们。

---

① 鬼魂（ghost），指莎士比亚名著《哈姆雷特》中，主人公哈姆雷特的父亲为其弟所害，死后化成的鬼魂，他在戏剧中的出现，一直是推动故事发展的重要驱动力。——编者注

只有汤姆的父亲没有。他把汤姆扔在那儿整整两天。一个家伙想要强奸汤姆，而且还用刀刺伤了他。当汤姆终于出狱，他离开了家从此再也没有回去过。

汤姆对过去发生的一切的感受影响了他现在的每个举动。

关于人物最后再说一点儿：

你的人物是个百分百的好人么？没人应该这样。他们得有一到两个缺点。

有什么人物是你不需要的么？或者应该把那两个或三个人物合并成一个人物？

别让你的主人公离开观众视线太久。

我们是通过你的人物的行为了解他的么——还是通过对白？一个男人揍了他老婆，然后痛哭流涕，道歉，但是之后他还是继续揍她。人物一定要是可见的，即使把声音关掉也一样。眼见一个家伙把蔬菜罐头洗了再洗才放进储藏室，效果远胜于听他说："我是个洁癖怪人。"

如果你的场景里有两个人，要让他们两个天差地别。让他们的性格形成强烈反差，这样你写起来会轻松得多。一个崇拜克林顿，另一个卧室里贴满了布什的贴纸。想想他们两个共进午餐，一边再来点酒，那是什么情景！没法不妙笔生花！

你给了你的人物尽可能多的机会来采取行动么？在小说《情迷四月天》里威尔克斯夫人是在教堂里认识爱博索特夫人，然后邀请她和自己在意大利合租一栋别墅。到了电影剧本里，则变成威尔克斯夫人在报上登了一则广告寻找愿意跟她合租别墅的人。这样一来寻找同租的冒险系数就大大提高，编剧这一改，无疑让威尔克斯夫人的性格变得有趣得多了。

再一次，但绝不是最后一次问：你的人物有变化么？变化越大，就可能越好写。在114页的剧本里，如果托比是从A一路变成Z，想想其中有多少步你可以写。但是如果他只是从A到F，变化没那么大，写作难度也增加了。

吸引演员上钩的难度也增加了。

□ 9. 你的人物塑造得不够具体！

下面是我和一个学生的对话。她笔下的人物琳达是医院里的病人，而罗宾是她的护士。

"好，跟我介绍一下琳达。"
"她病了。"
"她怎么病的？"
"因为感染。"
"什么感染？"
"她体内有根管子，因为那个感染了。"
"她体内为什么会有一根管子？"
"她得了癌症。"
"什么癌。"
"这有关系么？"
"是的，有关系。她得的是什么癌直接会影响她的外表，她的感受，和我们对她的感受。如果她得的是乳腺癌，你会因此得到粉红丝带①，但不会像艾滋病、辐射病成为公众议题。说她得了胰腺癌。"
"真的？"
"如果她得了胰腺癌，那就注定一死了。而且死亡会来得迅速而不那么痛苦。"

长长的停顿。

我说："你看看这多么有关系，如果她病了，你必须清楚地知道她为

---

① "粉红丝带"作为全球乳腺癌防治活动的公认标识，用于宣传"及早预防，及早发现，及早治疗"这一信息，足迹遍布全球数十个国家。各国政府亦将每年的10月定为"乳腺癌防治月"。——译者注

什么病，因为它会影响所有事情。"

"是的，确实是，现在我知道了。"

"现在再跟我说说罗宾，那个护士。"

"她对自己的生活心烦意乱。"

"我们如何能看出这一点？"

"她偷医院的药。"

"哪种药？"

"我不知道，就是药。"

"兴奋剂？"

"也许，应该就是吧。"

"镇静剂怎么样？一个偷兴奋剂的人会有完全不同的个人问题，那是跟一个偷巴比妥酸盐①的人完全不同的人物。或者她偷的是止痛药？可是为什么？她哪部分性格会导致她去偷奥施康定②或者吗啡？偷的药不同，她的故事也会大不同。"

"哦，是的，太对了。"

一切从这里继续生发下去，谈话结束的时候她已经对自己要写什么有了更清晰的认识。当我说"你不够具体"时，她也立马领会了我的意思。

你需要问自己同样的问题，如果你描述一个人物时说"他很难过"，这显然不够。他到底是"悲伤"还是"痛不欲生"？除此之外你当然还要知道他为什么如此。

说故事时碰到任何事情涉及任何细节，都要时刻提醒自己要想办法让它具体。别说什么"他毕业于一所名校"，告诉我们究竟是哪所名校，此名校和彼名校的差别大着呢。

演员想知道这些事，读者也想知道。要具体。要非常具体。

---

① 巴比妥酸盐(Barbiturates)，1903年发明，在20世纪初巴比妥酸盐逐渐成为主要的安眠药物。到20世纪六十年代以后，巴比妥类药物作为安眠药使用就逐渐减少，迄今可以说已经基本上不用了。最主要的原因有两点，一是当时已经有了更好的安眠药，完全可以代替巴比妥类药物；二是巴比妥类药物在应用的过程中出现了不少副作用，使医师与病人都望而生畏。——译者注

② 奥施康定(Oxycontin)，解热和镇痛药，药效是吗啡的两倍，适用于中重度疼痛。——译者注

10. 你没给你的人物安身之处！

下面是一个要引以为戒的反面范例：

> 淡入
> 外景　普通的居民区　日景
> 　　一栋中等城市里的好房子。

你得拿出自己压箱底的本事来帮助自己踏上成功之路，写出这种大路货显然帮不上什么忙。

没有所谓的"一个普通小镇"，没有所谓的"一个中等城市"，真实生活中也许没有，电影里是肯定没有。如果你在选择地点的时候不能做到真正的具体，具体到乡村、城市或者别墅里的某个房间，你就没法发挥到最佳写作水平。

地点应该作为一个独立的特征来处理。你的故事是发生在正确的时间、正确的地点么？把人物安置在哪儿很重要。当你为你的故事选择地点的时候别说"郊区"，你应该说密歇根州哈姆川克。选择一个城市或小镇，并且让它成为故事中的一个重要部分，那些住在底特律城外的人就和那些住在基韦斯特城外的人完全不同。如果你想进一步体会地点是如何与故事切实相关密不可分的话，我建议你看看蒂姆·高特罗①的小说。

"所处地点不同，人们的行为也会不同。想象一对夫妻在他们家前院争吵，现在把这场争吵搬到后院。地点不同，争吵的性质是不是也随之发生了改变？当他们知道没有邻居看着的时候，举止行为肯定是另

---

① 蒂姆·高特罗(Tim Gautreaux)，1961—，美国小说家，小说《下一个舞步》获1999年度美国东南部书商协会奖。——译者注

一个样子。"

——琼·图克斯伯里[①]

我为《乖仔也疯狂》(*Risky Business*, 1983)的制片人写过一个剧本,故事源自他大学一年级的罗曼史。他女朋友去费城上大学,她的父母生活在纽约,而他在长岛担任救生员。不知怎么搞的,故事进行不下去了,我们反复琢磨推敲原因究竟何在,最后我发现了(几个月之后!)我们太忠实遵照真实生活了。我对故事做了一些改变,让女孩和她的父母都生活在纽约,他们住在那里,而她在那里上学。小小的改动改变了一切,就只因为我决定让她呆在纽约,故事得以成立。

你的故事发生在哪一年最合适?哪个季节最合适?想象一下你的故事发生在罗马、发生在冬日里积雪三尺厚的死寂的阿拉斯加,或者发生在加利福尼亚的海滩上会多么巨大的不同?观众对同一个事件分别发生在内布拉斯加州、塞尔玛或阿拉巴马又会有怎样不同的反应?

地点的选择不仅会影响整个故事,还会影响单个的场景。

尽管下面这个取自《洛奇》(*Rocky*, 1976)的例子并不源于剧本,但我们权当它是。史泰龙的剧本最后让洛奇和艾德里安去约会,他邀请她出去,一开始她拒绝了,但最终还是心一软赴了约。他们去了一家餐馆,在那儿有一场亲密对话。完美的初次约会?可是当史泰龙着手拍摄这个场景的时候,钱出了问题,他们租不起餐馆,更负担不起一切额外开支。他们只找来一个大顶篷,这个便宜他们还租得起,而且没有其他开支。他们拿它做什么用呢?他们——变出了一个夜间关门后空荡荡的溜冰场。

剩下的就是电影史上的经典时刻了:艾德里安摇摇晃晃地踩着溜冰鞋,洛奇走在她的身边,他们就这么进行了一场甜蜜而又吞吞吐吐的对话——就是他们本来应该用在餐馆里的对话——这比原剧本里的安排妙多了。中途还有一个小小的冲突,磨冰机司机过来告诉他们必须马上离开这儿。那

[①] 琼·图克斯伯里(Joan Tewkesbury),1936—,美国影视导演、编剧、制片人、女演员。琼长年与美国著名导演罗伯特·阿尔特曼(Robert Altman)合作,是《没有明天的人》(*Thieves Like Us*, 1974)和《纳什维尔》(*Nashville*, 1975)的编剧。——译者注

是我最喜欢的电影场景之一。看,场景一变,一切都变了。

仔细检查你的剧本,一个场景接一个场景,看你能不能把一个无聊的地点换成奇妙的所在。

11. 我们对你的英雄没兴趣!

我们没希望她上仙山盗仙草,能常人所不能。

> "吸引观众最简单的方法就是让他们知道在限定的时间限定的地点某人必须尝试某事,而如果失败,就会招致杀身之祸。"
>
> ——哈里·霍迪尼①

你得让我们一心希望你的英雄赢。这不代表"要有一个招人喜欢的主人公",你的英雄不一定要很招人喜欢,甚至不一定是个好人。发展部的家伙或者写作老师说你的主人公应该讨人喜欢,但你没必要对他们唯命是从,如果你所有的朋友都从悬崖跳下去了,你也跟着跳么?

看看杰克·尼克尔森的《尽善尽美》(As Good as It Gets,1997),他有同情心么?他一出场做的第一件事就是把一只可爱的小狗扔进了楼里的垃圾管道!这可一点都不可爱。当他被人扔出餐馆的时候,所有的老顾客都鼓掌称快,看来他已经混得人神共愤了。

这就是这个故事的英雄么?

他毫无同情心,一点都没有,但是我们还是会对他的处境产生共鸣。我们认同他的感受,我们理解他的问题,我们从心底里想要他去克服这些问题。

我们全力挺他,我们为他加油。

杰克·尼克尔森的角色同情心欠奉,魅力却爆棚,我们希望他最终赢得

---

① 哈里·霍迪尼(Harry Houdini),1874—1926,匈牙利裔美国人,是魔术师、脱逃大师、特技演员、演员和电影制片人。——译者注

海伦·亨特的芳心。我们希望他赢!

如果你的主人公没把读者迷得五迷三道,你就只剩下抱头痛哭的份了。他可以是全宇宙无敌的超级混蛋,但只要他有趣,我们照样会被他吸引。看看莎士比亚的《理查三世》。乖乖,那可是世界级的 24 克拉的邪恶混蛋,和可爱完全沾不上边,但是我们的视线却一秒钟都没法离开他。想想《落水狗》(*Reservoir Dogs*,1992)里的粉红先生,他连小费都不给。或者金先生,他切下了好警察先生的耳朵。这些家伙都与同情心绝缘,他们都很可怕!你永远不会邀请他们来你家吃意式卤汁宽面,但是你肯定乐意在电影里看到他们。

再举个艾伦·阿金的例子,就是《阳光小美女》(*Little Miss Sunshine*,2006)里那个老没正形的家伙,他永远都在抱怨,永远都不高兴,但是他爱他的外孙女,花了大把时间来帮助她排练参赛的脱衣舞,所以我们想要他赢。

我们想要《告别昨日》(*Breaking Away*,1979)里的男孩赢得赛跑比赛;我们想要《麻辣女王》(*Miss Congeniality*,2001)里桑德拉·布洛克抓住坏蛋;我们想要《洛丽塔》(*Lolita*,1962)里亨伯特跟洛丽塔亲热;我们想要《雨人》里的汤姆·克鲁斯和达斯汀·霍夫曼解决他们各自的问题;我们想要《虎胆龙威》里的布鲁斯·威利斯打败汉斯·格鲁伯·根特;我们想要《杀死一只知更鸟》里汤姆·罗宾逊被证明无罪,斯考特逃出艾维尔先生的魔掌。

我们希望你笔下的人物得到他想要的,但是我们不必喜欢他,我觉得最好的状态就是:"他是我们最讨厌的家伙,我们却偏偏仍希望他赢。"

托德·索伦兹(Todd Solondz)的《幸福》(*Happiness*,1998)中,迪伦·贝克扮演一个极度自闭的恋童癖。在孩子们的睡袍派对上,他居然用安眠药片装点冰激凌。同情心跟他扯不上半点关系,他想要做的既不合法也不道德,我们没法对他的所作所为鼓掌赞同。但当他在奔向目标的路上出现障碍时,他越拼命抗争继续追逐,我们越希望他得到,即使我们心知肚明他想要的是错的!错的!错的!但是,我们依然想要他赢,真是不可思议。

我们必须为你的家伙鼓劲打气,一心希望他能取胜,做不到这一点你的故事就没人爱看。

□ 12. 你的对手不是一个人！

"邪恶的纽约城"对于电影来说可不是一个称职的坏蛋；"人类对待同类的残暴"也不是坚韧顽固的奥克拉荷马城私人侦查员约翰·登曼的真正对手；而"黑暗、压迫的存在"更不是《异形》中威胁西格尼·韦弗的反面势力。对手是一个可怕的怪物，一个庞大的长着滴涎的利牙的存在——就像《开放的美国学府》(*Fast Times at Ridgemont High*, 1982)里的汉德先生。斯皮考利必须跟一个人作战。

你的英雄也应该如此。

你剧本里的坏蛋不能是某种疾病或者制度或者负疚感或者天气，这些都只能作为英雄问题的一部分，但是最终他必须和一个人类对峙。只有人才会制订计划，拥有复杂的欲望、需求、一套与英雄截然对立的信仰体系，而且还能同处一个房间对他大喊大叫！

你会反驳说《僵尸肖恩》(*Shaun of the Dead*, 2004)中对手就是僵尸，但是我会反击说早在活死人袭击酒馆之前，诸多人类的冲突已经把那一小撮人撕成了碎片。

如果你选择的邪恶坏蛋是"医疗行业"，那么也得创造一个医生或者护士来体现大型医疗机构令人憎恶、生畏的团体性犯罪。看看《飞越疯人院》(*One Flew Over the Cuckoo's Nest*, 1975)中拉切特护士，路易斯·弗莱彻与杰克·尼克尔森一直处于准道德冲突之中，她对付杰克和他的伙伴们的那些卑鄙手段让观众毛骨悚然。当杰克最后好不容易终于击败她，观众得到的满足也是巨大的。因为她是一个人。

你必须为英雄找到一个人来对抗。如果你没有，赶紧找一个。

还有，你没法给那个"黑暗的残酷的存在"写俏皮的对白，而演员最想说的就是酷酷的台词。如果演员不想演你的戏，制片人也不会想拍的。

□ 13. 你的对手不够强！

你的英雄是否有趣，取决于他的对手。

"在科幻电影中，怪物永远都要比女主角强大。"

——罗杰·科曼①

我印象中《空中大灌篮》(Space Jam, 1996)的海报是这样的：迈克尔·乔丹在前，那个巨大、狰狞、龇牙咧嘴的怪物在他身后窥伺着他。

看哪！英雄是全世界一等一的篮球巨星，聪明、健硕还很好看，完美的电影英雄。他的对手是谁？不是街那头的小蒂米——一个乔丹可以拿他拖地板的不知道天高地厚的愣头小子，而是身形巨大尖牙利爪的太空异形——他们拥有超强的力量还有狡猾的手段，另外还能凶猛地扣篮。这才

---

① 罗杰·科曼(Roger Corman)，1926—，美国电影制片人、导演，被称为"B级片之王"。科曼制作的影片大多是低成本影片，而且极度高产，曾在一年时间里推出七部影片，最快的速度是用两天一夜拍完一部电影。改编自爱伦·坡故事的系列影片为他赢得评论界的肯定。作为演员，科曼出演过《沉默的羔羊》(The Silence of the Lambs, 1991)、《教父Ⅱ》(The Godfather: Part Ⅱ, 1974)、《费城故事》(Philadelphia, 1993)等。2009年科曼获得奥斯卡终身成就奖。——译者注

是旗鼓相当的对手!

对手或者坏蛋或者敌人，不管你怎么称呼他，反正他必须比好人强大，否则你的电影就不存在了。如果你的电影一开始面对坏蛋时没把我们吓住，你就得重写。这并不是说她必须手拿射线枪杀人如麻，有时也可以是《普通人》中的玛丽·泰勒·摩尔——那个妈妈就是个强大、执拗、冷酷的对手。

你的坏蛋必须一直在采取行动，他总是在算计、谋划、偷盗、杀戮、伤害、贬损或者敲碎你披萨上的奶酪。如果这个坏蛋不是一直在采取行动（而且是越来越聪明的行动），那他就不是一个称职的坏蛋。

你是不是尽可能地让英雄和坏蛋共处一室？想办法让他们面对面，让他们放下电话挤进同一辆车？如果有办法把英雄和坏蛋的关系从仅仅是同城的竞争者改成事业上的搭档，那就改吧。

别把他弄成一个百分百的坏蛋。就像你的英雄也不是百分百的好人一样，你的对手也不应该是一个彻底的混蛋。如果他是一个恐怖分子，让他对好酒有一种非凡的品味。《北非谍影》里，斯特拉瑟少校也不是一个流着口水的次等坏蛋，他有充分的理由做他所做的；教父的行为动机是他对家庭的爱；戈登·盖柯[1]则是为了追求成功和实现抱负；虎克船长[2]则是因为"没有小孩爱我"而痛苦。

你把坏蛋设置得招招戳中好人的肺管子了么？如果好人正因为在享有盛名的大学任教挣不了几个钱而烦恼，那么住在对街的坏蛋干一样活挣的则是他的两倍多。

没有一个好的对手，你的英雄也就不成其为英雄了。如果穆罕默德·阿里面对的是摩西奶奶，谁还会掏钱去看这部电影？是乔·弗雷泽让

---

[1] 戈登·盖柯（Gordon Gekko），奥利弗·斯通执导的影片《华尔街》(*Wall Street*,1987)、《华尔街Ⅱ》(*Wall Street: Money Never Sleeps*,2010)中由好莱坞明星迈克尔·道格拉斯扮演的角色，身为华尔街证券经纪的他，为达到成功的目的，可以不惜一切代价和手段。——译者注

[2] 虎克船长（Captain Hook），史蒂文·斯皮尔伯格导演的影片《虎克船长》(*Hook*,1991)中，由好莱坞明星达斯汀·霍夫曼饰演的角色。作为小飞侠彼得·潘的宿敌，他总是爱绑架孩子。而《虎克船长》中他则绑架了长大了的彼得·潘的儿子，迫使成年后的彼得·潘再次踏上历险旅程。——译者注

阿里成为了今天的冠军,没有弗雷泽也就没有阿里。

☐ 14. 你没能让对手促成你的英雄改变!

没有对手,你的英雄永远也不可能进化到他需要变成的那样。

绝大多数主人公都发生了转变。演员们都晓得如果人物不能展现出某种成长,他们就没希望捧得奥斯卡。你的英雄将如何企及这金光闪闪梦寐以求的圣杯——"人物变化"?

你的故事一开头英雄就身处人生中的困境——他对人怠慢,心底仿佛有个黑洞,大得能扔进去一辆马克重型卡车①。到了影片结尾,他会变得更好更乐观,他之后的人生会充满生机和活力。

所有这一切都是因为他的对手。

《虎胆龙威》中,约翰·麦克莱恩的婚姻岌岌可危,他没法与妻子好好相处,已经绝望了,两人的关系正不可救药地滑向崩溃。这时汉斯·格鲁伯出场了。

格鲁伯绑架了视线所及的所有人,其中也包括麦克莱恩的妻子,而且他准备把人质全部杀掉。麦克莱恩被迫开始行动,从这个绝顶聪明的劫匪手里解救妻子的过程中,麦克莱恩逐渐意识到自己有多爱这个女人。故事结尾时夫妻重归于好,安然度过感情危机,麦克莱恩变成了他需要变成的那样。汉斯·格鲁伯,真是出色的婚姻顾问。

随便挑一部片子。

《北非谍影》一开始时,里克·布莱恩是个自私的家伙,而结尾时他完全变成了另一个人,为了帮助抵抗力量,居然放弃能给予自己最大快乐的深爱

---

① 马克重型卡车(Mark Truck),美国一家重型货车制造厂商,也是全球最大型的厂商之一。一战时,有超过5000辆马克 AC 型卡车在英国和美国部队中服役。当其他卡车陷入泥沼时,英美士兵总是调来马克 AC 型把它们拉出来。由于这种卡车所具有的超强动力和扁平的鼻形发动机罩让人很容易联想起牛头犬,英国士兵就把它们称作"牛头犬"。1932 年,4 英寸高、采用铬合金制作的牛头犬成为马克卡车公司的标识。——译者注

的女人。多么恢弘的人物弧光。因为这是一个爱情故事,对手是伊尔莎·伦德。如果不是她把里克的人生彻底翻转,他也许会一直是个自私自利的混蛋,终老于卡萨布兰卡。

《撞车》中,作为一个成功的黑人如何处理种族主义的麻烦、如何对待自己在白人世界的位置,让特伦斯·霍华德一筹莫展,而他从不愿与妻子聊起这所谓的"工作事务"。是马特·狄龙按下了他转变的按钮,在差点被烤成一个汉堡包之后,从绞肉机里爬出来的特伦斯变成一个更好更强的人。没有马特·狄龙,就没有幸福。

《导购女郎》(*Shopgirl*,2005)中,克莱尔·丹尼斯对詹森·舒瓦兹曼一点都不感兴趣(其实她应该和这个人在一起),直到她遭到了史蒂夫·马丁的勒索——她不得不发生改变,之后,也只有在这之后,她才有了最后和詹森走到一起的自信。

现在,看看你的剧本,是什么引起主人公发生变化?

最好是他的对手。

☐ 15. 你的坏蛋没觉得他是自己电影里的英雄!

坏蛋有充分的理由为他的所作所为辩护。

《非常手段》(*Extreme Measures*,1997)中,休·格兰特的对手吉恩·哈克曼算得上肆无忌惮不择手段,但他绝不是一个连环杀手而是一位知名的外科医生,多年来一直致力于寻求治疗瘫痪的方法。因为深知在有生之年是等不到 FDA(食品及药物管理局)批准他的治疗提案,他只能求助于非传统方法,推出他坚信不已的治疗手段。多么高尚的目的!

除了——唉——他为达到目的在一些无家可归的流浪汉身上做实验,而有些实验品死掉了。他觉得这无可非议,因为这个治疗方案将是超级棒的,而无家可归的流浪汉没有人会记得他们,他们甚至没有理由活在这个世界上。他做了坏事,但是却是出于一个可以理解(或者令人同情)的原因。

坏人的欲求应该能引起观众的情绪反应。

《肖申克的救赎》(The Shawshank Redemption, 1994)中,那个笃信圣经的典狱长希望在监狱里建立秩序。这值得赞赏,但是只有一个问题——他是一个虐待狂。

《春天不是读书天》中,坏人则想在学校里建立秩序——完全能引起共鸣,令人理解。"这次我一定要抓住他杀一儆百,让那些孩子知道像他这样是死路一条。"鲁尼做的事情完全正确,不幸的是,如果他成功了他就要毁掉费里斯的一生。

即使是西方邪恶女巫①也有充分的理由为非作歹——如果有人用房子砸死了你的姐姐,偷走了你满心指望能从母亲那继承的魔鞋,你会作何感受?在她的世界里,在属于她自己的电影里,西方邪恶女巫就是女主角。

□ 16. 你没给坏蛋准备坏蛋演说!

我们怎么知道坏蛋是他自己电影里的主角儿?就是通过坏蛋演说。所以你才会在电影里如此频繁地听到坏人娓娓道来他的感受、他的理由。

在迈克尔·曼②和克里斯托弗·克劳③根据詹姆斯·费尼莫尔·库柏④小说改编的《最后的莫希干人》(The Last of the Mohicans, 1992)中,马瓜是个

---

① 西方邪恶女巫(Wicked Witch of the West),美国作家弗兰克·鲍姆(Frank Baum)创作的奇幻冒险童话故事《绿野仙踪》中的反面角色。她因为桃乐茜从空中坠落的房子砸死了她的姐姐东方女巫且拿走了本该属于她的银鞋而对桃乐茜怀恨在心。——译者注

② 迈克尔·曼(Michael Mann),1943—,美国著名导演,1979年执导了首部影片《天牢勇士》(The Jericho Mile),1984年创作、执导的电视连续剧《迈阿密风云》(Miami Vice)获得了巨大的成功。1992年迈克尔转而制作故事片,并执导了由丹尼尔·戴-刘易斯和玛德琳·斯托主演的影片《最后的莫希干人》。迈克尔执导的其他影片有:《盗火线》(Heat, 1995)、《局内人》(The Insider, 1999)、《拳王阿里》(Ali, 2001)、《借刀杀人》(Collateral, 2004)、《迈阿密风云》(Miami Vice, 2006)等。——译者注

③ 克里斯托弗·克劳(Christopher Crowe),1948—,美国编剧、制片人、导演。编剧作品:《最后一个莫西干人》、《黑暗中的耳语》(Whisper in the Dark, 1992)等。——译者注

④ 詹姆斯·费尼莫尔·库柏(James Fenimore Cooper),1879—,美国作家,童年故乡残存的印第安人及印第安人的传说给库柏留下了深刻的印象,并促使他日后第一个在长篇小说中采用印第安题材。最受欢迎的是他描写边疆生活的《皮袜子故事集》("皮袜子"是小说主人公纳蒂·班波的绰号)五部曲:《拓荒者》、《最后的莫希干人》、《草原》、《探路者》、《猎鹿人》以及反映航海生活的《舵手》。——译者注

迷人的坏蛋！他精明、可怖、卑鄙，对芒罗和他的两个女儿恨之入骨，这仇恨的火焰熊熊燃烧永不熄灭。我们被马瓜吓死了。他想要做的就是将那两个粉嫩孱弱的女孩剁成碎片，但是这正是他唯一的特征——就像《大白鲨》中的鲨鱼——他就是一台杀戮机器。

马瓜一直保持这种一维性，直到他有机会去讲述他自己的故事。首先，他吓到了我们。（这是第 12 章，马瓜的仇恨——DVD 的第 12 章，顺便说一下）。当蒙特卡姆问马瓜为什么恨灰发佬（英国人），马瓜回答说想要杀死灰发佬吃掉他的心，不过在杀死他之前，马瓜对他还要有一个特殊招待。"马瓜要先在他面前杀死他的孩子，这样灰发佬就可以尝到绝种的滋味。"

太精彩了，我不得不中断一下为这生花妙笔鼓掌。有趣的是马瓜没有回答蒙特卡姆的问题"为什么"，我们还是只知道马瓜要杀死那两个女孩，吃掉她们父亲的心，对他的印象又回到杰森和弗莱迪①之流的杀人狂魔层面。

这个坏蛋演说最妙之处在于迈克尔·曼和克里斯托弗·克劳把它掰成了两半，前半段我们还是收获了一些兴奋，获知了一点点死亡和阴谋的信息，但浅尝辄止——我们见识了马瓜那颗异常残酷的心——但我们还只是把他当作嗜血成性的野兽而已。

然后在第 21 章——马瓜的伤痛——蒙特卡姆和读者终于得知了为什么马瓜要对灰发佬恨之入骨，最酷的是听完之后你立马就会认定他完全有理由这么做，1000% 的理由。

蒙特卡姆看到马瓜后背有一道巨大的伤疤，问谁干的。马瓜缓缓地告诉他自己的村庄被摧毁，孩子被英国人杀死，马瓜成了为灰发佬而战的印第安人的奴隶。最后也是最糟的，马瓜的妻子以为他死了，嫁给了别的男人。所有这一切，都是马瓜的敌人——灰发佬一手造成的。

哇！怪不得马瓜想要杀死灰发佬和他可爱的女儿。我们完完全全地同情这个人，他变成了一个迷人的家伙，而他与英雄之间的冲突也最加丰富，

---

① 杰森和弗莱迪（Jason and Freddy），弗莱迪是美国经典恐怖片《猛鬼街》(*A Nightmare On Elm Street*, 1984) 的男主角，而杰森是经典恐怖片《黑色星期五》(*Friday the 13th*, 1980) 的男主角。2003 年《杰森大战弗莱迪》(*Freddy Vs. Jason*) 则将这两大连环恐怖杀手融于一片。——译者注

更加吸引我们。

坏蛋演说立奇功！

☐ 17. 你的人物只能做蠢事推动故事前进，换句话说，他们所做的只是你让他们做的！

如果你的人物在做一些他们在真实生活中根本不可能做的事情，你就需要重新斟酌一下。

如果莉莉是你的女主角，她聪明、时尚、状态良好，肖恩让她怀了孕，而且他是一个彻彻底底的混蛋——那么她为什么想跟他在一起？

> **肖恩**
> （故意地）
> 莉莉，我站在这是为了接你回来。
>
> **莉莉**
> 肖恩，我很抱歉我没有告诉你我怀孕的事，但是我——
>
> **肖恩**
> 我为了你放弃了和一个参议员共进晚餐。
>
> **莉莉**
> 我保证你能和我一起照顾孩子，而且——
>
> **肖恩**
> 我不想分享监护权！你该去拿掉这个孩子。你没法一个人抚养他！

如果他对她就像对一块破抹布——而她居然就接受了——读者就会想她是一个白痴，而一个白痴的故事根本不值得再浪费他们的时间。

如果你写了一个具有超高智商的连环杀手，他接近、跟踪、杀死受害者时都展示了其恶魔般的智慧，但是每一次他都会在衣橱抽屉里留下一个极好的线索让侦探易于找到,以便于他们能解开罪案之谜——这可不像一个聪明人干的事。不过你可以让这个成立,比如说可能他是一个彻头彻尾的坏蛋,自视很高,认为警察侦探都是傻瓜。

你是否已经封锁了所有道路,使得除了他选择的那条路之外别无选择?

如果年幼的玛菲特小姐独自在黑暗房间里的矮凳上瑟瑟发抖,担心杀手正要在她的炼乳里下毒——而她的旁边就有一台电话——你脑子里就会蹦出问号了。如果在真实生活中她会打 911 求救,那么在电影里她也会打 911 求救,得让杀手切断电话线或者让当地治安官员在三十里之外喝猫尿鞭长莫及才行。你是个编剧,你得富有创造力。

《罪与罚》(*Crime and Misdemeanors*,1989)中,伍迪·艾伦需要马丁·兰道杀死他的情妇,故事的关键就在于此。伍迪·艾伦知道要让他的英雄选择铤而走险,就必须关上这条街上所有的门,让主人公只有这一条出路。兰道不能告诉他的老婆,不能跑到警察局报警,不能跟他那比厕所里的老鼠还要疯狂的女朋友讲道理,最后唯一的选择只有谋杀——所以他杀了她,故事得以向前推进,观众也完全能理解并相信这个好人要谋杀那个可怕的女人。

让—皮埃尔·梅尔维尔(Jean-Pierre Melville)的《独行杀手》(*Le Samourai*,1967)一开始,阿兰·德龙,一个职业杀手,走出他的公寓楼,然后偷了一辆车。兔子都不吃窝边草,为什么这个聪明人要偷一辆可能属于他邻居的车呢?他回家停车的时候,即使已经换过车牌,原车主还是可能认出自己的车。这事干得还真不专业,干嘛不到别的街区去偷辆车?

《终极证人》(*The Client*,1994)中,小孩爬进悬在船库天花板的游艇里。坏人走进船库,孩子能听到他们的罪恶对话。呆在那儿根本就没人看得见他,即使被吓傻了,他只要静静地躺在那,就没有人能看到他。可是他怎么做?他拼命爬出来,上了天花顶。看到这儿,我想尖叫着从电影院里跑出去,我还想让他们开枪打死他,因为他实在太蠢了。

《加勒比海盗3》(*Priates of the Caribbean III*,2007)的一个高潮段落中有人也够笨的——贝克特勋爵的船被两面夹击,他是坏蛋不是笨蛋,但是当两个好人的船开始轰炸时,他居然愣在当地而不下命令开炮。他为什么会这样?当他咕哝这将是"对生意有利"的时候,他的船被炸成空中飞翔的牙签棒。他盯着半空就像变成了一座石像,什么也不做,而平素他可是瞬间就能蹦出邪恶主意的主儿,突然间他变成了服用催眠剂的胆小鬼卡斯帕①。这个人物之前从来没有这样过。从来没有。

至少,这种处理应该会激怒某些人。

可以去这个网站朝圣:www.moviecliches.com,学习有哪些俗套,尽量避免它们。随便举几个例子:比如巴黎的任何一个房间都能看到埃菲尔铁塔,比如如果一个主要角色在战争中阵亡,那么他死去的那个晚上他的爱人总会从噩梦中惊醒。

另外一个超级网站是:如果我是大魔头(www.eviloverlord.com)。我个人的心头好是:"通风管道太窄,爬不过去",呵呵,谁说通风管道就是英雄的专用通道。

就连世界第一祖师爷级的经典影片《异形》里人物也会犯蠢。面目狰狞的怪物(世界第一祖师爷级的经典坏蛋)以令人反胃的涎嗒嗒黏糊糊的方式一个个吃掉飞船上的船员,所剩船员约定"集体行动",然后发生什么了?亚非特·库托脱离队伍走进一间巨大的黑暗房间,为了找一只猫咪。就他一个人!而且摸着黑不开灯。恩,结果呢?他被吃掉了。太活该了。

至于那只猫咪?还用说,当然好好的。

□ 18. 你笔下的小角色没性格!

所有角色,哪怕是一个很小很小的小角色,都要具有特定的吸引观众、令人难忘的性格,这将大大提升你剧本的整体水平。

想想泰德·丹森,《体热》(*Body Heat*,1981)中那个助理地方检察官。劳

---

① 胆小鬼卡斯帕(Caspar Milquetoast),韦伯斯特(H. T. Webster)在他的漫画集《胆小的灵魂》(*The Timid Soul*)里创造的卡通人物,他说话慢条斯理,柔声细语,怯懦怕事,却总是遭到大棒的袭击。——译者注

伦斯·卡斯丹①赋予了他一些很不错的小特征：他老是把自己当作舞王弗莱德·阿斯泰尔（Fred Astaire），时不时秀出点小舞步，时而猛甩胳膊，时而滑步穿门。很怪，但也很酷，就是这个小特征让这个角色比我们在电影看到的99%的助理地方检察官都要有趣得多。

在这方面《潜艇总动员》（*Down Periscope*，1997）无疑是最优秀的范例，找来看看，学习一下大卫·沃德②是如何迅速而出色地塑造次要人物的。创造这群完美的蠢蛋来跟船长道奇上尉对戏，作者一定边写边乐！这里拎出几个"活宝"来说说：

> 执行官"马蒂"帕斯科——严格照章办事的军人，爱管闲事，喜欢对下级乱发脾气，是潜艇上个头最矮的一个，而他总是以巨大声势来弥补这一劣势。每当道奇上尉发布一个命令，马丁就会用最大的嗓门对着士兵将命令再嚷嚷一遍。他请求调动到别的艇上，理由是这艘艇上的人都是"一群笨蛋"。
>
> 水手二等兵 E.T."声呐"拉维切利——忠诚、粗笨，拥有惊人的听力。他有一盘录着鲸鱼叫声的磁带，战争游戏中面对敌舰时，他就播放鲸鱼交配时的叫声来转移敌人的注意力。
>
> 大管轮一等兵斯特普纳克——好战、粗暴、懒散、强硬而且满身文身的家伙。他憎恨海军，但因为父亲就是舰队司令不得不留在海军队伍中。道奇上尉问他当他们被敌人追击为什么他不泄露他们的位置，他回答："那缺乏职业道德。我只想玩死我自己，这样我就可以离开这鬼地方。但我不想对别人这样。"
>
> 电工尼特罗——不可思议的笨，而且古怪，但是十分胜任自己的职

---

① 劳伦斯·卡斯丹（Lawrence Kasdan），1949—，美国制片人、导演、编剧。编剧作品：《保镖》（*The Bodyguard*，1992）、《星球大战之帝国反击战》（*Star Wars: Episode V -The Empire Strikes Back*，1980）、《星球大战之绝地武士归来》（*Star Wars: Episode VI -Return of the Jedi*，1983）、《夺宝奇兵之法柜奇兵》、《体热》等。——译者注

② 大卫·沃德（David Ward），1945—，美国导演、编剧。1974年凭《骗中骗》（*The Sting*）获奥斯卡最佳原创剧本奖，一举成名。但随后由他编剧、迈克尔·西米诺导演的《天堂之门》（*Heaven's Gate*，1980），则让他的事业陷入低谷。1993年由他编剧、诺拉·埃芙隆导演的《西雅图夜未眠》（*Sleepless in Seattle*）则再次为他迎来成功。——译者注

位。由于多年来的电击,他好像已经失去了智力。为了道奇上尉能与上级联系,尼特罗电击自己来保持连线。

　　潜水官少校艾米莉·雷克——出类拔萃、勤奋坚毅却过于自信,忽略了自己真实人生经验不足这一事实。而且全体船员都对魅力十足的艾米莉垂涎三尺。在模拟训练中她洋洋自得地告诉道奇上尉她的分数比他高,但是当被要求完成船上的真实生活任务时,她立即不知所措、忧心忡忡。

　　轮机长霍华德·艾尔德——经验超级丰富的水手,有点乖僻。他穿着一件脏兮兮的夏威夷衬衫,而且似乎从不刮脸,看上去就像自从在珍珠港受了伤后就再也没换过衣服。

所有这些配角都各具特色,很容易就能把他们区别开来。

你完成第一稿后,应抽出次要人物的对话,加工打磨。让他们更真实、生动、像活生生喘着气的人,不要仅仅让他们起到推动故事的作用。让他们引人注目,赋予他们鲜明的态度,再使他们做点有趣的事。

如果一个女侍者的台词是:"这是您的咖啡。"——太平淡了,最少得让她打翻它,然后抱怨:"笨蛋,这是你该死的咖啡。"如果有一个读水表的,给他一点滑稽个性、精彩对话。记住,即使再小的角色,制片人也得去找到一个愿意演的人,如果是一部低预算的影片的话,往往可能是无酬劳的演出。但如果你能给他世界级的对白,说不定他会付钱给你求你让他演!

第三场

结 构

□ 19. 构思故事时你却在操心结构！

如果你在构思故事的时候却为结构操心,我真替你难过,因为你错过了写作中最愉悦的时刻。人物和故事优先,先于任何事情,当然也优先于所谓的第一幕、第二幕和第三幕这些鬼话。

当你梳理出故事的时候,记得做大量的笔记。把你的想法大声说出来,用一个录音机录下来,然后继续做笔记,把像海洋一样浩瀚的卡片都填满。在黄色便签纸上写,在白色便签纸上写,在餐巾纸上、在啤酒杯垫上鬼画符,为人物们写下那些在电影里前所未见的酷酷的东西。记笔记,记笔记,不断地做笔记,但是别让自己担心所谓结构的事。

把结构扔到一旁,先享受故事的乐趣。

结构那是后话,现在只要让你不可思议的创造性思维尽可能自由而无碍地运转。记下有关人物的、情节的、故事的灵感,记下有趣的瞬间,还有你感兴趣的地点,总之想到什么统统记下来。你的人物的对话也用录音机记录下来,每一个人的声音都要不同。你脑子里蹦出来的想法会让自己都大吃一惊!想想你之前的男朋友们,这个特技飞行员的人物是怎么让你联想起了唯一有魅力的那个的。自由的联想——想想你的祖母,她是怎么不顾你妈妈的阻拦,执意为你端上油炸玉米饼、七喜汽水的;想想那次看见你爸爸在他最好的朋友墓前哭泣。联想、虚构、自由想象,偷师于真实生活,然后编造出自己的故事,并从别人的生活中采撷灵感。把音乐声音开大,让音乐给你的启迪。把这启迪也记下来,别忘了一直做笔记。带着你的录音机出去逛一大圈,把你脑子里想到的东西都记录下来。好好享受这个过程!

你越是不担心它们是否合适,就越容易想出精彩的素材。

那是我最富有创造力的时刻之一,曾经,在一个午后,我躺在床上,胸前口袋里揣着一个录音机。在我渐渐进入梦乡之前,我一直听着音乐构思故事。真正进入睡眠之前我仿佛遁入了一个奇妙的空间——我依然可以思考可以说话,我的思维和音乐互动不受约束——那种自由的感觉简直难以置信。想法自己就飞旋着跑出来,而我只是把这些由音乐触发的想法口述出来。我迫使自己一直醒着,坚持停留在这个不受正常思维拘束的区间,就在半梦半醒之际对着录音机讲述——直到最后渐渐睡去。

当我从小憩中醒来,就开始眷写自己的笔记。一些很垃圾,但是另一些非常有创造力。这是一种构思故事的非常方法,仅供参考。

总之,哪种方法管用就用哪种!

如果你耽于寻找合适的结构而得了痛苦的创作便秘,你也就不再具有创造力了。而真正卖钱的恰恰是你的创造力。为规则和页数这些小事担心,只会遮蔽你思维的闪光,真是本末倒置。

所以现在,尽情放飞你的创造力。

结构是很重要,但是它一点也不好玩。不过,我们何不尝试放松一点来讨论结构呢?

☐ 20. 你的故事张力不够!

如果没有持续的渐进的张力,你就会失去读者。

读者就喜欢瞎操心,就喜欢你把他们逼进死角,让他们抓狂,让他们心跳加速。这并不是说就要追车啊,爆破啊这样的惊险场景,这是动作,不是张力。张力是:一个父亲要做出决定——他是应该放低吊桥以免一列客车撞入河中,还是应该不放下吊桥,这样就不会轧死他落入吊桥机械装置里的儿子。这就是短片《桥》(*Most*, 2003)中的张力,影院里坐在我旁边的妇女为此不能自抑地低声啜泣。

作为一个编剧你追求的就是张力。

它也不必是冷战时核爆一触即发级的张力,它可以很小——只要它对于人物来说不小就可以了。《去日留痕》(*Remains of the Day*, 1993)中,安东尼·霍普金斯(管家)躲在他逼仄的房间里看书,对他怀着似有还无的情愫的艾玛·汤普森(女仆)来到他的房间问他一个问题。她打开门的一刻,他把书名遮住了。"砰"的一声门关上了!于是这房间瞬间化作张力之城——她拼命地想知道他读的是什么,而他则拼命不让她知道自己读的是什么,他说只是一本书而已。他们都保持着彬彬有礼,说话都轻声细语,但是这段戏的张力却把观众的神经都绷紧了!

张力能让读者手不释卷,不可自制地一页页翻到最后。你能找到一种方法让你的故事一路维持并增加张力么?

张力的另一种表现形式是利害关系。不能是你在电磁炉上把什么烧煳了这种——当然如果所有邻居都在旁边站着等那就很有张力了——所谓利害关系就类似:"我的主人公会冒什么样的风险?"

我写过欧内斯特系列电影①中的一集,《波士顿环球报》称之为"该系列中最好的一部",从导演约翰·切瑞那儿我受教良多。他告诉我,"所有故事都是关于世界的统治权"。你觉得这话是什么意思?什么道理能既适用于为小孩子和看孩子的保姆们创作的蠢蛋喜剧,也适用于你的旷世杰作?007电影中,世界统治权就意味着世界统治权;而在《普通人》中他们为一个家庭的控制权而斗争,这依然是本片的"世界统治权"。

如果你的人物不是在玩非赢即输的弹子游戏,读者就会打包回府。如果你的故事赌注很小,那你就得增加它,之后找到方法再增加一些——因为

---

① 欧内斯特(Ernest)系列电影,是指20世纪八九十年代,以欧内斯特为主人公的系列喜剧片:《欧内斯特去夏营》(*Ernest Goes to Camp*)、《监狱宝贝蛋》(*Ernest Goes to Jail*)、《欧内斯特傻蠢蛋》(*Ernest Scared Stupid*)、《欧内斯特拯救圣诞节》(*Ernest Saves Christmas*)、《欧内斯特去非洲》(*Ernest Goes to Africa*)、《灌篮高手欧内斯特》(*Slam Dunk Ernest*)、《欧内斯特参军记》(*Ernest in the Army*)等,以及由本书作者威廉·M·埃克斯与该系列的导演、编剧约翰·切瑞(John Cherry)共同编剧的《欧内斯特再次旅行》(*Ernest Rides Again*)。——译者注

你的故事在发展的过程中,张力必须不断增加。

《好人寥寥》(A Few Good Men,1992)中,汤姆·克鲁斯扮演的律师角色接手了一个大案子,赌注很高——如果他输了,他的当事人就会入狱把牢底坐穿。然后中途,赌注又加码了,如果他在和杰克·尼克尔森的较量中输掉,那么他在海军的法律职位也就不保。对于一个老爸是美国检察长的家伙来说,这是世界上最大最终极的弹子游戏。

你故事中的主人公是这样么?

不要犯我很多学生都犯的错误,故事一开始的时候就缺乏张力——赌注不能一开始很低,到后面才提高;赌注要一开始就很高,然后越来越高,越来越高。一开始的时候,你的家伙已经在走钢丝了,然后在他走到半途的时候开始刮风,他的老婆远远地站在钢丝那头对他嚷嚷要离他而去。当他走到3/4 的位置的时候,他的医生给他掷过来一只纸飞机,打开是张便条,为了告诉他得了癌症……

不管怎样,反正不能让你的家伙一开始的时候稳稳当当地站在地下,故事必须一开始就张力十足。

《北非谍影》中,对联军至关重要的维克多·拉罗必须从卡萨布兰卡逃走,否则就要被送进集中营或遣回德占法国,甚至更糟——会直接在卡萨布兰卡被处决。里克知道这点,他是一个爱国者但却深爱着拉罗的妻子。里克此时面对的是:个人幸福——留下他一生深爱的女人——或是个人痛苦——因为一己私利输掉这场战争。这就是利害关系。

《灵欲思凡》(The Night of the Iguana,1964)中,理查德·伯顿失去了他的教堂,会众无路可走死在了墨西哥。他为布莱克旅行社工作,没什么地儿比布莱克旅行社更糟糕的了。上个月因为他搞糟了一次旅行,他被留用察看。如果这个月他再搞砸就得卷铺盖走路了。他和那个板着脸一心想撵走他的女人斗争的时候,我们深深了解他处境危险,搞不好就会失去一切。

如果你的英雄不是一直身处在轧碎机里,压力不是越来越大,越来越大,你写的故事就不会有人感兴趣。

观摩学习一下优秀的好莱坞编剧是怎么做的,先读《燃眉追击》(Clear and Present Danger,1994)的原著,然后再去看DVD。书中杰克·瑞恩根本就没去南美,他从来不曾身陷险境,而编剧做的第一件事就是把英雄置身险境,让观众的心为他悬起来。

另外一种方法认为张力是"危险"。你的英雄是在一直升级的危险中么?这个当然适用于被异形袭击,但是同样适用于看望祖母。轮椅上的恶外婆让你吃掉烤奶酪三明治,而你并不想吃,因为她把它烤焦了。她在烤焦奶酪三明治时,问你的妈妈在干什么,而你的回答是:"她没有烤焦我的烤奶酪三明治。"这时,你正身处在一个非常重大的危险时刻。

一路上的每一步都要让你的读者感觉到张力,听从《美国风情画》(*American Graffiti*, 1973)中的鲍勃·法尔发的建议:"一旦我开始加速,你就只剩下求饶的份儿了。"

☐ 21. 你没有时间压力!

一个滴答作响的闹钟能帮大忙。

《百万小富翁》(*Millions*, 2004)中两个小男孩的时间屈指可数,因为所有的流通货币都要转换成欧元,他们必须抢在一大箱子钱变成废纸之前搞定一切。

《16 街区》(*16 Blocks*, 2006)中,布鲁斯·威利斯必须在两个小时之内把摩斯·戴夫押解到法院。开动脑筋给人物施加点时间压力,效果相当明显。主人公必须在"48 小时"之内把白喉免疫血清带到诺姆,给你这个题目你能构思出多少部电影?影片名就叫《48 小时》(*48 Hrs*, 1982)如何?

《虎胆龙威》的故事仅仅发生在一个晚上!

尽你所能把故事挤压在最短的时间内,如果你给了主人公六个月来完成任务,那试试只给他一个月会发生什么?你的故事会有怎样的改变?只给一个星期又如何?

你的时间期限压缩得越短,就越容易得到令人满意的好故事,因为你给你的人物增加了困难。

如果实在不能设定时间期限,能不能把你故事的时间跨度尽可能缩短呢?《杀死一只知更鸟》原书中的时间跨度是三年多,而霍顿·福特[①]写的电影剧本则压缩为一年半,观众因此得到了更强烈更有力的观影感受。

你能做点什么让故事发生在更短的时间里?

□ 22. 你给读者的情感刺激不够强!

给读者提供一次情感经历,否则你就是在浪费时间。什么情感不要紧,但是一定要确保他或她确实感受到了,当然越强越好。

那些应该最能给读者或观众带来情感冲击的时刻,你不吝笔墨大书特书了么?这当口可别遮遮掩掩点到为止。别错过任何一次情感高潮,你得像榨汁机一样充分榨取它的价值。而且写作剧本一路上的每一步,时刻别忘揣摩每个人物的反应从情感上来说是否正确、适当。

也想想:你的英雄何德何能,他或她配赢得属于自己的动情时刻么?

可以是任何情感:欢愉、恐惧、激情、心痛、贪婪……回味下面这些情景曾给予你的情感体验,你的故事也得给予观众这样的动情时刻:

《后窗》(Rear Window,1954)里,格蕾丝·凯莉来到詹姆斯·斯图尔特的住所,带着她那有十字标记的旅行箱。她打开箱子,我们看到了她的睡衣,这说明在她收拾箱子的时候就已经准备好了今晚要和他同住,我们的小心脏因窃喜和期盼战栗不已。

《火爆教头草头兵》(Hoosiers,1986)里,教练告诉他的队伍去测量体育场的大小,他们必须在这个体育场里为赢得冠军而奋力一搏。结果这个体育场跟他们家乡的老体育馆一样大。

《公民凯恩》(Citizen Kane,1941)里,那个老人记得"穿白裙子的女孩",只要你看到过也会终生难忘。这是这部电影里最令人动情的时刻,我常常想起那老人。

[①] 霍顿·福特(Horton Foote),1916—2009,美国剧作家、电影编剧,他凭《杀死一只知更鸟》和《温柔的怜悯》(Tender Mercies,1983)两度捧得奥斯卡。1995 年他因戏剧《从亚特兰大来的小伙子》(The Young Man from Atlanta)获普利策奖。——译者注

通过电邮信件我向朋友们询问他们最爱的动情场景,拜他们慷慨惠赐,我收获了一张无比精彩的清单:

我最喜欢的场景在《午夜守门人》(*The Night Porter*, 1974)里,夏洛特·兰普林把自己锁在卫生间里,摔碎了一个玻璃杯,强迫德尔克·布加德光着脚从玻璃碴上踩过来走向她,从而逆转了他曾经扮演的虐待者/法西斯的角色,也彻底颠覆了对浪漫和爱情的传统概念。受虐者变成了法西斯,而法西斯就喜欢这样。

《上错天堂投错胎》(*Heaven Can Wait*, 1978)里,朱莉·克里斯蒂在储物柜间的走廊迷路,求助于沃伦·比蒂。(沃伦,她已故的未婚夫,但其魂灵回到另外一个人的身上。知道自己命不久矣时,他告诉过朱莉如果将来她碰见某人,并在他的眼中看到了些什么,那么可能就是他的灵魂在操控着那个人。)他们在走廊里交谈,他邀请她去喝咖啡,她拒绝了。然后她看着他,好像察觉了:"你是四分卫。"很简单,却胜过千言万语。她知道,说不清是怎么知道的,但她就是知道他就是沃伦,最后他们一同离开。

《码头风云》(*On the Waterfront*, 1954)里,马龙·白兰度决定勇敢地挺身而出与邪恶大佬洛·史泰格对战,他坐在汽车后座对驾驶座上的哥哥痛陈就是他毁了自己的人生:"我本来应该是个冠军争夺者,我本来能出人头地。"这一刻如此有力,如此辛酸,我的心都碎了。

每次看到埃利奥特和E.T.外星人第一次腾空而起,他们的剪影划过一轮圆月,我仍会兴奋不已。太出乎意料,太神奇了。

《四百下》(*The 400 Blows*, 1959)里,让—皮埃尔·莱奥说他没去上课是因为他妈妈死了,但他和一个朋友正玩着,他的父母就出现了。

《海伦·凯勒》(*The Miracle Worker*, 1962)里,当小女孩成功地把单词"水"和实物水联系在一起,这才是海伦真正人生的开始。那个女演员太棒了,让人真的相信她有身体障碍,她的脸一直铭刻在我的脑海中。

《乐翻天》(*Waking Ned Divine*, 1998)里,有一个葬礼的场景很聪明也很动情。内德牧师中彩票后死了,整个小镇为了能分得一杯羹,共谋让迈克尔顶替他的位置。杰基正给内德致悼词的当口儿,彩票局的代表恰好来小教堂找内德。代表在乡下得了花粉热十分难受,不停地打喷嚏——现在每个村民都知道代表在这里了。这个场景张力十足,情节惊人地集中于一点,对小镇上的居民来说,成败在此一举,他们的结局是腰缠万贯还是锒铛入狱就取决于这一刻。杰基站在讲台上,所有的眼睛都盯在他身上,他顿起飞智,开始改为他的老友迈克尔致悼词,而迈克尔其实就坐在第一排,彩票局代表一直把他当做内德。关于友情,关于人生的甜美、诗意之辞——杰基娓娓道来——本该催人泪下却引人莞尔,这个场景完美地示范了一出喜剧该如何突然切换节奏,轻松愉悦的喜剧故事也能让你心跳加速。

我的学生们都知道让我潸然泪下的场景来自斯督·瑟温(Stu Silver)编剧的《谋害老妈》(*Throw Momma from the Train*,1987)。比利·克里斯托扮演一个写作老师,丹尼·德维托是他最调皮捣蛋的学生。丹尼邀请比利到他家吃饭。不仅比利不想去,我们也不想他去,因为丹尼实在是太招人讨厌了。丹尼挚爱的老爸已经过世,女演员安妮·拉姆齐扮演的他老妈则相当可怕,她得了癌症,一部分舌头已经切除,所以除了样貌奇丑之外,她还有一副懈怠的令人难受的嗓音。"欧文,你一个朋友都没有!"听她说话就像锯条在锯你!

晚餐很糟糕,丹尼他老妈恐怖之极。比利·克里斯托心里只有一个念头:赶紧离开。他看不上丹尼·德维托,我们也一样。当丹尼的妈妈终于缩回自己的窝里睡觉,比利想自己终于可以出门了,而丹尼却问他是否有兴趣看看他收集的硬币。

比利只能说好。他和丹尼上了楼,丹尼掀起地毯搬开地板,掏出一个锈迹斑斑的锡烟盒。

你得知道观众有多讨厌丹尼,直到这一刻他做的每一件事都令人火星乱冒,我们希望他马上从视线中消失。

丹尼倒出十来个硬币到地上:两枚破烂的25美分硬币,两枚10美分硬币,一两枚 5 分锡币。比利觉得遭到了戏弄,他想:"就这些?"我们也是这么想的。然后,是一个让人难以置信的惊人转折,作者让你爱上了丹尼·德维托。

丹尼捡起一枚硬币给比利看——写到这里我的眼泪又一次忍不住夺眶而出——他说:"这个是我得到的找零的钱,我爸爸带我去看彼得、保罗和玛丽那次。这一枚,是我在马戏团买热狗的时候得到的零钱。我爸爸让我留着零钱,他总是让我把找的零钱自己留着。"绝妙。

电影余下的部分,丹尼·德维托不会再犯错!我们爱他。他仍然让人恼火,但是我们爱他。爱到二十年后我坐在这儿写这本书,还因为二十年前看的一部电影里的一个场景满含热泪。

这就是情感,你的剧本也得给读者这个。

☐ 23. 你的故事结构一团糟!

结构糟糕 = 万劫不复。

构造情节似乎真的很简单。呃,其实,没那么简单,如果人人都干得了,那每个编剧都能住进靠编情节挣钱买的大房子里了。

你的故事必须围绕某事——这就是你的主题。在电脑上把它打出来,一直盯着它。不管你的主题是什么,你的英雄需要从始至终都在解决这个问题,他的性格成长也必须与主题紧密结合——这是故事结构的基础。

我最喜欢的关于故事的描述,引自斯考特·梅雷迪思(Scott Meredith)的《写来卖》(Writing to Sell):

"一个能引起共鸣(或引人注目)的主人公发现自己身处于某种麻烦之中,他做一些积极的努力试图摆脱这麻烦,然而他的每一次努力,只能让他陷得更深,而且一路上他遭遇的阻碍也越来越大。最后,当事情看起来好像最黑暗无望的时候,主人公好像就要玩完了的时候,通过他自己的力量、智慧或者机灵,他终于设法摆脱了麻烦。"

拳拳到肉,毫无水分。我们得逐一分解、领会这段文字。

"一个能引起共鸣的主人公……"

我会在其他地方再进一步讨论这个问题,但对读者来说重要的就是要对主人公有兴趣。我建议"迷人"也该作为重要条件之一。我们已经了解,他是否招人喜欢其实并不至关重要,我们只要了解他的问题所在,对他略抱一丝同情足矣。但你的读者必须与你的主人公建立起某种情感联系,她不必喜欢他,也不一定要认为他聪明,也不想请他回家共进晚餐,她只要希望他赢就可以了。

这就是布莱克·斯奈德所说的"救猫咪"的瞬间。让剧中人做点什么,引得我们叫好、感兴趣、觉着好玩,这样我们的情感就和他拴在一起了。

读者从打开你剧本的那一刻起就拼命想将感情投注于某人,所以一个上佳的普适规则是让我们首先遇见主人公。当然如果你愿意,我们也可以先认识坏蛋,但是你最好还是在前 5 页就让我们看见那个我们需要了解的家伙。

我刚把一本有声小说还回图书馆,听完第一盘磁带的 A 面,我就放弃了。人物在伦敦绕着某个酒吧瞎逛,小说充斥着各种毫无冲突的愚蠢对白,故事好像永远都不会开始。我小小的天线触角不断转动,希望能找到某人锁定,但最终我失败了。把它塞回图书馆的还书槽时,我瞄了眼梗概惊讶地发现,这本书说的是一个叫伊丽莎白的女人的故事——伊丽莎白——这个名字我到还书时还听都没听到过呢,真庆幸我还了这本书!

"……发现他处于某种麻烦之中……"

这个麻烦也需要像主人公一样有趣。不仅仅只是对你有趣!它必须是一个有相当难度的大问题,而且很激烈。如果她不能解决,之后的人生就会一团糟。

这个麻烦就像悬在她头顶的利剑足以摧毁她的整个世界,必须如此。如果对她来说不是大问题,我们为什么还要看?请注意,这个麻烦不必是从外太空都能看到的恢弘问题,但是必须有把你的英雄撕碎的危险。你可以写一个短片,关于一个孩子在冬天舔一根金属旗杆。只要对这孩子来说是个大问题,对你的读者就是个大问题。

"……做了一些积极的努力让自己摆脱出来……"

这句话的关键词是哪个?积极!坐禅高僧就不适合成为电影英雄,因为他总是正襟端坐于金光宝座之上,只需要摆摆手其他人就会为他解决所有问题。你的英雄必须设法从你落在他头顶的巨石下挣脱逃命,他必须从未停止过挣扎扭动,从未停止过自己搞定一切。从你让另外一个人物涉入并为他解决问题的那一分钟起,读者就会停止翻页读下去了。

"每次努力……"

"每次"的潜台词就是反复、重复。你的女孩尝试计划 A 失败了,然后她加速到计划 B,比计划 A 提升了一个级别,可还是失败了,而且情况更糟了。之后计划 C,等等。自电影诞生之初的赛璐珞时代开始,这就是剧情片讲故事的模式。哈尔·娄齐①一开始拍电影的时候就对这个门儿清,他绝大多数单本喜剧短片都采用这一结构。

永不言弃!这是你的英雄的颂歌,也是不解的魔咒!

"但是每一次努力,都只会让他陷得更深……"

你看过《明星伙伴》(*Entourage*)么?想想那群令人捧腹的笨蛋组的乐队!他们提出一个计划,行得通么?不是行不通,是完全彻底压根儿行不通!当然得行不通,否则故事在此处就可以结束了。什么事出了问题,他们努力解决问题,结果却只会让他们在流沙中越陷越深。

你的故事这一部分就是要让事态恶化,事情发展得越来越糟,也越来越快。你的英雄从山上跌落,一路翻滚,沾了一身雪、刺、泥还有高山滑雪者摔

---

① 哈尔·娄齐(Hal Roach),1892—1992,美国电影导演、电视导演、制片人,职业生涯从 20 世纪十年代一直持续到九十年代。二三十年代,他推出了众多喜剧短片,其中声名最盛、最成功的就是劳莱与哈台、哈罗德·劳埃德主演的那些作品。——译者注

碎的残骸,斜坡越来越陡越来越陡,之后他开始做自由落体运动,以每秒32英尺的速度加速下坠……

"……一路上他面对的阻碍越来越大……"

阻碍必须越来越大,只有这样,通过跟它们的战斗,人物才能变得越来越聪明越来越强大,最终才能战胜坏蛋。更重要的一个原因是,如果阻碍不是越来越大的话,读者就会觉得乏味失去兴趣。

《杀死一只知更鸟》最后英雄面对的是谁?随着故事推进障碍越来越大,主人公面对的不是那只疯狗,不是尤厄尔先生(他企图杀死她,但失败了),而是布·雷德利,斯考特这辈子最怕的人。

> **迪尔**
> 我想知道他在那儿做什么?还有他长得什么样?
>
> **杰姆**
> 从他的足迹判断,他大概六英尺半高。他吃灰鼠和所有他能抓到的猫。有一道长长的锯齿状的伤疤横贯他的脸。他的牙又黄又烂,眼睛鼓鼓的,大多数时候都在流口水。

连我们都被这个人吓坏了。

影片结尾是令人意外又动情的揭底翻牌。被尤厄尔打断了胳膊的杰姆躺在床上,他的父亲阿迪克斯和他的姐姐斯考特守在一旁。

斯考特不知道是谁阻止了尤厄尔先生,她父亲告诉她那个人就在这里,就在门背后。门打开,出现的是布·雷德利,她最害怕的人,他们最大的障碍。

"最后,当事情看上去最黑暗的时候,主人公眼看就要玩完了的时候……"

如果你写的是一部剑侠片或者魔法片,这部分很容易,因为你的主人公将进入无边黑暗的地洞、充满死亡气息的洞穴,而且失去他的荣誉与光明之剑——然后(亚瑟王传奇中的)邪恶的莫德雷德(亚瑟王的侄子和骑士)就会耍着他的魔法双截棍跳将出来挡住你的去路……

要是写的是法庭片就比较困难了,当然也没那么难,真正难的是——假如你写了一部浪漫喜剧——那就得有这么一个时刻,低潮时刻,在这个点我们以为英雄失去了一切,他想要的一切都毁了,更糟的是(对于读者来说可能是更好的)因为他自己犯的错误把一切给毁了。比如,他的爱人抓到他和前女友在床上,把他扫地出门。现在你作为作者(哈哈哈!原谅我的幸灾乐祸)必须为他为什么和前女友在一起想出一个令人同情的理由。真庆幸这不是我的问题。

不管你写什么怎么写,反正你必须让他走到悬崖边上,差点就摔得粉碎一命呜呼。

"他通过自己的力量、智慧或者机灵终于从中摆脱了出来。"

我可以负责任地告诉你:如果他不能设法从麻烦中脱身而出,那么你写的是一部法国片,最好放弃把这个故事卖到好莱坞的念头。如果他不能成功自救摆脱麻烦,你最好也别打算把它卖给牙医,因为你找不到发行人。

好了,现在,关于结构再说最后一点点。

把布莱克·斯奈德的《救猫咪》、克里斯多弗·瓦尔戈的《作家之旅》(The Writer's Journey)、还有约翰·特鲁比的《故事解剖学》(The Anatomy of Story)找来看,从这些好书中你一定能找到你所需的,然后继续前进。

脑子里已经有一个故事后,再读这些编剧书才收益最大。你读着读着脑子里就会有小小的电灯泡逐一亮起,照亮你本来模糊不清的故事!你可以一边读一边做关于你的故事的各种笔记。我有一个学生如果不把《救猫咪》这本书放在身边就没法写剧本,我的另一个学生则必须在瓦尔戈的书边祈祷,希望你在我的书中也能找到这种感觉!

读你剧本的那些人一直买进的都是三幕式故事结构,其实就像一个溺水者扔给他什么他就抓住什么。了解这一点很重要,你必须先了解他们的邪恶计划,然后才能利用这个计划反过来对付他们。

你必须知道你的人物一开始的时候在哪儿,你还必须知道你的人物最终要去哪儿,这就是她的弧光、她的转变、她的变化。有时你可以先想结尾:"当一切结束的时候,她会是什么样子?——强壮,友善,活跃?"然后反向进行——"那她开始的时候是怎样一个人?——脆弱,烦躁,处境危险?"

如果你从头娓娓道来你的英雄是如何陷入困境,效果估计不会理想,一开场就该让他正身处困境之中。如果他没有麻烦,你干吗要讲这个故事?给他一个够分量的、困难的、有趣的问题。

他是怎么与社会失去平衡的?她是怎么在世上孤独漂流的?他是怎么难与他人相处?她灵魂的黑洞究竟是什么?一旦你迅速有效地确立了这个问题——这就是你的目标,剧本的余下部分就只剩下找到这个唯一、紧迫的问题的答案了。你用110页来处理一个问题,那它必须是个不得了的问题,是个人物真正想要去解决的问题。

"欲望"确立起来了,该来看看"需要"——故事一开头人物没有意识到的东西,到故事结尾却是人物真正需要的东西。米克和基思所言极是——"你不是总能得到你想要的",但是如果你努力(真的很努力!),"你会得到你需要的"。

迈克尔·柯利昂想要和凯结婚,并退出家族生意,但是他需要成为新的教父。

发展部的人员会要求一个"**引发事件**"(inciting incident),可能会发生在第5页到第15页的某个位置,而它将推动故事前进。一旦我们遇见了英雄,对他所处的世界有所了解之后,就得发生点什么扰动这个世界。大概是陀思妥耶夫斯基说过,所有文学作品其实都是讲述两类故事:"一个人踏上未知旅程"和"一个陌生人来到平静小镇"。所谓引发事件,就是这个人踏上旅程或者那个陌生人走进小镇。

英雄发现自己的上司居然是个贼!

一个神秘顾客敲响私人侦探的门。

一个小女孩接到了通知她参加选美比赛的电话!(《阳光小美女》)

阿提克斯·芬奇被聘请为汤姆·罗宾逊辩护！（《杀死一只知更鸟》）

接下来我们该动身启程了。

我们需要知道英雄的问题，他准备怎么解决它，而他的对手又准备怎么击败他。问自己两个问题：你怎么尽快告诉我们好人需要什么？又怎么尽快告诉我们坏人想要什么？

第一幕结束时需要有点大事发生，第二幕结束的时候需要有"大大事"发生，这些事件必须真的真的很明显，不仅是对你而言清晰可见，要清楚得恨不得盲人都能看见。我曾经太多次跟作者们聊到他们的第一幕**结点**（act break），得到的答案却总是一个微不足道的场景，发生了一些不提也罢的鸡毛蒜皮——我甚至都没注意到。你认为这是第一幕结束，并不意味着审稿人也能跟上你的想法。第一幕结束的时候，人物所处的世界要变得底朝天，而到第二幕结束，要翻腾得里朝外才行。要显而易见一目了然，要让审稿人说："啊哈！这是第一幕结束！作者对他剧本的结构很有数！也许我该让我的老板给他开张支票！"

通过选择人物所做的决定，也能为你的故事制定航线图。第一幕她在越来越大的压力下不断作出反应，直到第一幕的最后她不得不做一个大决定。

这个决定将是一个错误的决定。如果这个决定是正确的话，见鬼，那么电影到这就可以结束了。第二幕则是这个决定的一长串连锁反应——挣扎，麻烦，更猛的挣扎，更大的麻烦，更更猛的挣扎，更更大的麻烦。到第二幕结束的时候她要做一个重大决定，而这个决定要将她推向结尾。

《大审判》(The Verdict, 1982)开场场景里，保罗·纽曼扮演的律师决定给葬礼上的家庭发名片以招徕生意。真是个"救护车追逐者"①！这个酒鬼！这个衰人！他做的第一个重大决定就不诚实，没有征求当事人的同意就擅自拒绝了教区主教的和解提案，他会因此被吊销律师执照！影片之后的部分也都源自这个错误的选择。

《体热》里内德·拉辛的第一个重大决定是把一把椅子扔进马蒂·沃克的窗户，嗯，还和她来了一场亲密热身——就在她家前厅的地板上。这事做

---

① "救护车追逐者"（ambulance chaser），专办交通损伤案件的律师。——译者注

得可不够聪明,内德!从此他坠入一个麻烦不断的世界。

像这样,你剧本的第一部分就成为了一个好火车头。是不是很容易?有事发生,而且我们发现了新信息,第一幕就该结束了。

《唐人街》里,杰克·吉缇斯发现他调查的通奸案是个局,雇用他的那个妇人只是假扮的莫瑞太太。第23页真正的莫瑞太太和他的律师一同出现,而且酷酷地宣布要对吉缇斯不客气。他吃了一点苦头。第一幕结束。

《虎胆龙威》第一幕结束时,麦克莱恩扔出一具尸体到窗外,刚好扔到一辆警车上。在此之前,都只是麦克莱恩和格鲁伯在大楼里的较量。麦克莱恩把原来的世界打开,问题变大了,更多的人卷进来,对他来说事情也更糟了,我们也随之进入第二幕的未知水域。

《末路狂花》(Thelma and Louis, 1991)中,第一幕的终点是露易丝开枪打死了那个强奸犯,她们原本小小的假日之旅从此变成亡命天涯。

《北非谍影》第二十分钟,伊尔莎走进里克的酒吧。砰!(下段故事拉开帷幕。)

我的剧本《105度以上》(105 Degrees and Rising)第一幕结束时,英雄发现美国人没有带走那些重要的越南工人,虽然二十年来美国人一直向他们承诺绝不会撇下他们。英雄的世界被彻底倾覆了,接下来他进入第二幕黑暗的虚空。

关于第二幕最好的描述就是:"事情更糟了"。你的第二幕如果结构得够好的话,就该一切变得越来越糟,而且事情发生得也越来越快。到第二幕结束的时候,对于英雄来说所有事情要够糟也够快,可谓急剧恶化。看看《在魔鬼知道你死之前》(Before the Devil Knows You're Dead, 2007)的第二幕——"事情更糟了"的绝佳范例。

时不时得有一些有趣的事情发生,一定得是让人物和读者都吃惊的,你可以称它们为**情节点**(plot point)、**反转**(reversal)、**剧情转折**(plot twist)、**揭示**(revelation)。我不在乎怎么叫法,但是你最好每15页或者不到15页就得有点新东西,至多15页。

看过《辛普森一家》(The Simpons)吧,如果你不喜欢一个笑话,只需要等待五秒钟,马上就会有下一个笑话。如果不能时不时给观众点新东西,你的剧本还是点着了烤面包用吧。不管你管它叫什么,总之这些在你的剧本里越多越好,至少要有 12 个以上!

第二幕英雄陷得更深,没办法抽身而出了,只能困扰其中。

> **吉缇斯**
> (现在就离她几英寸距离了)
> ……我的鼻子差点就没了!我喜欢我的鼻子,我喜欢用它呼吸。而你,直到现在还有事瞒着我。

你没听过杰克·尼克尔森的这句经典对白?出自罗伯特·唐尼①编剧的《唐人街》。对手的攻击已经威胁他的人身安全了,吉缇斯就再没法袖手旁观听之任之,即使莫瑞太太让他放弃这个案子也不行。

我想你应该知道,第一幕需要在第 25 页到第 35 页结束,第二幕需要在 80—90 页结束。再次申明,具体哪些事情发生在哪一页并不重要,只要你自己把其间所有该发生的事情都安排得有条不紊就行了。然后确保第 80 页的巨震刚好与剧本中的一个重大揭示时刻吻合:"真是个聪明的家伙!第二幕刚好就结束在最合适的点!我得接着读下去!"

《105 度以上》第二幕结尾是北越炮击西贡机场导致所有人的假期计划都化为泡影。之前的 80 页里所有人都指望着这个机场,现在它没了。突然,人物被抛进疯狂的混乱中,真正置身于道奇车外的人间地狱。

《唐人街》第二幕的结尾是吉缇斯知道莫瑞太太的妹妹也是她的女儿——一个具有超级爆破力的冲突时刻。之前吉缇斯对这个案子的所有判断原来都是错的。

《末路狂花》第二幕的结点是她们决定再不回家了,她们决定,不管怎样,一直在路上。

---

① 罗伯特·唐尼(Robert Towne),1934—,美国编剧、导演,最为知名的编剧作品就是罗曼·波兰斯基导演的《唐人街》,获奥斯卡最佳剧本奖。另外他的《最后的细节》(*The Last Detail*,1973)、《香波》(*Shampoo*,1975)也获奥斯卡提名。他还为诸多名片担任过"剧本医生",如《教父》、《暗杀十三招》(*The Parallax View*,1974)、《邦尼和克莱德》(*Bonnie and Clyde*,1967)等。——译者注

《北非谍影》第二幕的结束是:里克和伊尔莎接吻了,爱又回来了,但是一切又都跟从前不一样了。她告诉他:"我曾经离开过你一次,我不会再离开你了。"

现在你已经有了引发事件和第一幕的结束点、第二幕的结束点。你已经胜利在望了? 还没有。

如果你所有的能耐就是想出这两个精彩的幕结点,你作为职业编剧的前途堪忧,别忘了你故事的中间部分还空门大开破绽百出,读者正四处环顾暗自心急:怎么有趣的事还没有发生! 这一路你还得设计出很多惊喜,只有这样读者才会越来越高兴,你也会越来越高兴,因为你写的时候也会越来越有趣。

在**中间点**(midpoint)也需要有一个大事件。或者人物大胜,或者人物惨败。或者让我们觉得美妙绝伦,或者让我们觉得糟糕透顶。总之有什么事发生,故事由此拐入新的方向。布置个作业,随便挑些电影,找出影片的中间点。瞧,它在那儿!

还有一种考虑结构的方法:"谁掌握力量?"谁在采取行动,而谁又在对之作出反应采取对抗行动?

整个故事从始至终力量都必须像接力棒一样在英雄与对手之间交接传递。一个人采取行动并暂时占据了上风,但好景不长,敌对方的强者就会采取压倒性的反抗行动后来居上。这方面《棋坛情史》(*The Luzhin Defense*,2000)无疑是个完美范例。卢津是个容易神思飘忽的国际象棋天才,他对自己的前任老师华伦蒂诺又鄙视又畏惧;而华伦蒂诺则对卢津恨之入骨,一心希望他失去冠军宝座;卢津的新女朋友娜塔莉娅则负责与华伦蒂诺斗,死磕到底。

一次比赛中,华伦蒂诺发现卢津对着娜塔莉娅微笑,之后当娜塔莉娅正准备对卢津说要嫁给他的时候,华伦蒂诺适时打断了他们——还把卢津吓着了。之后,华伦蒂诺说卢津能走到这一步就已经很不错了,娜塔莉娅却断言卢津一定会赢。接着,塔伦蒂诺在报上登了篇文章瓦解卢津的信心——卢津只得到一个平局。之后,娜塔莉娅第一次跟卢津做爱了,大受鼓舞的卢津棋局大有进步,棋风也变得激情而自信。而华伦蒂诺的反击则是设计在赛后将卢津带走,把他一个人扔在田野里。这一次,除了下棋对真实世界充满恐惧的卢津彻底因神经紧张而崩溃了。

每一次战斗,力量就从娜塔莉娅转移到华伦蒂诺,再从华伦蒂诺转移回娜塔莉娅,每一个行动—对抗行动都较之前的那次更加强烈。

你一路走来时,别忘了这些关键步法:

低潮时刻。英雄以为失去了所有,他的秘密武器也失灵了,眼看他就要被对手彻底摧毁了。他必须深入自己的内心,从中寻找到力量继续战斗。如果是一部法庭片,这里就该是坏人找来了他最重要的证人。

战斗和高潮。用顶上带刺的铁丝网把英雄和坏人圈起来,他们互相对峙一心只想干掉对方。"一心只想干掉对方"可以是比喻也可以实打实、来真的。你必须为读者准备这些,现在就给他们!

最终解决。英雄终于明白了他的需要并且成为一个更好的人。故事结束了,他已经(或者可能)赢了。

一个全新的世界。他们穿越火焰山幸存下来,所有一切都跟以前不一样了,英雄和他的世界永远地改变了。这就是你的故事。

哎哟!

这么麻烦啊!

现在,经过一段时间思考之后,你确实得开始写这该死的东西了。

你怎么掌握这些结构的复杂节奏,再把它们转换为适合于你自己的剧本呢?

你可以先用大量的细节做出故事大纲。用 3×5 英寸的彩色卡片堆满你的餐桌、你的大腿或者一块软木板。你可以上 www.writerblocks.com 这个网站,去购买一个告诉你如何管理你的 3×5 英寸卡片的软件。见鬼,干吗这么麻烦,其实在餐巾纸上你照样可以写出你的故事。

你可以把大纲做得很详尽,也可以做得很概括。你可以只概述故事的主要情节点,然后顺着人物行动逻辑写出故事剩下的部分,就像你的人物自己就想那么做。你也可以用写人物自传的方式开始,让你的人物自己口述这个故事。

没有自传、没有大纲也不是不行,就像走钢丝的新手没有安全网也不一定就会摔死。但反正你浪费的是自己的时间。

我所写得最好的一个剧本没写大纲,我写过的最烂的一个剧本也没写大纲。没有大纲的写作确实更有趣,但是也更危险。

最低限度你需要知道你的主题、你的人物怎样转变,故事中主要的惊喜是什么。当然你还需要知道结尾,知道你要往哪儿去很重要。如果你决定就这么拄着拐杖、一路轻叩、边摸边走地穿越黑暗无垠的邦奈维勒盐地,我只能说你在自寻死路。说好听点,是浪费时间。有本书可能可以把你(也包括我)从疯顽的愚顽中拯救出来,那就是罗伯特·奥兰·巴特勒的《从你梦想之处出发》。这本书说的是怎样写一本小说,但是作者在讲解怎么概述出一个故事方面很有天赋。另一本关于小说写作的好书名字很有趣,叫《小说写作:叙事工艺指南》(*Writing Fiction: A Guide to Narrative Craft*),作者是珍妮特·布诺维(Janet Burroway),可以在 www.abebooks.com 上找到这本书。有点扯远了。

关于结构这只是一小部分,下面接着说。

☐ 24. 你没有做,那么重做,一再重做——你的"一句话大纲"(one-line outline)!

"一句话大纲"是非常重要的写作工具!没有它根本不可能看到你的故事,比如看 115 页的剧本很难看清楚故事的情节设置。通过把每个场景里发生的事只用一句话做言简意赅的描述,你就可以将故事的全貌一览无遗。

你可以运用"一句话大纲"创造你的故事。"女士,只要事实",就按这个要求来创造故事的基本结构。

你已经有一稿完成的剧本但需要加以改写时,也可以做一个"一句话大纲"。写下每个场景应该完成的任务,如果能写下每个场景都完成了哪些任务当然更好。尽可能潜入读者的大脑,尽可能从他们的视点来读你的剧本。你觉得这个场景里发生了这些,你的读者未必这么觉得。

我慷慨地贡献出一部分"一句话大纲"做示范。写出每个场景的关键信息即可,一整个剧本浓缩成单行大纲也就只有 5 页纸,你可以把这 5 页纸依次铺在桌上,对着它再仔细考虑、斟酌、思忖……

105 度以上
第二稿

星期二,4 月 22 日
  春禄(越南地名)。父母紧抱着小孩。**艾伦和涂**①在做新闻报道。妇女拼命把孩子塞进休伊直升机。越南人蜂拥奔向直升机。看见那些被留下的婴儿,艾伦陷入痛苦。
  西贡。大使和穿着制服的黑衣保镖。马丁看着罗望子树。**麦基洛普、汉默尔、奥斯卡**以及其他人看着艾伦的报道。麦基洛普担心岘港的情况会再次发生。汉默则认为他们会达成谈判。
  NBC 控制室。艾伦和她的密友看着报道,她对自己的表现很不满意。
  悉尼。**彼得逊**看着报道。南越军轰炸了总统府。他在电视上看到庆。阮文绍在做演讲。
  西贡。屋顶。逃兵莱弗里特、路兹·拉普看着阮文绍的演讲。交代镜头。女朋友、她的哥哥。阮文绍希望美军 B52 战斗机能回来。路兹不想再回到监狱里。走私贩。
  圆顶咖啡屋。**文高和董**看着电视。文高偏向美国。
  公寓房间。岚看着阮文绍的演讲。**岚的叔叔**说不要相信美国人带她出去。
  她为**外婆**喂饭。
  卡罗维拉酒店。当电视里演讲结束的时候,**卡特**正抽着鸦片。
  交代镜头。磁带录音机。
  大使馆。阮文绍辞职。麦基洛普认为这会引起骚乱。
  夜。新山一机场。彼得逊着陆。西贡一团糟。
  夜。麦基凯普的阳台。他观望着战事。

星期三,4 月 23 日
  晨。第 10 页马丁的办公室。麦基洛普向马丁询问疏散计划。马丁说将通过外交手段解决。
  领事馆。麦基洛普担心一旦他们离开,越南人可能会死,问汉默尔那棵树怎样了。大使不希望砍倒它。麦基洛普给了奥斯卡一张问题清单,包括电动链锯。他认为协议解决是有可能的。
  圆顶咖啡馆。文高招待警察。彼得逊跟文高谈话。卡特坐下来,给了彼得逊录音机。
  NBC 办公室。艾伦对涂抱怨她被分派的任务,怀疑他们是否准备进行谈判。稀缺:金子和安眠药。
  越南空军(空勤人员的)待命室。彼得逊有点害羞地雇佣了一个飞行员。
  春禄上空。飞行员会在八小时后来接彼得逊,把他留在春禄机场。
  圆顶咖啡馆。文高匆匆浏览剪贴簿。董看见,留下他一个人。
  409 酒吧。下等妓女憎恨美国人。岚争论。

---

  ① 英文剧本中人物第一次出现需要以大写标示出来,如"JULIE",之后再出现时便无需再大写:"Julie"。因中文不存在大小写,转译成中文之后,特以加重来提示读者。——译者注

"一句话大纲"的作用会让你大吃一惊，你已经看到我的大纲了，也给你的剧本做一个大纲吧。

有了大纲，你不仅可以给幕、场景、动作场景等做标记，还可以一路监测剧本的情感强弱变化。

你可以清楚地判断这三个场景是否需要往前移，合并场景也是很好的选择——把场景从这里拿走，挪到后面去和另一个场景合并。这五个连续的场景是否流畅，是否需要调整顺序，有了大纲你都可以一目了然。做一个"一句话大纲"比起写一个完整剧本还是要容易得多。

每写一稿，我的"一句话大纲"也会随之更新补充，大部分结构上的改写我都是在大纲阶段就结束了。比如我在大纲里拿掉某个场景，再将之前之后的场景按我的设计粘接串联在一起，接下来我再按照大纲调整剧本。

你在做"一句话大纲"时，凡是揭示和反转处都标注出来，这样你就可以一目了然，是不是很长一段时间没有惊喜出现了。

不同人物用不同颜色——你就可以清楚地看到他们多久出现一次，或者说看到他们消失了多长时间。一个重要人物不该在整整20页里都不见踪影。

打个比方，如果说剧本写作是野外生存，"一句话大纲"就是瑞士军刀。善于运用，则有益健康。

□ 25. 你还没做出一个"随想"版大纲！

你当然没有！我还没告诉你"随想"版大纲到底是什么。

一旦我有大纲在手，总是迫不及待地要动笔写剧本。写剧本远比写大纲有趣得多。我讨厌写大纲，我想写剧本，我再也不想琢磨什么大纲了，我只想写！即使大纲并没有万事俱备。哎，跟人性中这一狡诈多端、令人困惑而又无比强大的弱点殊死斗争后，我还是做了我的"随想"版大纲。

其实,这很好玩,这是你被锁定在一页页的剧本写作之前,发挥真正的创造力的最后机会。要知道比起改大纲,改剧本可要难得多。

我拿我的大纲复制出一个新的文档:随想版 A。再逐一插入分页符,保证一页纸上就只有一个场景。

1.

#1.大城市。罗伯特让女儿格蕾丝起床上学。这是一个慈爱却粗心的父亲,一心只想着工作。妻子玛琳在睡觉。一边给格蕾丝做早餐,罗伯特一边给她唱着"一闪一闪亮晶晶"。交代。保姆,全职佣工。

现在,把音乐声开大,让孩子们到院子里去打水球和狗狗玩耍。不管怎样,反正你要独自待一会儿,这是你纯粹的构思故事时间。

你眼前的这一场景只起到一点引导作用,以此为基点自由发挥,想什么想到哪儿都行。从所有方向想象关于这一场景的任何方面——行头、对白、人物,之后可能与之有关的素材,动机、美工、情节——你想写什么都行。

现在是泥沙俱下的"洗碗池时间"。

1.

　　#1.大城市。罗伯特让女儿格蕾丝起床上学。这是一个慈爱却粗心的父亲，一心只想着工作。妻子玛琳在睡觉。一边给格蕾丝做早餐，罗伯特一边给她唱着"一闪一闪亮晶晶"。交代镜头。保姆，全职佣工。
　　大城市或者不是？时间是哪一年？他的工作是什么？
　　南方的地产生意？或者他是一个包办宴会伙食的人？他喜欢烹饪。
　　交代镜头。墙上她的照片。她的暗房。很棒的暗房。
　　片名字幕时放墨水点乐队①的音乐。恐怖感觉的。
　　也许没有保姆。
　　她吃早餐的时候，他看书。她是不是会演奏一种乐器？
　　片头字幕？划过房子。
　　看电视新闻。读小说。读关于婚姻的自救书。一堆自救书，都没读过。书店的包装都没拆。
　　玛琳打电话来要咖啡，他已经准备好了。他藏起了婚姻自救书。
　　罗伯特打领带很在行。一丝不苟、严谨精确的家伙。格蕾丝想跟他说什么，他却没听见。还有什么说明他是一个差劲的爸爸？
　　玛琳穿着睡衣睡觉。之后，她会裸睡。是在离开他之后。
　　开始的时候是家庭录像？
　　他是一个好爸爸，只是太忙于事业。报纸上登着他的大宗生意。
　　是不是他的兄弟打电话来提醒他报纸上那篇文章？
　　叫醒格蕾丝，他喜欢做这个。Estab. 格蕾丝真的很崇拜他。他们有他们的固定动作。
　　路易斯·阿姆斯特朗（Louis Armstrong）的"多么神奇的世界"，她的CD。
　　她晚上睡觉之前会播放。格蕾丝吹小号。完成今天的功课？
　　一开始的时候她是不是就病了，让他得做点什么？
　　她读书，而他也忽视她，只顾忙自己的。在这儿他是个坏爸爸，到后面他可以变得好一点。或者他是一个一无是处的父亲，我们从开始的时候就恨他？
　　玛琳走进来，看着厨房里的一片狼藉。他辩解。她睡眼惺忪，一头秀发。
　　性感火辣。
　　秘书打电话报告了一个坏消息。
　　对埃克森谈起地产噩梦，具体的交谈和困难。我们怎么让地产开发商变得亲切？
　　格蕾丝切到了自己的手指。罗伯特给她贴上邦迪创可贴。好爸爸！

————————

①　墨水点乐队（Ink Spots），20世纪三四十年代活跃于流行乐坛的一支黑人组合，对四十年代的R&B和五十年代的摇滚产生很大影响。——译者注

就像这样的想法一直乱冒，可以写好多页。直到最后关于这个场景你已殚精竭虑、黔驴技穷，挤压出你体内最后一滴创造力，再开始进行下一个场景。如法炮制。

有大纲还有一个好处，如果你在思考第121#场景时突然迸发关于1#场景灵感，你也可以轻松回到1#场景。如此循环往复，你的剧本似乎永远都写不完了。其实你该窃喜才对，只有这样你每个场景才都是千锤百炼的真金。

等你在随想版大纲 A 上自由发挥完了，把它另存作"随想版大纲 B"，拿出荧光笔给你想要保留的天才之笔做上记号。去芜存菁，瞧，你亲眼见证一个富有创意和细节的大纲诞生，而你就将利用它写出剧本！

恭喜你，现在你有一个大纲，但还得修改。

□ 26. 你还没运用戏剧的凯瑞斯·哈丁法则！

我以前也不知道这个，还是我一个之前的学生教给我的，现在我在哪儿都能看到它。

> "当一切看起来妙不可言时，恰恰不是这么回事。"
> ——凯瑞斯·哈丁（Kerith Harding），创意执行官

《舞国英雄》（*Strictly Ballroom*, 1992）中，英雄最终亲吻了女孩，羡煞旁人！

转场

下一个场景里，他得知一个可怕的消息，他父亲在灾难中丧生。他的世界坍塌了。

《乖仔也疯狂》中，乔尔的父母离开小镇，他在家举办大型聚会，接到大学入学通知书的家伙们都乘兴而来尽兴而归。这是个志得意满的时刻，他和拉娜——他的妓女女伴，正玩得愉快，早上他才与她告别回家。他取了爸爸送修的保时捷，以每小时五英里的时速小心翼翼开回家。完美至极！一切妙不可言。

转场

乔尔微笑着走进家门,哦,我的老天爷啊,所有东西都被偷光了。所有家具,所有一切都被偷了,包括他妈妈极其昂贵的钻石饰品也没了。那个皮条客给予他狠狠的还击。

就在一切看上去非常完美和无比幸福的时候,所有的所有却全都毁了。只要你感受到这不真实的完美气氛,也就能依稀看到天杀的凯瑞斯·哈丁法则正遥遥赶来。

劳伦斯带着他的军队安全穿越了把人烫得起泡的内法德沙漠,阿克巴湾就在前方,味美多汁的葡萄近在咫尺——这个世界完美之极——就要迎来一个光荣时刻。

转场

一声枪响撕裂夜空的寂静,一个人杀死了另一个部落的人,脆弱的联盟眼看就要瓦解,除非不隶属于任何部落的中立者劳伦斯处死杀人者。令劳伦斯意想不到的是,那个杀人者居然就是卡西姆,居然就是那个劳伦斯冒死从沙漠中抢救回来的家伙。就在刚才一切还很完美,现在所有一切都不可思议地变得这么不完美。

盖瑞森·凯勒(Garrison Keillor)的《作者年鉴》(*The Writer's Almanac*)完美地诠释了戏剧的凯瑞斯·哈丁法则。

> 林肯当了四年多一点的总统,在这四年的大多数时间里,没有多少人认为他是一个好总统。南北战争持续的时间和战局的残酷程度都远远超出大多数人的意料,很长一段时间里林肯处境艰难,因为他的将军死缠烂打地追击敌军,南方联盟却差一点就占据了首府华盛顿。直到1865年4月的第二周,他接到南方联邦军队总司令罗伯特·E·李将军向北方军队投降的信。
>
> 1865年4月14日下午,林肯总统和他的妻子共乘一辆敞篷马车,她从未见过他如此高兴,他对妻子说:"我想今天,战争真的结束了。"就在当天晚间林肯和夫人去剧院,被约翰·威尔克斯·布斯刺杀身亡。
>
> 就在一切看起来妙不可言的时候……

☐ 27. 你的 B 故事没影响到你的 A 故事！

换句话说就是:"如果你用不到它,要副线做什么呢?"

一般说来——你知道我也并不是全知全能,所以只是一般说来——只有 B 故事对 A 故事有所影响,B 故事才有必要存在。一旦电影开始,故事 A 和故事 B 可以各自徜徉,有时可以是两条平行线,但是朝影片结束方向行进的过程中两条铁轨必须交集,两列行进的火车将撞击在一起,轰隆隆,一切都会不一样了。

《杀死一只知更鸟》中,A 故事导向汤姆·罗宾逊的审判,之后阿提克斯·芬奇招致鲍勃·尤厄尔怀恨在心。B 故事是杰姆、斯考特和布·拉德利之间的关系发展。影片最后,尤厄尔想要杀死孩子们,而布刺伤他救了孩子们的命,A 故事和 B 故事系在了一起。

《洛奇》第二幕的结尾,洛奇意识到他永远也不可能打倒阿波罗·克雷德,他的所有训练所有梦想,都是徒劳。他准备放弃这场拳赛,这揭示了他内心自我的彻底瓦解。但是,幸运的家伙,他有个好女朋友亚德里安。因为她,他明白了哪怕拿不到冠军,能坚持到底也是胜利。故事在此发生了巨大改观,亚德里安的存在就是为了让这一时刻发生。她是 B 故事,并且对 A 故事产生了重大影响。如果没有亚德里安,洛奇就会放弃这场比赛,成为一个真正的失败者。因为有了她,他输掉了这场拳赛但是却成为了真正的男子汉。

《甜心先生》(Jerry Maguire,1996)中,A 故事是汤姆·克鲁斯和他妻子的关系,B 故事是他和他那"我要看到钱"的委托人夫妻的关系。汤姆不确定自己是否爱芮妮·齐薇格。但是在 B 故事的结尾,他的委托人在球场上受伤了,而天天与其吵闹的妻子担心得要死。汤姆目睹了他们的爱,而这使他意识到有多爱自己的妻子。没有 B 故事推他一把,他也许永远没法解决 A 故事的问题。

如果你的 B 故事不是强烈地影响到 A 故事,改写它或者干脆拿掉它。

☐ 28. 你没用好伏笔（set up）和照应（pay off）！

第一幕你介绍了存在一把手枪，第二幕这把枪就开火了，这就是伏笔和照应。但是，最好做到像乔·路易斯①那样，动作隐蔽、难以察觉——一旦出拳，力发千钧。

伏笔和照应是讲故事的基本技巧。希区柯克说过："如果你想要观众感到悬疑，就让他们看到桌子底下放着一枚炸弹。"跟我一起闲逛了几次后，我七岁大的孩子看电影时都会大喊："这是伏笔！"一旦你认得了它，到处都可以看到它。

《末路狂花》中，照应是塞尔玛在停车场差点被强奸，露易丝从她的包里掏出一把手枪干掉了那个混蛋。我们的作者是怎么"埋藏"伏笔的，才让我们没有纠结于她的包里怎么会有把枪？伏笔得追溯到几十页之前。

塞尔玛和露易斯准备上路，塞尔玛收拾行装。她把手伸进床头柜拿出一把已经上好子弹的左轮手枪，但是接下来吉娜·戴维斯却不是像警察那样打开弹膛又旋上——让读者心想："天呀！那他妈有把枪！在我买爆米花之前有人会用它轰掉某人的脑袋！"——而是优雅地用两根手指拈着手枪，把它扔进箱子里。这一幕引起一阵大笑，观众忘掉了这把手枪！直到后来，当有人需要这把手枪时，大家才恍然记起。

要保证伏笔和照应起到良好效果，就得让它们之间间隔的距离足够远。你不能刚埋下什么，紧接着翻到下一页就照应了，两者之间得有一个奇妙的时间差。不过《拜见岳父大人》(Meet the Parents, 2000) 的伏笔、照应相隔很近，但效果还不错。壁炉上母亲的骨灰是前脚埋下的伏笔，片刻之后就迅速地给以照应——我们倒霉的英雄开香槟酒时冲起的软木塞撞落了壁炉架上的骨灰盒，结果老妈的骨灰盒变成了猫屎盆。

---

① 乔·路易斯(Joe Louis), 1914—1981, 美国著名重量级拳王, 1937—1948 年一直统治着重量级拳坛, 25 场卫冕不败。——译者注

《回到未来》(Back to the Future, 1985)中,一个女人发给马丁一张写着"救救钟楼"的传单,马丁的女朋友在上面写了她的电话号码。马丁没把这张纸扔掉,在后面这个传单上的信息确实派上了大用场。

最聪明的伏笔之一是将伏笔一分为四,散见于在剧本的很多页里。《桃色公寓》里伏笔是这么交代的:1)杰克·莱蒙多年前就企图自杀(他射中了自己的膝盖);2)他依然留着那把点45自动手枪;3)他很沮丧,准备收拾行装离开公寓;4)他有一瓶没有打开的香槟酒。这些拼图碎片都是伏笔。

而照应则在雪莉·麦克雷恩决定放弃弗雷德·麦克默里和杰克共赴爱河时到来——她一路疾奔到杰克的公寓,就在她跑上楼梯的时候,听到一声枪响。我们知道他自杀了!她在门外尖叫,疯狂地拍门——他拿着一瓶溢着泡沫的香槟酒打开门。妙极了!

不要给我们如齐柏林飞艇那样明显得扎眼的伏笔,观众都能闻到照应就在一米开外等着。例如不要给一个警察这种陈词滥调的台词:"我还有两个星期就要退休了。想看看我家人的照片吗?"十岁大的小屁孩都能告诉你这个家伙之后会有什么下场。还有几乎所有二战电影里都有这么一个家伙:"这是我女朋友的照片。她是不是很漂亮?我一回去我们就会结婚。"猜猜之后谁会挨枪子?这个问题在《星际迷航》(Star Trek, 2009)里根本不是问题。柯克说:"斯波克、伯尼斯、斯科蒂和凯纳方德少尉,我们发射到那个星球上去。"还用说吗,总是那个新来的无足轻重的人物会挂掉,所有《银河访客》(Galaxy Quest, 1999)中拿来嘲讽的笑料,你的剧本都要引以为戒!

检查一下你的伏笔是不是看起来太重要、太明显、太刺眼——但之后却没有照应——千万别这么做!《小英雄托托》(Toto Le Hero, 1991)里,主人公被学校里的男生欺负、辱骂。他过生日的时候,父亲用所有积蓄给他买了一把小刀。之后那些讨厌的男孩踩着海上浮冰追他想要狠揍他。那把昂贵的小刀就在他的口袋里,可这个傻瓜居然从没想过把它掏出来保护自己!为什么?它毁了这部分故事,让我们觉着这个人物是个笨蛋……

如果你必须有一个伏笔,但是它会让所有人都注意到,怎样才能将它埋藏得不那么引人注目呢?《问尘情缘》(Ask the Dust, 2006)中,罗伯特·唐尼把即将到来的有力一击伪装得很隐蔽：

  1) 英雄喜欢女孩,但女孩却被色迷迷的酒保看上了。
  2) 一堆关于酒保的其他对话中交代——他有肺结核。
  3) 一个大雾弥漫的夜里,英雄在车里等着女孩,后景里我们看见女孩在亲吻酒保。(上次我们看见酒保时他正收工呢,情节设计严丝合缝。)
  4) 英雄和女孩有一场美妙的性事,其间女孩咳嗽。
  转场:
  电影演到一个小时或者一个多小时,女孩死于肺结核。

  唐尼最漂亮的一笔是让女孩在做爱的时候咳嗽。我们太忙于见证他们的激情时刻,谁都没有注意到这咳嗽。直到她病倒,我们才想起来。

  唐·罗斯①编剧的《两性谎言》(*The Opposite of Sex*, 1998) 中,一个深夜,在克里斯蒂娜·里奇(Christina Ricci) 一穷二白的家中,她匆忙收拾准备逃走。她把东西塞进包里的时候,我们发现有一把枪。

> **迪迪**(V.O.)
> 哦,我拿了一把枪,这点很重要。之后它还会出现,我先在这儿埋个伏笔……就像我们会把自己做的坏事埋起来。如果你够聪明,就不会忘了我拿了枪。

  伏笔和照应合为一体,以此来隐藏**呈示**(exposition)。
  妙!

---

① 唐·罗斯(Don Roos),1955—,影视导演、编剧、制片人,编剧代表作品:《机票情缘》(*Bounce*, 2000)、《幸福结局》(*Happy Ending*, 2005)、《马利和我》(*Marley & Me*, 2008) 等。——译者注

29. 你没像藏吉米·霍法①那样藏好呈示!

呈示就像,对了,就像《王牌大贱谍》(*Austin Powers*,1997)中巴兹尔博士的讲解,他给你很多重要的信息,但是你需要让他大多数时候都隐藏在你的XK-E贮物柜里。

另外一种叫法是"说明"(explaino),就是传达一些你必须让观众了解的信息,但又不想让她注意到她正在接受这种信息。尽量隐藏好呈示:比如制造争论,或者讲个笑话,好好地把它乔装打扮起来。明目张胆、直截了当的呈示是新手菜鸟编剧的显著特征,会让读者望而生厌。

下面这段是第一稿,呈示意图非常明显,咄咄逼人,劈头盖脸而来。这些事人物都已经知道了,为什么还要始末缘由一一道来?太不自然了。

> **汤姆**
> 嘿,罗尼,是我,汤姆。
>
> **罗尼**
> 很长时间没有你的消息了,伙伴。我需要你偷两辆车。很贵的。比如大型越野车。
>
> **汤姆**
> 我不想再为弗兰克斯先生干事了。我不喜欢他。
>
> **罗尼**
> 为谁干不关你的事。五点在摇滚尼克沙龙。
>
> **汤姆**
> 第15号街那个?

---

① 吉米·霍法(Jimmy Hoffa),前美国卡车司机工会领袖。1975年吉米·霍法在密歇根州的一个停车场神秘失踪,成为困扰美国人的一大谜团。有人推测他已被黑党杀死,但是否真的如此,至今仍是一个谜。——译者注

> **罗尼**
> 是的,跟从前一样,15号街。我得提醒你可别跟上次一样把钱包落在车里,嗯?
>
> **汤姆**
> 我那次喝醉了,这次可没喝多。我的姐姐芳在镇上。她不喜欢我喝酒,你知道的。
>
> **罗尼**
> 弗兰克斯先生真乐意让你姐姐芳呆在镇上,她能让你远离麻烦。

到了第二稿,呈示没那么明显了,但是传递的信息一点也没衰减。那些现在没明确的东西,可以留到之后慢慢来揭示,比如谁是芳,她为汤姆做了些什么……

> **汤姆**
> 你打的电话,笨蛋?
>
> **罗尼**
> 尼克,五点。
>
> **汤姆**
> 我不为弗兰克斯干事。
>
> **罗尼**
> 两辆大型越野。轮不到你挑肥拣瘦的,你亲爱的钱包先生还在赃车上吗,醉鬼。
>
> **汤姆**
> 用不着你操心,芳在镇上。
>
> **罗尼**
> 听到这个令人高兴的好消息,弗兰克斯先生肯定乐死了。

《心理游戏》(*The Game*,1997)的第四章(初次接触——CRS)曾是我最喜欢的隐藏呈示的范例,编剧是约翰·D·布兰卡托和迈克尔·菲利斯①。迈克尔·道格拉斯来到一间熙熙攘攘的办公室,申请参与一个精心设计的真实生活中的角色扮演游戏。这个地方一片混乱,雇员们无头苍蝇似的乱转,工人们在给金属线做最后的润色,等等。

一个叫范格拉斯的人物,付钱给送中餐的快递员,他接待了来取走个人信息的我们的主角尼古拉斯。去范格拉斯办公室的一路上简直就是一场作战,因为中餐包一直汤水滴答的。这里有一段关于尼古拉斯弟弟的谈话。他已经玩过这个游戏,而且玩得相当在行。这时范格拉斯问尼古拉斯:"你确定一点都不饿?董霍家,这可是唐人街最好的餐馆。"而尼古拉斯并不饿。

这个场景里的信息简直汹涌澎湃——尼古拉斯与范格拉斯的冲突,游戏中他必须接受的所有考验……但是深深埋藏在这个写了很多页的场景里真正关键的那枚银币却是——呈示:"董霍,唐人街最好的餐馆"——被塞在一大堆琐屑的杂事,一大包滴汤的食物和一大段关于尼古拉斯登记注册的游戏的讨论中。

哦,他们把它隐藏得太高妙了!当你改写你的剧本的时候,也要巧妙地隐藏你的呈示!

它隐身于一大堆冲突之中,几乎看不到,不被察觉。之后,当所有一切都失去了,尼古拉斯彻底一无所有,这是唯一一个线索能让他奋起反击。有趣的是,一个小时之后,当尼古拉斯终于记起饭店的名字,你也记起了他究竟是在哪儿听到这个名字的。

把这部电影找来看,好好学习这个场景,真是一部上乘之作。

☐ 30. 你没把意外尽量留到最后!

你是对你的读者克扣了信息,还是一股脑儿全倒给了他们?如果你一

---

① 约翰·D·布兰卡托(John D. Brancato)和迈克尔·菲利斯(Michael Ferris),美国编剧、制片人。合作编剧作品:《蛇蝎美人》(*Femme Fatale*,2002)、《心理游戏》、《终结者Ⅲ》(*Terminator Ⅲ: Rise of the Machines*,2003)、《终结者Ⅳ》(*Terminator Salvation*,2009)等。——译者注

直保留着秘密和意外，读者就会一直兴趣盎然。

UCLA电影剧作计划的传奇领导人威廉·弗洛哥（William Froug）是这样说的："假如你上了点年纪坐在公园里，想用一袋鸟食喂喂鸽子，你会怎么做？如果你把整袋鸟食都倒出来，鸽子们会一拥而上围着你，不过45秒钟的狂欢之后，鸽子就会吃光所有鸟食，然后拍拍翅膀飞走了。但是如果你是一会儿扔出一点鸟食，一会儿再扔出一点，那么它们就会围着你一整天。"

你将他们想看的展示给他们的这个过程持续得越长，他们保持兴趣的时间就越长。

作为一个编剧，你攥在手里的不是鸟食，而是秘密和惊喜。它们是你讲故事最重要的一些武器，要小心仔细地调配部署它们。

《丑闻笔记》的原小说一开头，我们就知道凯特·布兰切特和她一个学生发生了师生恋，书中第一个场景就是媒体记者紧紧围着她的房子群起而攻之。这是展开故事的好方法，但也第一时间泄漏了故事的最大秘密。帕特里克·马伯决定尽可能地让这包鸟食在他的口袋里呆得久一点——将秘密留到后面揭示，让这个重大秘密尽可能给观众最大的冲击。

威廉·高德曼（William Goldman）在《虎豹小霸王》(*Butch Cassidy and the Sundance Kid*, 1969)中也是这么干的。坐下来写的时候他已经做好了功课，对自己笔下人物有趣的事实烂熟于心。电影没一开始就让布奇自我介绍："嗨，日舞，我叫罗伯特·勒罗伊·帕克，从新泽西来，我这辈子从来没有开枪打过人。来杯布莱斯基啤酒怎么样？"高德曼可没这么业余，他把这些惊喜一直保留到故事的后半段，而且选在他们最占优势的时候才揭示。

到电影很晚的时候，当布奇和日舞小子喝着酒聊起他们的过往，我们才知道布奇是打新泽西州来的。日舞小子也很吃惊，因为他跟我们一样也是现在才知道。

之后的揭示更加有趣。他们在玻利维亚担任薪水护卫时，雇主遭到枪击，两人躲在大石头后面。最后布奇和日舞拿着枪和一撮穷凶极恶的匪徒对峙。

> **布奇**
> 小子,有点事我应该告诉你,我从来没开枪打过人。
> **日舞**
> 你真他妈会挑时候告诉我。

高德曼太会挑时候揭示重要信息了,座无虚席的影院里,立马引发观众一阵哄笑。

第四场

场 景

☐ 31. 你没把每个场景夯实!

幕、段落,接下来就是场景,场景是故事结构最小的构成单位。一个场景就是一部小电影,有着和电影剧本同样的结构准则:开头、中间、结尾。

> "虽然人们未必能说得出其确切含义,但它们已然道出作者想通过它们说的话。"
>
> ——大卫·马梅[①]

一个场景应该:

1) **推动故事前进**。如果开始时一对夫妻想买他们的第一套房子,结束时他们分手了,那么故事往前发展了!如果开始时是一个女人在喝奶昔,结束时她喝完了……那么故事就没有向前发展……除非她从这杯奶昔中获得了超能量。

[①] 大卫·马梅(David Mamet),1947—,美国作家、剧作家、编剧、导演。他凭《拜金一族》(Glengarry Glen Ross,1992)获普利策大奖和东尼奖提名。另外他凭《大审判》和《摇尾狗》(Wag the Dog,1997)两获奥斯卡提名。——译者注

2) **增加戏剧张力**。所谓戏剧张力就是与这个场景开始时相比,读者更加紧张了,把螺丝越拧越紧。

3) **透露人物信息**。如果我们知道了赛迪在婚礼上哭泣是因为她的未婚夫是在婚礼上被烧死的,我们对这个人物的性格就有了新的认识。

最好的场景当然是能够将以上功能三合一,一般说来,"推动故事发展"是一个场景存在的唯一理由。在剪辑室里深化人物性格的部分可能被剪掉,一个纯粹增加张力的场景也有可能被剪掉,但是如果它推动了情节向前发展,就不得不被保留下来。

当然,"有趣"也是"保命符",如果一个场景让我们开怀大笑了,我们也就不会在乎其他问题了。既然都让我们咯咯笑了,自然也不会闷到我们了,有趣的场景总能在剪辑师的夺命剪刀手下幸免于难。

从动作开始。

我的意思是以动作开始。如果你非得以大卫坐在桌边开始,那么起码让他喝杯马提尼,不要枯坐着干等场景开始。给读者看到一点动作,电影首先是运动的画面,动起来!

让我们好奇。

上大学那会儿我有个兄弟会的哥们,走到哪儿都拎着一个布袋,看上去里面还装着什么重物。他是 IM 队踢定位球的球员,踢球时他也总是拎着那布袋呆在边线。等到他踢定位球时,他先把布袋放下,走进球场,起脚踢球,然后再走回去捡起那布袋。

就像这样开始一个场景,让我们好奇得抓狂!

想让我告诉你布袋里装的是什么吗?说"求你了"。你火急火燎、迫不及待地想知道吧?这就对了,好奇对于读者来说是美德。告诉你吧,是支点四五的自动步枪。他以为自己赖着一笔赌账没还赌场老板要收拾他,其实是兄弟会的另外两个哥们伪造了一封假信吓吓他。因为担心他真的会轰掉哪个倒霉蛋的脑袋,他们只得告诉他真相。

确保每个场景都尽可能短。

少就是多,不,少是多得多,留白的效果让你难以置信。你想要场景尽可能有力,而很多时候力量来自于速度和简洁。你可以事先就给每个场景做好大纲,也可以直接动笔。怎么把字落到纸上是你的使命。一旦你已经有一稿完整的剧本在手,折回去,削薄它,一个场景在打薄修剪之后常常会更加有力。

一般来说,一个场景也就是半页纸。很少很少达到 4 页纸的长度。看看近年来的剧本。每个场景都像一颗迷你袖珍的闪钻,牵引出下一颗小宝石。有事就说,然后还没等观众坐不住就结束。

进入一个场景越晚越好,结束一个场景越早越好。

最常被剪掉的,一个是场景的开头,一个是场景的结尾。干脆利落地开始,然后在他们乏味之前退出。别把伏笔放在场景的一开头,以免错杀枉死,也不要展示哪个家伙爬楼梯进卧室——让他一开始就已经待在卧室里。

凡是拿掉不会毁了整个故事的场景,一律拿掉。

如果它可以拿掉,那就拿掉。因为你一毫秒也不想让你的读者觉得无聊乏味。去掉所有你能去掉的场景。检验一个场景是否必要的石蕊试纸是,如果拿掉一个场景,你的故事不会像纸牌屋那样坍塌,这场景就该拿掉。如果这个场景对于故事至关重要——没有它结局都会两样,那就保留。

你写得越多,删起来越容易。因为你会发现删除一些内容会让留下的那些更有力,这就像你砍掉一条手臂,剩下的独臂会变得更强。真是个残忍的比方。嘿,写作是一个受虐狂的游戏,你得习惯它!

合并场景。

如果你在 21 号场景做了某事,而在 34 号场景接着做这件事,很有可能你可以把这两部分合并成一个更好的场景。这样一来你的故事会更短,而新的场景也能更加丰富。

删掉对白。删掉。再删。删了再删。最少最好。

整个场景你需要的对白其实很少,你甚至都感到难以置信,怎么会这么少?试试看在下一个人开口之前,你只让每个人物说不到 5 个字,能不能把你的意思传达清楚。找些电影看看,看看他们是怎么做到惜字如金的?

你有足够多足够有料的冲突么?

有些场景就像搁浅的鲸鱼一样痛苦无助地躺在那儿,既难以下笔,更难以卒读,原因就是它缺乏冲突。加入一些冲突!如果你已经有了一些,那就再增加一些。

想要冲突,就必须有冲突的双方。就像乔治和伊莱恩,或者杰瑞和纽曼,或者克莱曼和……爱谁谁。

事件必须难以预料,但不能难以置信。

如果一个人走过肮脏的公寓过道,突然他的女房东打开房门,拿出一杆枪对他开火!这就让人难以置信了。但是如果像《变相怪杰》里,那家伙穿过过道,看见门上有个"请勿打扰"的牌子,他踮起脚尖蹑手蹑脚地走,而一个响铃的闹钟从他的口袋里蹦了出来!他抽出一把大锤把闹钟砸得粉碎。女房东开门尖叫,他瞪着女房东的眼珠子从眼眶里蹦将出来,女房东操起猎枪想干掉他!

你就相信这个场景,因为它与其他的场景匹配。

大多数场景必须把我们推向下一个场景。

"你应该找到你妈妈的姐妹。"转场:他向祖母打探消息。

"我现在真的饿了。"转场:她在做饭。

"哦,天啦,杰森·伯恩①在这栋楼里!"转场:安全局的人在狂奔。

不要乏味。

你的职业就是娱乐审稿人,一个你从未谋面的人。假定他们的注意力集中时间相当于一个"16 岁大的用兴奋剂成瘾的人",那么这有助于你的业务精进。打引号的这句话援引自新闻报道,据说这句话已经

---

① 杰森·伯恩(Jason Bourne),遗忘过去和身份的前特工。系列影片《谍影重重》——《伯恩的身份》(*The Bourne Identity*, 2002)、《伯恩的霸权》(*The Bourne Supremacy*, 2004)、《最后通牒》(*The Bourne Ultimatum*, 2007)中由好莱坞影星马特·达蒙扮演的主人公。——译者注

被当年拒绝《大白鲨》的制片厂装裱镶框用以时刻警醒自己。审稿人当然不喜欢这句话,但你应该不会。

让你的人物一直待在最前线。

每个场景里都要问:"人物尤其是主人公,在这个场景里将作何反应?现在他们的感觉如何?每个场景都正确地反映了他们此时此刻对故事中正在发生的事情的感受么?"

如果读者认为你的主人公应该是这种反应,而人物却是另一种反应,你想要传达的情感估计也不会触动读者了。

这一点我想已经强调得够清楚了。

让你的人物反差尽可能大!

这会让你的场景好写。想想《非洲皇后号》(*The African Queen*,1951)中凯瑟琳·赫本和亨弗莱·鲍嘉之间发生冲突的几率有多大?他是一个醉鬼,而她是一个女传教士;他是一个从不剃须的邋遢鬼,而她穿着白色蕾丝裙;他骂骂咧咧,整天想的就是床上那点事,而她是个一本正经的老处女。几乎在所有方面,他们都天差地别,这样的人物设置让每个场景的写作都变成一件轻松乐事。

你人物的内心发生了什么?

把更多的精力放在营造内心,而不是打造动作,内心冲突永远比动作冲突更抓人。

你可以边写边发现你的人物。

把已有的构思放在一边,不要一开始的时候就决定他是 X,她是 Y,他是 Z。写作就是如此,它可能是流动不居的。你大纲里这么写了,并不意味着他们就必须这么做!

你的人物做了……一些意料之外的事情?有没有一些新的情境带给你的人物一些你之前没意识到的东西?这才叫酷!

我关于西贡沦陷的剧本里,主人公晚上出门发疯似的寻找他的女朋友。他非常痛苦,因为他是有妇之夫却爱上了 NBC 的新闻记者。我只顾自己埋头一路写,让麦克洛普呼喊她的名字,让他在一根电话杆旁停下等她回来。突然间,我的手指自己开始创作,他取下结婚戒指,把它扔到街上!然后麦克洛普倚着电线杆跌坐在地,筋疲力尽悲痛欲绝。我没有这么做,是他自己这么做的。

这是写作中最奇妙的时刻,当我对笔下的人物有了新的了解,恨不得爬上屋顶兴奋地嚷嚷。对我来说,这是这部电影最激烈的场景。

当然他们也许会剪掉它。

☐ 32. 你的场景没有动作转向!

每个场景结束时的位置都应该和开始时的位置不同,否则这个场景就没有作用。

你的每个场景或者大多数场景,是不是开始的时候都有一个方向,我们以为这个场景是朝这个方向行进,而之后却改变方向?这个场景结束时我们来到与之前所在地完全不同的一个新位置了么?如果大多数场景不是如此,那么你的情节就没向前推动。

每个场景都应该告诉我们一些人物的信息或能推动情节,或者有趣,否则就会被剪掉。

我的第一任写作老师吉姆·博伊尔,他教给我很多学院派的东西,经典得像来自远在一万年前的更新世,然而我每天的写作和教学中都会用到。下面这个我们都称之为"博伊尔表格"(Boyle Sheet)的就是其中之一。

场景 _____

桥入
布景,人物

场景意图、初始方向
它将是关于 _____。它将导致冲突。

冲突
意见分歧、摩擦

呈示
情节向前发展所需的信息

人物刻画
通过画面和对白,对他的揭示

反转或高潮
A 赢或 B 赢,或者一个外力

跟进 & 桥出
下一个场景关于什么。

为每个场景填一份博伊尔表格,然后再发动引擎。

我最爱的"动作转向"时刻是在《四十岁老处男》中。

吉姆·博伊尔所称的"桥入"(bridging in)指的是,什么把我们从上一个场景推到这个场景,使我们现在到了这里。它应该尽可能短,只需传递给我们最基本的信息就够了。贾德·阿帕图(Judd Apatow)和史蒂夫·卡瑞尔(Steve Carell)编剧的《四十岁老处男》中,安迪和崔西在她的卧室里,把他的超级英雄玩具装箱海运给买家。她以为他已经挣够了开家商店的钱。

"初始方向"是我们以为这个场景是讲什么的。你可能还记得他们曾有个约定就是直到他们第二十次约会才发生关系。当崔西说:"这是我们第二十次约会。"呜呼!他们开始在床上亲吻,她说她觉得自己已经爱上他了。初始方向:他们看起来就像轨道上推行的火箭正朝着一场纵情欢愉挺进。

当他们仰面躺在床上一不小心把一些超级英雄玩具撞到地上,"冲突"来了——这些玩具的原包装都原封未动。他想把它们捡起来,崔西因为两人即将入港,不想让他去。而他非要去捡,态度坚决!

"呈示"是我们知道了他的收藏大计,比起跟崔西在一起,安迪更愿意收拾整理这些盒子。他觉得保持盒子的原始包装完整非常重要,但崔西觉得很不能接受,因为她一个大活人主动投怀送抱,安迪却疯了般对那些玩具更上心。

这正是人物信息呈现时刻。我们得到的人物信息是,安迪就像他的玩具——还在原包装盒子里,他根本不会跑出来玩。崔西真正喜欢他想跟他在一起,但是他关在盒子里太久,根本不会到未知世界里冒险。他需要走出盒子,这是他的需要,到故事结束的时候他必须面对。他觉得她是在强迫他卖掉超级英雄玩具,辞掉工作,改变自己。她为自己辩护说她喜欢他,想要帮助他长大。之后她还抨击他骑自行车上班。她告诉他只要他愿意和她做爱,她愿意满足他所有的要求,她之所以这么焦虑是因为她已经是个老祖母了。而他告诉她,她是个性感惹火的老祖母。

下面该说到"反转"了。开始,我们想的是他们要做爱了;现在,在这个场景的高潮处,他们居然分手了!这出乎我们之前的意料,但是一路看到现在,我们却觉得在情理之中。安迪甩门而出,留下崔西一个人和他的收藏在一起,绮愿未偿黯然神伤。

"桥出"(bridging out)让我们离开这个场景。安迪蹬上他的自行车,自己嘟嘟囔囔地离开崔西家差点被五辆车撞到。迅速地切题,推进到下一个场景——他和朋友们在酒吧喝得烂醉。

* * *

我知道图示效果更佳,下面提供一个高技术含量的图像示范。可以随便抄到你的笔记本里,老早以前你的五年级英语老师在描绘故事时已经在黑板上画过这个。

眼熟么?上升动作,高潮,结局,你已经看过一千遍了。问题是,故事看上去应该像这样:

而且,重要之处正是场景改变方向的地方:

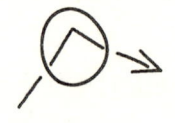

这是理解一个场景的关键。安迪和崔西出发,奔向某一方向。

你希望他们结束在这里。

但是，突然场景改变了方向，结束在你压根儿没想到的地方！

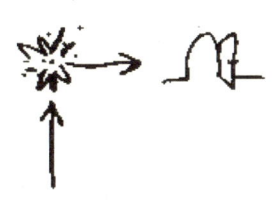

每个场景都应如此，如果你碰到吉姆·博伊尔记得谢谢他。

☐ 33. 你的反转不够多！

"反转"和"改变场景的初始方向"是两码事。场景方向的改变是情节发展，推动故事向前；反转是惊奇、意外。

沃伦·格林①和萨姆·佩金法②编剧的《日落黄沙》中，在令人叹为观止的大规模枪战劫案之后，却来了个由喜转悲的大反转。他们福大命大逃出生天，坐下来享受他们的战利品，每个人（包括我们）期待的都是现金或者金条。然而没有。他们打开包，然后——

---

① 沃伦·格林（Walon Green），1936—，美国制片人、编剧、导演，曾凭《生物奇观》(*The Hellstrom Chronicle*, 1971)获奥斯卡最佳纪录片奖，并凭《日落黄沙》获奥斯卡最佳改编剧本奖提名。——译者注

② 萨姆·佩金法（Sam Peckinpah），1925—1984，美国著名导演、编剧、制片人。从业之初为西部剧《荒野大镖客》(*Gunsmoke*, 1955)写剧本，奠定了西部剧作家的地位，其后又写了多部电视西部剧本，成为电视界最红的西部片作家。1961年导演第一部西部长片《要命的伙伴》(*The Deadly Companions*)。第二年导演《午后枪声》(*Ride the High Country*)，在法国、比利时、墨西哥获得很高评价，更得了国际影展奖，受到美国影坛人士的重视，被誉为新一代西部导演。1969年的《日落黄沙》、1971年的《稻草狗》(*Straw Dogs*)都证实了他对暴力描写具有不凡的手法。——译者注

> **莱尔·戈尔希**
> 垫圈。垫圈。我们从镇上杀出一条血路就为
> 了这些只值一美元的钢圈!

事实上,这也许既是一个反转,也是情节发展。

你的剧本有很多反转么?所谓反转,就是你让观众以为会发生某事,之后,一些其他的事情却发生了,你让他感到意外了。这是讲故事的基本技巧之一。

恐怖片里的一个经典反转是,当那个漂亮姐躺在有四根床柱带顶篷的床上,她感到害怕极了,下巴都缩进被子里只露出一双眼睛。过道的门缝下射进一道光。转场:她惊恐的脸。转场:门缝下面射进来的光和脚步的阴影。转场:她完全吓坏了,然后门把手转动……转场:那个女孩,已经吓得要晕过去了——门终于打开……转场:反转——她瘦骨伶仃的蒂尼老姨妈,给她端来了夜宵:茶和蛋糕!

蒂尼姨妈离开是第二个反转,门关上了,女孩平静地嚼着她的夜宵。转场:一个戴着头罩的利爪狂魔从顶篷跳下,把她剁成了肉酱。

找部电影看,记下你看到的每一个反转,你会大吃一惊:他们居然为你准备了这么多反转!

《一夜大肚》中我最爱的场景是那个美姐和她已婚的较她性感略逊一筹的老姐第二次来到夜店之时。之前她们轻而易举就通过了拦路绳和看门人。这一次,凯瑟琳·海格尔扮演的女孩怀孕了,姐姐的丈夫也宁愿瞒着她,自己一个人出门享受自由时光。她们觉得自己已经性感不再。那个看门人,可怕的黑大个儿,冷冷地挡住她们的去路,他斩钉截铁地说酒吧已经满了必须排队。这时有两个年轻的火辣宝贝向他发嗲,他立马就让她们进去了!莱斯利·曼扮演的老姐突然就爆发了,她对着看门人尖叫,尖叫,尖叫个不停。

你以为这个男人大概会拧下她的脑袋,然后反转就来了。呜哇!那个看门人,克雷格·罗宾逊用你能想象出的最温柔的声音告诉她,他憎恨让人待在外面,这压力让他难受,他觉得她性感得一塌糊涂,他非常乐意——好

了,就别深究他乐意干什么了。

令人愉悦的反转,也是全片最棒的场景。

☐ 34. 你没对每个场景大喊:"我怎么才能增强冲突?!"

"有客人来了。我们开始喝酒。我们开始做饭。我们继续喝酒。然后可怕的事情发生了。"

——贝弗利·洛瑞在密西西比州格林维尔的宴会上

"每个场景都是争论。"

——大卫·马梅

这是主修课,听好了。

吸引读者一直读下去最简单的方法就是冲突,如果一个场景没有冲突,就会让人看得兴味索然。每一个场景都必须有某种形式的冲突,否则就需要重新改写。

马梅所说的是金科玉律。从始至终每个人都必须争论某些事情,参见《天生冤家》(The Odd Couple, 1968)。知道吗,韦伯斯特未删节版词典中,"冲突"这个词条下面是一张菲利克斯猫和奥斯卡狗的图片。

人物必须具有:

与他人的冲突	他的配偶。她的表亲。魔鬼。她的表亲,魔鬼。
与世界的冲突	社会。环境。政府。等等。
与自我的冲突	源于内疚、原罪、恐惧、过往等等的内心挣扎

相处融洽的人物一样有冲突。想象山顶的小木屋里有正在度蜜月的小两口,一对如胶似漆的灵魂伴侣。幸福得一塌糊涂的一对。吃罢晚饭,畅饮香槟,是时候上床了。他们是怎么起的争执?就因为他想在壁炉前的北极熊地毯上亲热,而她只想舒服地躺在那张加利福尼亚国王水床上。喔!冲

突！突然之间，对于读者来说，这蜜月变得更有趣了。

所有场景你都尽可能地让它具有情绪张力了么？已有的冲突你能让它升级么？那些没有冲突的场景你能增加些冲突给它么？否则，到底有什么能促使我们翻到下页继续看下去？

如果对你来说真实生活中不太容易出现冲突，那么现在是你放纵自己内心狂野的时候——放手折磨你的人物吧。一旦你知道自己必须有冲突，你就会到处加入它。

你的好人和坏人尽可能频繁地发生冲突了么？如果不是那个反派大BOSS，起码也得是他的副手。《教父》中坏人是巴茨尼，他的副手是索罗佐，巴茨尼派索罗佐跑到教父那儿劝说教父染指毒品生意。每次他出现在银幕上的时候，都在与柯利昂一家斗争。即使他带着笑容，他依然是在"争论"。

迈克尔·柯利昂和索罗佐发生冲突好像不难，然而你也可以让和蔼可亲的老祖母和同样和蔼可亲的丈夫交战，导火线就是今晚晚餐应该配哪种心爱的腌小黄瓜。

冲突就是一切。你甚至都不需要两个人。

我看过关于一个女孩的短片，她憎恶祖母为她织的一件特别难看的毛衣，她的妈妈让她穿上，而她匆忙回到房间脱掉了这讨厌的玩意儿。她把它拽到头顶但是它被眼镜和头发勾住了，她脱不下来！之后，她跌跌撞撞，两只胳膊举在半空中，因为被那该死的毛衣蒙住了双眼，不知踩上了什么，差点摔倒。她只是跟一件毛衣发生冲突，但是构思得很精妙，吸引我们一直看下去！她也可以大声喊她妈妈帮她脱掉毛衣，然后扔到床上，但是那样处理远没有这样让我们记忆深刻。

冲突无处不在。如果没有冲突，那你就制造冲突。

☐ 35. 你没好好利用押韵场景的非凡力量！

所谓押韵场景，就是重复的时刻，通过重复和变化，使我们了解人物。

《烽火赤焰万里情》(Reds, 1981)中,尤金·奥尼尔到露易丝·布赖恩特的公寓喝一杯,他希望他们能发生关系。她的男朋友杰克·瑞德不在镇上。她给奥尼尔倒威士忌,就围绕这一动作,他们有一个长长的调情场景。她问他是否需要一个玻璃杯,最后她给他拿了一个,这属于枝节动作。一度她问他是不是有点紧张,因为她给他倒酒的时候,他的手在颤抖。最后,这个场景结束时,很显然,他们要共浴爱河了。

接下来的发展如我们所愿,可惜这段罗曼史就如一个定好时间的闹表。

很多个场景之后:露易丝搬进纽约城外的一所房子,尤金在那儿,趁搬运工人出出进进给她搬大箱子的时候问她有没有威士忌。她很紧张,翻箱倒柜在盒子里找玻璃杯。她找到了一个茶杯,但是不够好。他坚持要一个玻璃杯,她终于找到了一个。我们看这个场景的时候,记起第一次也是威士忌和玻璃杯,他们的那次亲昵就是始于像这样的时刻。这一次,当她给他倒酒的时候,是她在微微颤抖。这个场景里所有细小的元素都与之前的那个押韵,但是值得我们注意的却是它们的不同之处。

通过这个场景,我们知道他们的罗曼史结束了。

作者并没有给演员任何这样的对白:"哇!我们开始的时候,真好。我们在一起相处得多么愉快,必须以这样一种方式结束真遗憾。"作者是让观众通过押韵场景里呈现的信息自己建立联系。

另一个押韵场景的例子是《克莱默夫妇》(Kramer vs. Kramer, 1979),一个押韵镜头,就推动故事飞速前进。

达斯汀·霍夫曼的妻子离开了他,他对如何做好年幼儿子的父亲一无所知。两个押韵镜头的第一个是他把鸡蛋打到碗里,他做得太糟了,用叉子把碗敲得叮当乱响,像一个彻头彻尾的笨蛋。

时间流逝,作为一个父亲他渐入佳境。

回到厨房。他在做炒鸡蛋,但是这一次他成了一个打鸡蛋的能手!他手拿着一把叉子,在同一只碗里熟练地搅拌,就像一位一流大厨。这家伙做饭做得好,也就暗示他做一个父亲也做得很不错。没有人告诉你这个,你得到这个信息是因为这个押韵场景。

真是让故事推动向前的高招,强有力而且视觉化。

押韵场景——你箭囊中的金箭。

□ 36. 你没有在尽可能多的场景里删去开头和结尾几行!

一次访谈中昆汀·塔伦蒂诺(Quentin Tarantino)说过:"当你重写、改写一个场景时,把对白的最后两行去掉。"他说得太对了,迅速浏览你的剧本,只看每个场景对白的最后几行。现在,把它们删掉,看看发生了什么!

现在我们在西贡以西五十英里处,彼得逊在寻找他的妻子,她是一个越南人。丛林中他偶然发现一个废弃的茶叶种植园和一个上了年纪的法国人,即克洛威尔,他在越南已经呆了几十年。克洛威尔让他洗了澡。

外景　前院草坪　黄昏

彼得逊出来,已经包扎、沐浴停当,穿着克洛威尔过时但舒适的衣服。

克洛威尔
彼得逊先生,你看起来已经恢复过来了。茶?

彼得逊
真是太感激了。

佣人奉上茶。

克洛威尔
呃,好。现在也许您可以告诉我到底是什么
让您在这要人命的丛林里漫步?

彼得逊
(品了一口茶)
你种的茶?

克洛威尔
你懂茶?

彼得逊
我的妻子……

克洛威尔
她是越南人?她在哪儿?

> **彼得逊**
> （声音变弱）
> 我不知道。我去春禄找她，但是晚了一步。也许在我到之前她就被保释出西贡，我不知道……我只能去那儿找她，就是这样。
>
> **克洛威尔**
> （同情地）
> 如果你找不到她怎么办？
>
> 彼得逊显然从没考虑过这个问题。

这个场景的结束点是留给演员表现的上佳时机，读者也会去想象克洛威尔提到彼得逊找不到妻子这个他从未想过的念头时，彼得逊的脸上会是什么表情。一个强有力的结束。

下面，再给你看看我的第一稿，注意在"彼得逊显然从没考虑过这个问题"之后，第一稿是怎么继续沉溺其中而画蛇添足的。想象是你在写这个场景，把它大声读出来，然后删掉最后几行，你会惊呼少了最后那几行好太多了。当你去掉最后那几排赘肉，你的剧本总算能跟"好"字沾点边了。

内/外景 宅邸/前院草坪 黄昏
音乐带着这个沉静的澳洲人穿过豪华的住宅来到前院走廊。在前院草坪上，一个优雅的老绅士坐在两个大喇叭前。克洛威尔是法国茶叶园主。
彼得逊出来，已经包扎、沐浴停当，穿着克洛威尔过时但舒适的衣服。男管家给彼得逊搬来一个椅子。歌曲结束。

> **克洛威尔**
> （法国口音）
> 贝特朗·克洛威尔。你好。
>
> **彼得逊**
> （虚弱而困惑地）
> 哦，你好……我叫彼得逊……

克洛威尔

茶？

彼得逊

当然。为什么不呢？

佣人奉上茶。

彼得逊

（品了一口茶）

你种的茶？

克洛威尔

你懂茶？

彼得逊

我妻子……

克洛威尔

她是越南人？她在哪儿？

彼得逊

（声音变弱）

我不知道。我去春禄找她，但是晚了一步。也许在我到之前她就被保释出西贡，我不知道……我只能去那儿找她，就是这样。

克洛威尔

（同情地）

如果你找不到她怎么办？

彼得逊显然从没考虑过这个问题。

彼得逊

该死的，老兄。真是个问题。

（筋疲力尽地）

感谢你的茶和热心交谈。但是时间不早了，如果不太麻烦的话，我想在徒步走到西贡之前睡一小觉。

>   **克洛威尔**
> 相信住在这儿会让你称心。
>
> 克洛威尔摇响一只银铃。两个仆人出现了,帮助彼得逊走上宽阔的前院阶梯。

那些什么美美睡一觉的谈话都是废话,拿掉它们,结尾的力量就显现出来了,也就是之前看到的第二稿那样。

打个比方,你的场景就像一艘水翼艇,以最快的速度拍击水面穿越大海——最大马力向前行驶。删掉最后那几行,场景结束时水翼船还砰砰向前!但是如果你保留那几行,水翼边缘就会漏气,整艘艇都会因为漏气而凹陷下沉。

同样的道理也适用于你删减开头的几行。单刀直入,进入场景越晚越好,去掉所有准备、热身、伏笔,直接从动作开始。

再给你们看看我的第一稿。做点记录,因为开头可能要被删掉!

> 内景　富丽堂皇的图书馆　夜景
> 西贡最宁静的地方。文高在帝国式坐椅上坐立不安。他忧惧地四处环视。
>   **仆人**
> 凌先生一会就会来见您。
>
> 文高被吓了一跳。文高看着仆人留下一个茶盘离开。长久的寂静。我们听到有节奏的脚步声。一个阴郁的中国男人缓缓进入图书馆。
>   **文高**
> 凌先生。
>   **中国男人**
> 董文高,你是到这儿来卖你的咖啡馆。
>
> 他漫步到窗边,欣赏他细心打理的花园。
>   **文高**
> 给它定价很困难,所以……
>   **中国男人**
> 不过,你已经定好了。

> **文高**
> （顺从地）
> 八百万皮阿斯特。
> **中国男人**
> 它只值三分之一。
> **文高**
> 它值一千五百万。
>
> 中国男人慢慢地给他们倒茶。他坐在桌边。
>
> **中国男人**
> 现在是特殊时期，我只能给你四百万。
> **文高**
> （生气地）
> 绝对不行。
> **中国男人**
> 如果你不卖给我，恐怕你也没法卖……
> **文高**
> （果断地）
> 那就不卖了。
> **中国男人**
> 出于我们都知道的原因，董文高先生，当我们从北方来的朋友到达的时候，您应该不想还呆在这里。你只有很有限的时间来重新考虑这个轻率的决定，当您重新考虑的时候，我会在这里。
>
> 中国男人开始小口抿着他的茶。

　　下面是我改写后的一稿，头几行删去了，场景也从图书馆改到了庙宇，因为在庙里拍显然要比在图书馆里拍便宜一些。我喜欢开头那几行，但一旦它们被删去了，我也就再不去想它，剩下的变得更加有力。我给那个中国男人加了一句话："如果你不把圆顶咖啡馆卖给我……"，这样读者就会知道文高到底想卖什么。

内景　中国寺庙　夜景

这是西贡最宁静的地方,香烟缭绕。文高和一个沉静的中国男人喝着茶。文高不想开价……但最后不得不……

文高
（顺从地）
八百万皮阿斯特。

中国男人
它只值三分之一。

文高
它值一千五百万。

那个中国男人缓缓地倒着茶,靠在垫子上。

中国男人
现在是特殊时期,我只能给你四百万。

文高
（生气地）
绝对不行。

中国男人
如果你不卖给我,恐怕你也没法卖……

文高
（果断地）
那就不卖了。

中国男人
出于我们都知道的原因,董文高先生,当我们从北方来的朋友到达的时候,您应该不想还呆在这里。你只有很有限的时间来重新考虑这个轻率的决定。当您重新考虑的时候,我会在这里。

中国男人开始小口抿着他的茶。

没有开场的那几行,这个场景更加紧凑,一开始人物已经在冲突之中——这无疑更好。

最后一个例子是为了告诉你：中间部分也可以删减。

内景　格雷厄姆的七幅画
　　巨大的画着满身血污肠穿肚烂而死的的动物的抽象派油画。一行潦草的字迹：路上杀手。格雷厄姆和玛格达一起摆姿势合影。
　　玛格达离开。卡米拉走近。

卡米拉

　　卡米拉·华伦。晚上好。

他们慢慢地握手。她很迷人。

格雷厄姆

　　买还是看？

卡米拉

　　看。

她审视他。

卡米拉

　　所有都出售？

格雷厄姆

　　准备这样。

卡米拉

　　确定后找我。

她离开。

同样是这个场景，做记号的地方都删去了。

内景　格雷厄姆的七幅画
　　巨大的画着满身血污肠穿肚烂而死的的动物的抽象派油画。一行潦草的字迹：路上杀手。格雷厄姆和玛格达一起摆姿势合影。
　　玛格达离开。卡米拉走近。

卡米拉

　　卡米拉·华伦。晚上好。

他们慢慢地握手。她很迷人。

格雷厄姆

买还是看?

卡米拉

看。

她审视他。

卡米拉

所有都出售?

格雷厄姆

准备这样。

卡米拉

确定后找我。

她离开。

Final Draft 软件也就是这样:

内景　格雷厄姆的七幅画

巨大的画着满身血污肠穿肚烂而死的的动物的抽象派油画。一行潦草的字迹:路上杀手。格雷厄姆和玛格达一起摆姿势合影。

玛格达离开。卡米拉走近。

卡米拉

所有都出售?

格雷厄姆

准备这样。

卡米拉

你确定后找我。

她离开。

删掉一些,让剩下的更有力。

☐ 37. 别让你的人物做调查，让她找人谈话！

你熟悉这个场景,我们看过它几百次了（这点已足以说明问题）！勇敢无畏的女主角需要找出过去到底发生了什么,所以她来到当地图书馆,快速浏览过去旧报纸的微缩胶片,直到她发现……一些……重要线索……

这也太枯燥乏味了。

排除成捆的旧报纸,蒙着厚厚一层灰的档案、文件,图书馆和电脑记录,试试和活生生的人交谈。为了揭开害死她父母的那次飞机失事的真相,她跟踪找到了小镇上年长而古怪的历史学家。如果你的人物非去图书馆不可,至少你的女主角可以和管理员争执、发生冲突,彼此做出反应。

给我们一个难忘的场景！看微缩胶片可没什么让人记忆深刻的,除非微缩胶片砸到她了。记得在《唐人街》里杰克·尼克尔森不得不和一个令人厌烦、爱管闲事的管理员打交道么?

> **管理员**
> （静静地流着鼻涕）
> 先生,这不是对外开放的图书馆。这是档案馆。
>
> **吉缇斯**
> 好的,那么——有尺子吗?
>
> **管理员**
> 尺子？要尺子干吗?
>
> **吉缇斯**
> 这书印刷真是太精美了,可我忘带眼镜了,总容易看错行。

多好的一个场景！就因为英雄跟某人交谈！

不说别的益处,起码你为可以饰演老态龙钟、古里古怪的历史学家的演员提供了一份工作,他能得到他的健康保险了。你会很高兴自己给了他这份工作,而制片人也会很高兴省下租一台微缩照相机的钱。

38. 你的人物打太多电话了!

这一条跟上面的"反—微缩照相机"类似。

如果有办法让人物面对面,就不要让他们打电话。人物共处一室,对演员来说求之不得,对读者来说也看得更兴趣盎然。记住:人物面对面要比在电话线两头更吸引眼球。

在设计人物之间的冲突和事件方面,放下电话也能解放你。因为如果你把他们拘在一间屋子里,有趣的事情自然就会发生。他们可以互相扔掷平底煎锅,留意对方脸上的细微表情,做顿饭,或者用手指一块作画——如果他们只是守在电话线两头,那么这些都不可能发生。

39. 你没能让每个场景都令人印象深刻!

尽量让每个场景都做到在某方面引人注目。问问自己:"这个场景里有没有什么我能写得——更好?"诚然,你的第一稿是乏味无聊、比城市地平线还要平的平底锅,但你还有改写的机会,用贾斯珀·约翰斯[①]的方法。

"找一个对象。对它做点什么。对它做点什么。对它再做点别的什么。"

——贾斯珀·约翰斯

[①] 贾斯珀·约翰斯(Jasper Johns),1930—,美国当代新达达派艺术家,主要作品为油画和版画。1998年美国纽约大都会美术馆购买收藏了约翰斯1955年的作品《白旗》。美术馆没有透露这幅画的具体价格,但是专家估计应该超过两千万美元。——译者注

大画家约翰斯这句箴言堪称有史以来最好的剧作课之一。

这就是"如果……那么……"的魔术。如果她现在没有离开,那么会怎样?如果她走出去并走了那条路会怎样?有时这真的会有所帮助。坚持不懈地问"如果……那么……",会让你最终挖到宝。

另外一个方法是赋予每个场景深一层的意思,让它更加有趣。

写过《死亡诗社》和《天才也疯狂》的汤姆·舒尔曼①在每个场景里都努力这么做。他写过一个"我们认识鲍勃"的开场场景,虽然最后它并没有出现在电影里,但是通过这个例子你应该可以领会我的意思。

第一稿:鲍勃站在他的浴室里刷牙。恩,很好,很不错。我们看见鲍勃,我们看见他的浴室,我们通过他行动的动作或者对镜中自己的笑容对他有所了解。但是还没有写到他的家。之后舒尔曼开始想自己到底能做点什么才能让这个场景更加非凡。

舒尔曼说:"我们是先于观众了解这个男孩鲍勃的,所以在改写稿中,我在这个场景之前加了一段字幕。字幕说的是:"记录显示已经有 2567 人吞下了他们的牙刷……世界纪录保持者是俄罗斯精神病院的一名病人,在他一生中医生共从他胃里取出了 121 支牙刷。"然后切到鲍勃正在刷牙……

现在你对这个场景有何观感?

就因为增加了这段字幕,观众的感觉完全不同了。鲍勃的镜头是一样的,但是效果却不一样,因为我们充满期待——期待有什么事情发生。之后他吞下了他的牙刷!他惊慌失措,做了一个深呼吸,设法让自己平静下来。他打开橱柜,而里面——还有 20 支牙刷。他又拿出一支把牙刷完。

这就是人物介绍!这就是一个令人难忘的场景。作者采用了一个已有的场景,然后对它做了改进,奇迹就出现了。

你问为什么这么引人入胜的场景没有出现在电影里?那是因为主演比尔·墨瑞没法做到吞下那支糖做的牙刷而不呕吐,最终他们只得放弃这个场景。

---

① 汤姆·舒尔曼(Tom Schulman),1951—,美国编剧、制片人,1990 年凭《死亡诗社》(*Dead Poets Society*)获奥斯卡最佳原创剧本奖。其他编剧作品有《亲爱的,我把孩子缩小了》(*Honey, I Shrunk the Kids*,1989)、《天才也疯狂》(*What about Bob?*,1991)等。文中出现的这个场景即来自比尔·墨瑞主演的《天才也疯狂》。——译者注

让我们再观摩一下弗朗西斯·科波拉(Francis Coppola)的上乘杰作《现代启示录》(*Apocalypse Now*, 1979)，想象作者的第一稿"克里恩之死"的场景。他们乘船沿怒江"突突"上行，兰斯正和一个紫色的烟雾弹玩得开心，突然冷不防曳光弹从丛林中喷出——一场激烈的交火。克里恩死了。厨师长因为兄弟的死心碎欲裂，场景结束时他抱着同船水手的尸体，陷入极度的伤痛之中。

这是一个很好的场景，但是作为作者，你必须锲而不舍地追索更深一层的意思。你怎么才能使这一场景更加令读者印象深刻？你怎么让已经伤感之极的场景更痛入骨髓？你怎么让读者观众更加心如刀绞？

为了这深一层的意思，场景中加入每个人都收到家中来信的元素。

厨师长在船头先读了发自13000英里的远方，他女朋友写来的给她"亲爱的约翰"的信。克里恩在船尾听着他妈妈录在磁带上的信。兰斯玩烟雾弹的时候，克里恩的妈妈告诉他家里准备给他买一辆车，但是他必须保守这个秘密就当他不知道，以保留这份惊喜。之后，交火开始。克里恩被打死了。这一次，因为在适当的位置，有了更深一层意思。厨师长抱着克里恩的尸体的时候，克里恩母亲的声音继续在背景里响起："你得毫发无伤完好无损地回家，因为我们非常爱你。爱你的妈妈。"闻此言、观此景，我们无不心如刀割。

我不知道当初作者是不是就是这么设计这深一层的意思的，但是它确实让人感到揪心之痛。

第五场
对 话

☐ 40. 你没坚持速记偷听到的对话!

得学会写精彩的对白,演员就想说那些很酷的台词,必须让演员心甘情愿地投身于你所写的这部电影里。天底下最让人兴奋得抓狂的事情,莫过于某位名演员大明星钟爱你写的对白,想亲口在大银幕上把它说出来。但要想这种天大的好事落在你的头上,你需要付出很多很多的时间、辛苦、努力——血、泪、汗。

改进你的对白的方法之一就是记录你听到的对话。

给偷听到的对话做速记能帮你成为一个更好的作者。即使你有朝一日真的已经成为一个好的作者,今后的写作生涯中也应该一直坚持这个好习惯。

听公车上的人都说些什么,电影院排队的人都说些什么,还有市场里或任何地方——在你的口袋里放一个笔记本,或者把它写在你的便携电脑里,抑或"黑莓"[①]甚至你的手上。真遗憾我们不再使用纸制袖口和衣领了,那是多么完美的便笺纸啊!

---

① 黑莓(BlackBerry),加拿大 RIM 公司推出的一种移动电子邮件系统终端,其特色是支持推动式电子邮件、手提电话、文字短信、互联网传真、网页浏览及其他无线资讯服务。它出现于 1998 年,RIM 的品牌战略顾问认为,无线电子邮件接收器挤在一起的小小的标准英文黑色键盘,看起来像是草莓表面的一粒粒种子,就起了这么一个有趣的名字。——译者注

首先，偷听饶有趣味。

其次，这对你的耳朵也是非常好的训练。你听到并记下越多真实对话，就越发了解人们是如何交谈的。他们互相打断，彼此的话互相穿插叠搭，很少说一句完整的句子。来自不同地方的人，都有各自特定的语序、节奏、语法、词汇。读读马梅写的对话，你就明白我的意思了。

上 www.overheardinnewyork.com 这个网站，你可以找到一大堆很棒的例子。

如果你坚持把偷听到的对话记下来，并且不停地从你的对话笔记本里汲取给养，你的人物的真实性比起你没有记下真实生活中听到的对话时一定大有长进。另外，你随时随地都可能听到千金难买的打死你也写不出来的超经典对话。

我在餐馆里听到的一段对话就是上等极品。一个男人对他的女朋友说："我不管你的医生说什么。我告诉你，你没得癌症，贱货！"

哇！根据这一句话，你就可以写出一个剧本。

41. 你笔下每个人物的声音都没有分别！

知道乔治·克斯坦萨吧，杰瑞·宋飞①那不可一世的哥们儿。那好，我一会儿会说回到他。

几年前我正准备去好莱坞开个会。我驶到温泉镇拉布雷亚等一个红灯时，瞧见车窗外一个女人走在人行道上。她又高又瘦，脚下踩一双九英寸高

---

① 杰瑞·宋飞（Jerry Seinfield），美国 NBC 电视台的电视剧集《宋飞正传》（Seinfield，1990）的主人公。《宋飞正传》的主题是——没有主题（"A Show about Nothing"），它讲述了四个平常人的生活，主角并不衣着光鲜，也没有奇能异才。主人公杰瑞·宋飞是一个生活、表演均在纽约的喜剧演员，他不是一个剧作家虚幻出来的人物，而是确确实实由杰瑞·宋飞真人演绎；他的朋友乔治·克斯坦萨（George Costanza），是基于本剧的共同创造者拉里·大卫（Larry David）的性格创造出来的，属伍迪·艾伦型的搞笑人物；杰瑞经常不请自到的邻居克瑞莫（Kramer）则是以拉里·大卫的邻居为原型；杰瑞的好友兼前女友伊莲（Elaine）是个聪明美丽伶牙俐齿的姑娘，也是以真人真事为据。正是这部"咱老百姓自己的故事"风靡美国 9 年，获得了包括金球奖、艾美奖在内数不胜数的奖项。——译者注

的厚底坡跟女鞋,穿着浅灰蓝色双面针织长裤套装,喇叭裤型很板很正。她有意识地把一只脚放在另一只脚的直线前方,就像踩在一根笔直电线上,动作僵硬得就像一个机器人。她的脸笔直朝着前方,直直地盯着地平线。深色的头发也拉直了,很直。头顶上还包着头巾,一个窄窄的椎尖差不多有一英尺高,就像传说中的独角兽。她看起来太怪了。

变灯了,我开车走了。开会时我提起这事说了两句,仔细一回想,这谈话真令人讶异。

我:"刚刚我看见了一个我在洛杉矶见过的最怪的人。"

卡尔:"我知道是谁。"

喔!然后卡尔说:"我知道她住哪儿。"再惊叹一次吧——喔!

开完会我飞往底特律的南部,她的房子坐落于梅尔罗斯下面的一个街角。那房子一看就是她的。黑色的。一整栋房子,屋顶、烟囱、檐槽、窗户、墙壁、混凝土院子里的大石头统统刷成了黑色,整栋房子就像浸在一大桶的颜料里。

她的名字叫内普丘妮娅,我还知道了我的朋友麦克斯被她和她的房子所吸引。一个晴好的日子里,我的乖乖,麦克斯敲响了她黑色的前厅大门,请求用一下电话,因为她的狗刚刚丢了。内普丘妮娅让她进屋,麦克斯看到:"房间里的每件东西,我说的是所有东西,都盖着粗毛的地毯,地板、墙壁、家具全都是。地毯直接铺到了沙发上,再跨过沙发,又回到地下。"麦克斯——一般不会被吓到的人——这次着实被吓到了。

春假里我曾经接到学生的电话,他们在电话里兴奋地尖叫:"我就在她房子前面,真的跟你说的一模一样!"但是,很遗憾地告诉你,在你收拾行装奔赴底特律南部梅尔罗斯参观之前,内普丘妮娅的房子已经重建了,那栋黑房子再也看不到了。

好了,回到正题。说这些就是为了区别各人不同的声音。

你可以想象内普丘妮娅怎么说话吧?你可以在大脑里听到她的声音。她打电话给隔壁的商店要求把她要的商品杂货送过去,或者她打电话给牙医,又或者跟麦克斯谈一只叫做克洛伊的丢失了的狗。她怪异的有点尖的嗓门,她不同寻常、异于凡人的用词都会铭刻在你的脑海里,倾泻到键盘上。

她的对话听起来就是内普丘妮娅的,而不是任何其他人。

还记得乔治·克斯坦萨么?你知道乔治是怎么说话的,所有人都知道乔治是怎么说话的:如果你把乔治放逐到一个荒无人烟的小岛上,他到处乱转去找割头皮的野蛮人借一碗糖,你都知道乔治会运用怎样的语言,对吧?

现在,想象一下乔治住在内普丘妮娅的隔壁,他的篮球刚好落到了她的院子里,但是她不肯还给他。你可以为这两只斗嘴的小鸟写出金光闪闪的对话。即使你遮住他们的姓名,读者也肯定能认出这是乔治或者内普丘妮娅在说话。

看,你区分出了人物的话语特点,你是最棒的。

每个人物都很重要。如果你没做到,读者会犯迷糊的。

一个人物一个人物的,挨个检查他们的对白,确保:

1) 从始至终,他们说话都像他们自己。

他们的"声音"是否前后一致,始终符合他们的家乡、他们的品行、他们的经济阶层和他们的成长背景?除此之外其他的则都与他们的性格有关么?

他们说话的语速如何,他们语言的韵律、遣词习惯如何,他们是不是用了很多缩写词,或是很少甚至从来不用?他们是不是常常带脏字?他们是不是爱拽大词,却不知道这些词真正的意思?他们来自北达科他州么?从他们的对话中就能听出来么?他们是军人么?他们很害羞么?

只通过他们说话,你能让我们对人物了解多少?

2) 他们说的话不像其他人物说的。

3) 他们说起话来不像你!

所有声音都要不一样,即使再小的人物也必须如此,因为你写的文字是吸引演员参演的诱饵。你满心希望超级明星能出演你剧本的男主角,但送披萨的小子也得找到演员愿意演。如果送披萨小子的对白你写得有趣而特别,你就会有一个很棒的演员愿意来演。

下面的对白节选自我改编的《弗莱彻·格里尔爱我的那个夏天》(*The Summer Fletcher Greel Loved Me*),原著作者是苏珊娜·金斯伯里(Suzanne Kingsbury)。

卖汽水的伙计
（麻利地收钱卖货）
我是在做好事。安妮·梅今天早上打电话说，她的儿子瓦尔特跟彼得逊家的小男孩鬼混在一起。彼得逊自家人都不抱团。老大詹姆斯·厄尔·彼得逊，就是那个小男孩的父亲，上个月吞枪自杀了。就是上个星期六，小的那个差一点做了同样的事。点二二手枪就对着他的舌头，然后他扣了扳机。瓦尔特刚好去了看到了这一切，他才十岁大呢。
赖利
真够混蛋的！
卖汽水的伙计
那男孩也肥得像头猪。后廊的死肥仔屁股烫得生疼。

你觉得这个卖汽水的家伙是从哪来的？温哥华？我不这么想。他的声音跟下面这个因美国对越南撒谎而满心憎恶的职业外交家可毫无相同之处。

迈基洛普
我在这呆了五年了……
（看着艾伦）
这是我的家……现在我们却要逃出去。
（这个让他难过得要死）
没人请我们来这。我们告诉那些人我们从那些黑人的手中救了他们。他们相信了我们……现在一切都结束了……一片混乱。我们来到这里，抱着"我们穿着大衣打着领带，都知道自己在这做什么"的态度……我们不能……现在……我们却像贼一样在夜里溜走……抛下他们……扔在一片战乱中……我，我，我……真是太羞愧太难过了。

下面的特鲁迪·米德说起话来既不会像迈基洛普也不会像卖汽水的。这是我和达博·科奈特(Dub Cornett)以前写的：

> **特鲁迪**
> 我是特鲁迪·米德，叫我特鲁迪。而你，亲爱的，将成为马科项目的第一名女毕业生。不管我们会历经多少困难，最终我们会战胜一切的，亲爱的。
>
> **芭芭拉**
> 谢谢。
>
> **特鲁迪**
> 我曾想成为一名马科兽医。二十年前根本没有多少女孩选读兽医，在奥本大型动物实验更少，所以用柳叶刀切开贵妇狗屁股上的疖子就把我难住了。希望你能跟我一道，这样我的生命也能更有意义一些，所以，孩子，别让我失望。

想象一个场景让这三个人物出现在同一页，没看到他们的名字之前你就知道是谁在说话，这是你的目标。每个人物的声音都要区别于他人，这样读者才能迅速流畅地读下来，而不会浪费时间，去一一对照名字才知道是谁在说话。对白必须要做到这样，否则读者就不会把你的剧本上呈给他们的老板。

☐ 42. 你琢磨对白的工夫还不够！

写对白很难，但是这里有些帮你上道的方法。

方法之一就是为你认识的某人写对白，这样你的人物说起话来就像你的朋友。为你自己写，你在那个年纪曾是什么样，但是不要是自传式的——而是要引导出你内心的感受。永远别忘了每个人物的特定年纪和经历。

你也可以用某个你非常熟悉的演员的语言来写，虽然那个演员最后未必会出现在你的电影里，甚至可以是那些已经不在人世的演员。我曾经写过一个人物就是用杰克·尼克尔森的声音及说话方式与节奏写的，虽然杰克从来没有读过这个剧本，而且对于这个角色来说他太老了。但是这样一来我脑中就有了一个清晰的声音。你读这对白，会觉得它听起来像某人。没人会说："嘿，这听起来真像杰克·尼克尔森，你这无能的傻瓜。"但是它确实听起来像某个观众熟悉的人物。

找到每个人物的核心情感，即使他的经历不是每个人都能有的，但是人类共通的情感总是更能激发读者投入其中。

对着一个磁带录音机说话，不停地说，直到你切实找到人物的声音。尽量不要让你爱人的父母看到这一幕。

问问自己：是不是每一句对白都已经写得尽可能妥帖、滑稽、简洁、有趣，你已经尽你所能写到最好了？逐行检查你的对白，想想你能怎样改进它、精简它，或者你如何以更好更有趣的方法利用它推动故事向前发展。

你写了，并不意味着你不能改写或者删掉！

去上表演课。

展开想象，虚构你写对白的规则，比如：主人公家里每个人都能按英式语法说话，尽管他们都是美国人。

通读检查每个人物的对白。按"Ctrl + F"或者"Apple + F"，就是查找和搜索功能，查找条件设定为"区别大小写"，然后，用大写字母输入一个人物的名字，就可以通读整个剧本中这个人物的对白。一次只检查一个人物不用管他人，只看对白不用管其他，一定要确保所有人说的话都像他们自己说的，而不是其他人，即使是那个送披萨的老弟。

你的逗号放的位置对么，读起来是你想要的节奏么？应该是句号的地方你用的是句号么？是不是一些应该有逗号的地方却没有标点符号？等等等等，你都做好了吗？

去买本琳恩·华斯特（Lynne Trust）的儿童读物《吃、射、走》（*Eats, Shoots and Leaves*），读给你的孩子们听，然后把它偷偷记到你的笔记本上，好好吸收化为己有。这本书说的是如何运用标点符号，一本寓教于乐的好书。书中有这样一个例子：一只浣熊要先吃点小吃再抢银行，于是：他吃，射，然后走（eats, shoots, leaves）。或者在动物园里，一只熊猫进餐：他吃了竹子嫩枝，然后走了（eats shoots, leaves）。意思大不一样吧？这就是标点符号的妙用。

> **吉缇斯**
> 我能告诉你什么呢？你是对的。当你是对的，你就是对的，而且你是对的。

对白中你本来要写"you're"的时候，是不是写成了："you are"，该用缩写式的时候就要用缩写。人们总是习惯性地认为，只有读书读过头了的书呆子说话才不用缩写式，难道你不是这么认为的？

记住，人们总是互相打断对方的话，很少能把一整句话说完。

有时为了确保对话符合人物、符合真实，你必须做调查。

如果你写的是警力调度员，找一个真正的警力调度员帮你。电视记者肯定不会像掘井工那样说话。花点时间让对白真实可信。不过找人帮忙也得找对人，如果你找了一位俄罗斯大公夫人跟你探讨对白，估计你的对白只能更不靠谱。

要了解你的人物所用的语言。如果你写的剧本关于乡村音乐，那么你是否知道弥撒圣歌（girm）的意思是什么？如果你的人物是个妓女，"蓝钢"①的意思又是什么？骗子们说的"现金收入的截留移用"（lapping），探穴人的"溶石剂"（rock solvent），高山自行车手的"蜡笔赛车游戏"（crayon），日本漫画迷的"赤壁"（chibi），政客的"打太极"（bafflegab）分别指的是什么，你都清楚吗？提前做好你的功课。

---

① "蓝钢"（Blue Steel），"Blue Steel"和"Hero"都是美国市场销售的膳食补充剂，广告宣传其有治疗勃起机能障碍和增强性欲的功能，但 2008 年美国 FDA 因不能证明其安全性和有效性，警告消费者不要购买和使用此类产品。——译者注

写《希德姐妹帮》的丹尼尔·沃特斯①知道如果他用当下流行的校园俚语,由于青少年喜新厌旧流行语言更新速度极快,等影片上映的时候这些校园对白早就过时好几季了,所以他索性自创了一套。如今他自创的这一套已融为校园俚语的一部分。

> **维罗妮卡·索耶**
> 希德,你有什么损失?

经典的那句来了……

> **希德·钱德勒**
> 就像用电锯温柔地操我。我看起来像德兰修女么?

就像《墓碑镇》里的那句"我会是你的小甜黑橘",《大人物拿破仑》(Napoleon Dynamite, 2004)里的"天哪"(Gosh!),《太坏了》里的"我是做爱先生"——只要你真下了工夫精雕细琢你的对白,它也能成为时代流行语。

我们这代人里最好的剧作家之一——黛西·福特(Daisy Foote),最拿手的就是让对白真正贴合人物。如果她要写一出戏关于来自新斯科舍(加拿大省名)的某某,她就会给身边的朋友打电话,拐弯抹角想方设法找到一个住在新斯科舍并乐意帮她的人。然后她会给那个当地人寄去一个磁带录音机和一捆磁带,要求他们把他们的晚餐谈话都录下来。她不在乎他们说的什么内容,她感兴趣的是他们的用语、节奏和表达方式。如此大费周折反映在剧本中的结果,当然是如生活再现般准确的对白。我听过的一些最好的对白就出自黛西之手。

你也可以做到的,只要工夫下到了。

---

① 丹尼尔·沃特斯(Daniel Waters),1962—,美国电影编剧、导演,1989 年编著的黑色喜剧《希德姐妹帮》获埃德加·爱伦·坡奖。他还是《蝙蝠侠归来》(Batman Returns, 1992)的编剧。——译者注

43. 你还没将对白 A—B 化！

首先得感谢吉姆·博伊尔教给我这个超一流的技巧。

你在写一个场景时，把场景中两个人物的声音区分开来并不容易，但是这确实又很重要。为了确保一个场景中的两个人物都拥有自己的声音，可以做 A—B 对白。

首先写人物 A 的对白。只是他的对白，不是其他人。如果他来自布鲁克林（而你并不来自布鲁克林），你需要花点时间来找到他的声音：他运用的语言，说话的语调，用词的顺序——你得让一个来自布鲁克林的小店主说起话来确实像个来自布鲁克林的小店主。

你对这个场景要做什么已经有了一个大略的构想，所以写出一半的对话应该不算困难。你有一个目的地，这个场景该向哪儿发展你就往哪个方向写。

然后你就尽管写呀写呀写——只是人物 A 的对白，不必写其他人的对白，不必操心他们说什么。专心致志对付那个从布鲁克林来的家伙，顺其自然脱口而出。

很快你就会在你的脑子里听到他的声音，对白也会如泉水般自然涌出，他说起话来分明就是一个来自布鲁克林中心地区的食品店老板——直到最后你竭尽这个场景里布鲁克林先生对白的所有可能性。然后则该轮到写人物 B——一个有点年纪的来自阿拉巴马的女士的对白了。

现在你只用写人物 B 的对白，就是同一场景里她的那一半对白。你瞧，开始的时候还没切换好频道，你这位小老太太听上去还像来自布鲁克林，而不是阿拉巴马。但是坚持一会儿，你就会从布鲁克林的陷阱中爬出来，进入到小桌布、红土和贝尔·布赖恩特[①]的世界。你将专注于她的世界，她的问

[①] 贝尔·布赖恩特（Bear Bryant），1913—1983，美国大学橄榄球队教练，曾长年担任阿拉巴马大学橄榄球队的主教练。他执教阿拉巴马大学的二十五年间，共获得六次全国冠军和十三次联盟冠军。——译者注

题,她的措辞,她的说话方式——一直到这一场景结束。

完成之后,打印出来。

拿一支荧光笔,给布鲁克林先生和阿拉巴马太太说的所有精彩对白都做上记号,让对白在他们之间像弹力球一样来回反弹,直到你拥有一段真正的对话。删除和粘贴,最终你将拥有一段两个完全不一样的声音之间的对话!

你成功了!剧本写作中最大的问题用最小的努力就解决了。

不用谢。

□ 44. 你的对白都是问答式的!

这个星球上最糟糕最恶心的对白就是你家乡电视台的家具店电视购物节目。

萨莉:嘿,鲍勃,这件精美绝伦的家具是什么?

鲍勃:嘿,谢谢你的夸奖,萨莉。它确实是一件精美绝伦的家具,对么?

萨莉:当然是了,鲍勃。你能跟我介绍一下这家具么?

鲍勃:好的,萨,我当然会给你介绍这件家具。它是一个实心的红木布劳希尔柜,有几个抽屉,黄铜配件,楔形榫头结构!

萨莉:哇,鲍勃!楔形榫头结构?它看上去肯定很贵!我怎么可能买得起一个有几个抽屉、黄铜配件、楔形榫头结构的实心红木布劳希尔柜?!

鲍勃:它看起来确实很昂贵!萨莉,但是,嘿,其实它意想不到的实惠。

哦———呕!就到这里吧,这种极品垃圾再多打一个字我都要崩溃了!

她提出一个问题。问:_____。

他回答这个问题。答：＿＿＿＿。
呕。
问题：

> **萨姆**
> 你在取笑我。

回答：

> **安吉洛**
> ~~我没取笑你。~~我不会开钱的玩笑。

问答式对白就像流沙，会阻止所有前进的动作，最后会淹死你。如果你已经写了问答式的对白，振作，这只是第一稿。你还没把你的剧本递给经纪人。我希望是这样。

好的对白会回答问题，但**跳过**了显而易见的答案，给了我们一些新的信息——其实还是在回答问题。下面这个示例来自《与魔鬼同行》(*The Devil's Own*, 1997)。

> **哈里森·福特**
> 他们抓到那个混蛋了么？
> **布拉德·彼特**
> 他们就是那些混蛋。

总是推动我们向前：

> **戴安娜**
> 她这些天都在狂饮？
> **富兰克林**
> 还在戒酒。
> **戴安娜**
> 你要去那个宴会？

> **富兰克林**
> 我宁愿去死。
> **戴安娜**
> 为什么不去?
> **富兰克林**
> 你已经见过楠了。

借安吉丽娜·茱莉演的《随心所欲》(Playing by Heart, 1998)看看。对白一级棒。之后再看看1935年伦道夫·斯考特(Randolph Scott)版的《她》(She),里面有一些我认为是史上最糟糕的问答式对白,引以为戒吧。

☐ 45. 你只让人物说了台词,而没表达出潜台词!

潜台词是没有说出来的台词,是人们真正的意思,但是却没说出口。

如果两个五十岁的男人在周六夜里交谈,一个说:"你今晚准备做什么?"他的同伴回答:"不做什么。你今晚准备做什么?"虽然哪个家伙都没说出口,但你明白作者真正想告诉你的是:"我的生活真悲惨,因为我没有女朋友。"

这没说出来的就是潜台词。

这是《烽火赤焰万里情》中的一个节点,约翰·里德(沃伦·比蒂饰)娶了露易丝·布莱恩(戴安娜·基顿饰),但是他们却很疏远。他们在俄罗斯一起工作、生活,但不睡在一起。尽管他并不想这样,但这已是他能得到的最好结果,而且总算还有希望。到现在为止,每一次她都要求他对她的写作提提意见,可是每当他给予批评意见,她又总是气恼地拒绝接受。而这一次(很好的押韵)他告诉露易丝她的作品有什么问题,她听进去了!她居然告诉他,他是对的。这是她的性格的一个突变。他目瞪口呆,我们也是。然后在她要上床的时候,她说:"其他一些事你也是对的。"

这就是潜台词了。摄影机对着他。他看着她,我们知道他希望她能最终改变心意愿意跟他亲热了。我们知道这个。没人告诉我们,对白里没这么说,但是我们读懂了。

然后她说:"布尔什维克将使俄国摆脱战争。"而他说:"晚安。"他没说:"哎呀,宝贝儿,我希望你想要我上床跟你亲热。"也许在第一稿或者第九稿的时候他说了,但是在他们拍摄的这一稿中他没这么说。他们采用了人物正在想的,潜台词,而且把它掩藏得很好。

下面这段台词就太直白了:

> **米里亚姆**
> 你对我太糟了。我们生活在一起就是骗局,你是这么让人厌恶。你根本不了解我或我的需要,我们的婚姻危在旦夕。如果你再对我这么糟,我发誓,我会离开你还有你那群醉醺醺的狐朋狗友。明白了么?
> (一会儿)
> 你听到我说的了么?

我最喜欢的潜台词的例子来自哈利·佩顿[①]编剧的《完美盗贼》。

红发的凯特·布兰切特边做饭边跟着音乐《我需要一个英雄》合唱。她倾情投入,差点就要跳脱衣舞了。她用喷雾器的软管当麦克风,在漏锅上打鼓,剁蔬菜,扔面粉,等等等等,以至于你对她热情如火的性格有了强烈感受。然后,切到全景,漂亮的厨房,居然还能看到远处有一条河,你意识到这一切都是幻想,她是在想象自己唱歌跳舞。事实上,她只是站在那里,做着一顿美味大餐,她的丈夫走进来:

> **丈夫**
> (觉得很不错)
> 什么这么香?

[①] 哈利·佩顿(Harley Peyton),美国编剧。编剧代表作品:电视剧集《双峰镇》(*Twin Peaks*)、电影《猎杀大行动》(*Heaven's Prisoners*,1996)、《完美盗贼》(*Bandits*,2001)。——译者注

然后她对丈夫娓娓道来自己是如何烹制出这一流的美食的,说到这个时她也很性感。然后他告诉她自己和客户今晚有个饭局。她掩饰住自己的失落,说她做这顿饭只是为了好玩。

就从这里,你知道他们的婚姻状况不妙。他对她根本不了解,她独自承受烦恼,而他根本没有察觉。她说:"只是为了好玩。"你知道这不是她真正的意思。他离开,她独自站在那儿,筋疲力尽。然后他回来。

       丈夫
  亲爱的?
       妻子
      (兴奋地)
  嗯?!
       丈夫
  你干吗不去看部电影?

然后他走了,她被激怒了。接下来她做的就是摔门而去,离开他。

当她说"嗯?!",我们知道她想他说:"亲爱的,为什么你不跟我一起去吃晚餐?"或者是:"我会取消跟顾客的饭局,我们一起吃。"我们从这对白中的仅仅一个字,就知道了她所有的希望和诉求,所有这些潜台词。而他的下一句台词是:"你干吗不去看部电影?"潜台词是:"我们的婚姻糟就糟了,反正我也没把你当回事。"

但是编剧并没有写这些,他让你自己明白这个答案。

☐ 46. 你做了太多调查!

威廉·M·埃克斯的调查第一定律:不要做很多调查!
但是,与之相反的……

☐ 47. 你做的调查不够!

哎呀! 真让人困惑!

> "我是应该跟她分手,还是应该跟她结婚? 到底选择哪一个?"
> ——查利·帕特纳(Charley Partanna),《普里兹家族的荣誉》(编剧理查德·康登①和珍妮特·罗奇)台词

调查会杀死你的故事。所以小心,快逃! 另一方面,调查又会拯救故事,拓展深度!

关于调查,我的理论就是只做你写剧本所需的调查,别再多了。特别是在前期,在你写完一稿剧本之前。先找到你的故事,然后再做调查。

还是举我自己写的关于西贡沦陷的剧本为例吧,目前好莱坞一家制片厂已经签了优先购买权②,所以它应该不是蹩脚货。在我坐下来开始写的时候,我对我想要说的故事只有一个非常模糊的想法。但是我足够明智,知道调查会像响尾蛇一样,一圈圈缠绕着你,直到最后把你吞掉。

我写第一稿之前,看了一本关于西贡沦陷的书,采访了一个曾经在西贡呆过的CIA工作人员,还读了距西贡沦陷之日一个月时间内的《纽约时报》所有有关专栏。就这些,花了我几天的时间,但是我知道这些调查已经足够我动笔了。我构思出我的人物和故事,然后写剧本。我的第一稿剧本写完时,人物没问题,故事也没问题,但是肯定有很多事实谬误。没什么大不了的! 我又回过头去找那个CIA的家伙,一些越南人,一个美国空军飞行员,

---

① 理查德·康登(Richard Condon),1915—1996,美国编剧。代表作:《谍网迷魂》(The Manchurian Candidate,1962)、《普里兹家族的荣誉》(Prizzi's Honor,1985)等,与珍妮特·罗奇(Jannet Roach)合作的《普里兹家族的荣誉》获奥斯卡最佳改编剧本提名。——译者注

② 优先购买权(option),又称先买权,是指特定人依照法律规定或合同约定,在出卖人出卖标的物于第三人时,享有的在同等条件下优先于第三人购买的权利。优先购买权是民商法上较为重要的一项制度,古今中外立法对此都有相应规定。——译者注

然后又读了一些书。因为我已经有了一份完成稿,我知道自己在哪儿需要帮助。

缓慢地,然而肯定地,我的错误得到了纠正。这个过程结束后,剧本就非常准确了。我去开剧本会时,他们都以为我是越战过来人。

有了第一稿后,我所有的调查都是有针对性、方向性的,只为我的故事服务。我没因迷失在调查的广袤森林里而浪费时间。

调查甚至会毁了你的故事。

面对这个事实吧,调查往往比写作更好玩。比起对着你的电脑独自枯坐,百思不得其解为什么你的故事和人生都一团糟——跟那些酷家伙聊天或者读那些精彩的书显然要有趣得多。

调查最危险之处在于它可能会把你冲进沉滓一气的"洗碗池"。你发现一些东西很棒,就会说:"哦,太棒了!我要把这放进我的剧本里。"就在那一刻,你已经毁了你的故事,而你还毫不察觉。只有当你的故事和人物陷入困境没法推进的时候再去做调查,只有这种调查才既安全又有效。因为你不会额外添加那些"无关"的垃圾,它们确实很吸引人,但只会削弱你的故事。

通过调查,你会收获太多事实,而你的故事会掩埋在由这些"好东西"组成的沙砾堆下,到最后你想找都找不回来。

对教过的每个班,我都会讲:"当心调查这个魔鬼。"某晚下课后,一个女生流着眼泪上来跟我说:"真希望我能早点听到您这席教诲,那样我就不会在坐下来写剧本之前,浪费整整三年时间做调查,可到最后我却找不到自己的故事了。"

真悲惨,所以即使别的什么你都没学到,仅此一点就值回这本书的价钱了。

* * *

威廉·M·埃克斯的第二条调查法则:把在剧本里写出的内容都核实准确!

如果你对自己所写的东西知之甚少,记住找一位愿意跟你分享专业知识的专家应该不难,那么就找这么一位,以此保证你写的东西不至于离谱。不管怎样，千万别递出一本有错误的剧本，因为你的审稿人会看出来，并因此看扁你。

一次作者研讨会上，我听到一个作者讲了个害怕打猎的小故事。他提到猎枪上有个瞄准器，而猎枪根本不配备瞄准器。我立马判定他满嘴胡言乱语，顺带也屏蔽掉了他的整个故事。别让这样的悲剧发生在你身上。记得核实准确！

说件小事当做例子，在这本书后面一点，我引用了在洛杉矶"农贸市场"（Farmers Market）无意中听到的一句话。我一开始写的是"农场主的市场"（Farmer's Market）。因为不太确定这样拼对不对，我就上网搜到了它，然后改正了自己的错误。

> 淡入
> 一组镜头　洛杉矶地标
> 　　洛杉矶天际线。好莱坞标志。电影海报。棕榈树。罗迪欧大街①。所有景物和行人都快乐无忧地沐浴在充足的阳光下。

这是我一个学生写的场景描述。她从来没到过洛杉矶，她写的这些洛杉矶地标没问题，但也透露出她对这个城市并不了解。我给她增添了一点点色彩。

> 淡入
> 一组镜头　洛杉矶地标
> 　　洛杉矶天际线。安吉琳②。棕榈树。罗迪欧大街。所有景物所有行人都沐浴着阳光，快乐无忧。

如果你在洛杉矶呆过，你就会知道谁是安吉琳。她为这个场景描述增

---

① 罗迪欧大街（Rodeo Drive），位于比弗利山庄中心的罗迪欧大街是全洛杉矶最昂贵的购物街，有大量精品专卖店聚集于此。——译者注

② 安吉琳（Angelyne），美国名模、演员，好莱坞与洛杉矶的时尚风向标，最引人注目的标志是好莱坞日落大道上她的巨型广告牌。——译者注

添了一丝活力,读者会说:"嘿,这个作者了解她笔下的这座城市。"

但是,过于明显的调查会让你像一个小丑,道理就跟把你的衬裙透出来一样。你没必要把所知的一切都放进去,如果涉嫌卖弄就更讨人厌了。最后一稿改写我的西贡剧本时,关于西贡沦陷我算得上半个专家了——包括直升机、警察们所穿狩猎夹克的型号等,林林总总。我检查剧本,拿掉那些很酷但对故事没有帮助的调查。我知道大使的狗叫尼特罗,并不意味着我就要在剧本里让大使这么叫它。

* * *

威廉·M·埃克斯的第一条调查法则——驳论:正确的调查能让你获得奥斯卡提名。

《死囚之舞》(*Monster's Ball*,2001)的联合编剧之一威尔·洛克斯①,一个讨人喜欢的小伙子,曾经上过我的课。他构思了一个剧本,讲的是一个专门负责监狱里死囚区的家伙,通过调查得知很多监狱警卫都常常与家人发生争执、关系紧张。如果你看过这部电影(我想你应该看过,因为它确实是部好作品,尤其是第一幕的结点令人叫绝),就会了解,如果不是在调查中发现了这一关键信息,他就不可能写出这个剧本。

* * *

关于故事已经说得够多了,接下来我们要进入到第二幕了——写作,这部分还没人讨论过。

有一次活动是斯蒂芬·金②和谭恩美③对话,作者聊完后进入现场问答环节,那些崇拜他们、希望自己有朝一日也能跟他们一样的观众总是问:"你

---

① 威尔·洛克斯(Will Rokos),美国演员、编剧,因《死囚之舞》获 2002 奥斯卡最佳原创剧本奖提名。——译者注

② 斯蒂芬·金(Stephen King),作品多产、屡获奖项的美国畅销书作家,编写过剧本、专栏评论,曾担任电影导演、制片人以及演员。其作品销售量超过 3 亿 5000 万册,以恐怖小说著称于世。大多数的作品都曾被改编为其他艺术形式,像电影、电视系列剧和漫画书,如《闪灵》、《肖申克的救赎》、《魔女嘉莉》、《绿里奇迹》等。——译者注

③ 谭恩美(Amy Tan),著名美籍华裔女作家,1952 年出生于美国加州奥克兰,曾就读医学院,后取得语言学硕士学位。作品有《喜福会》、《灶神之妻》、《接骨师之女》、《沉没之鱼》等。——译者注

是从哪儿获得这个想法?"和"我怎么找到一个经纪人?"还有"你能看看我的作品,然后告诉我你认为我是不是该放弃么?"金先生问谭女士,哪个问题是她从来没被人问过的,谭回答:"没有人问过我关于语言风格的问题。"

这才是作者真正热爱的——写作——没人提到这个。肯定的,也没人教过我怎么把字往纸上放。

淡　出

第二幕

写作实践

<u>你写了，并不意味着你必须保留。</u>

西西里

你一个字都写不出来，是因为你希望那个字必须是完美的。但是你并不知道完美的字是什么，你必须先把你的心吐露在纸上，然后分拣整理从中发现那精彩的部分。

——梅丽莎·斯克里夫纳(Melissa Scrivner)谈作者的心理阻滞

一本书需要，也是最主要的需要，是可读性。

——安东尼·特罗洛普[①]

人们会略过不看的部分，我就直接删掉。

——埃尔莫·伦纳德[②]

充满想象力的作品必须是用非常简省的语言写出来的。想象力越纯粹，语言也就越简单。

——塞缪尔·泰勒·柯勒律治[③]

只有那只擦去东西的手才能写出真实的东西。

——梅斯特·艾克哈特[④]

① 安东尼·特罗洛普(Anthony Trollope),1815—1882,最知名、最成功的维多利亚时期的英语作家,最著名的作品是《巴塞特郡见闻录》。——译者注
② 埃尔莫·伦纳德(Elmore Leonard),1925—,美国小说家、编剧,很多好莱坞电影都由他的小说或故事改编而成,如《矮子当道》(*Get Shorty*, 1995)、《杰基·布朗》(*Jackie Brown*, 1997)、《战略高手》(*Out of Sight*, 1998)。——译者注
③ 塞缪尔·泰勒·柯勒律治(Samuel Taylor Coleridge),1772—1834,英国浪漫派诗人和评论家,1797年夏,柯勒律治与威廉·华兹华斯及其妹妹桃乐茜成了亲密的朋友。柯勒律治用了不到一年的时间就创作完成了他的重要诗作——《古舟子咏》、《克里斯特贝尔》、《忽必烈汗》等。——译者注
④ 梅斯特·艾克哈特(Meister Eckhart),1260—1328,德国哲学家、思想家、神秘主义者。——译者注

> **淡入**
>
> "写第一稿最后一页是写作中甚至一生中最快乐的时刻之一,确实如此。"
> ——尼古拉斯·斯帕克斯
> (Nicholas Sparks)

"第一稿都是狗屎。"

——欧内斯特·海明威
(Ernest Hemingway)

你的第一稿终于圆满画上句号,祝贺你,你已经走了 1/10 的路程了。真正的写作是改写,现在要开始了。

有史以来最有魅力的作家海明威说的百分百正确,所有人的第一稿都是狗屎,包括海明威的,当然还有你的!你必须改写,改写,改写,直到把它真正改好,你才算大功告成。好消息是你可以修补改进所有一切,只是需要苦干和时间而已。

你必须有一个好故事,真的。但是你还需要把好故事写到纸上传达给其他人,如果他们不能从你的纸上得到它,你的故事也就没有价值。纸上的字必须能把你脑子里的电影解释给读者听,这项工作比你想的要难得多。

"他们只看对白。"

——偷听自洛杉矶农贸市场

千万别信,你要相信这个可就危险了。如果说这话的是一个现役现职作者,他早该坐在环球公司的办公室里,而不是在午后时分的农贸市场喝咖啡。

好的写作当然重要。并不是对所有人,但是对相当多的读者、制片人、演员、导演足够重要,一定要注意这点。如果写得太潦草稀松,他们马上就会把视线转移到别处。看完第一页,他们也许还不好判定你是否知道什么是反转,但是他们已经能判定你能不能写出一个像样的句子。

但针对实践层面的写作,还从没有人讨论过这个问题。

对了,斯蒂芬·金做过。

我花了很多时间跟我的学生讲这个,许多我自己费了好大气力才想明白的事,金都写在他那本超棒的《斯蒂芬·金谈写作》(*On Writing*)里,真希望我开始写作的时候就有这本书了,省多少事啊。

第一场
欢迎进入写作

☐ 48. 你没受过你所选择的叙事媒介的训练！

如果你没有读过大量——极为大量的剧本,怎么可能搞明白剧作这种最怪诞的写作形式？难道你脑子进水了？

你上电影院么？

你租电影看么？

你读剧本么？

你看书么？

好了,来吧！

你肯定上过写作课,或者更高级的更冠冕堂皇的——创作课。其实从三年级开始你已经在学习怎么写一个小故事,或者是小说,或许是公文信,又或是一封妙想连篇、淘气十足的电子邮件。但既然你买了这本书,就说明你还不是一个资深的编剧。那么你最好读大量的剧本,一直如此,坚持下去。

所有成功编剧都坚持一直读剧本。如果把你的写作时间掰成两半,一半用来写剧本,一半用来读剧本,你的进步肯定比只顾埋头忙活自己剧本的家伙快。

你会学到更多,因为你跳出了自己的思维,可以看到别人碰到相同问题时是如何应对的。

我开始写作那会儿,能找到的唯一一本翻开来像剧本的书就是《普莱斯顿·斯特奇斯①的五个剧本》(*Five Screenplays by Preston Sturge*),这本书直到今天还在我的书架上,而且是伸手就能够到的位置。实际上它们写于1950年之前,但格式其实跟现在几乎一样。格式一直就不大会受影响。

可以求助于超赞的网站:www.script-o-rama.com,去那里你会如获至宝!每天读一个剧本,就当你是发展部的人员;每天读三个剧本,就当你是约翰尼·德普(Johnny Depp)。只是记住得带着自己特定的目的去读。

只是读剧本。书店里图书馆里都有剧本。我是图书馆的忠实拥趸,因为图书馆免费对外开放。免费就意味着你可以读更多的剧本。你读的越多,就越有可能成为一个更好的作者。

读,读,读。

但是如果你读的只有剧本,那么你的剧本很有可能会很烂!什么?你竟敢说,"我是个编剧,伙计,我的兴趣不在于写小说"!真是非一般愚蠢!

什么都读。读所有你能找到的:剧本、戏剧、博客、新闻、短篇故事、连环画、漫画书、小说、纪实文学、回忆录、麦片盒背面的文字、那些不是英文写作的书,还有《花花公子》的专栏文章,哈哈哈。已故男人写的书,已故女人写的书,所有好的东西——所有——它们对你的帮助让你难以置信。

即使你写的不是蒙大拿州的一个农场主,读托马斯·麦葛尼(Thomas McGuane)也会帮助你理解自己写作中的一些问题……狄更斯会给你好好上堂喜剧写作课,莎士比亚更是非凡的写作老师。

这些作家也是:苏珊娜·金斯伯里(Suzanne Kingsbury)、泰瑞·凯(Terry Kay)、大卫·麦库罗(David McCullough)、纳丁·戈迪默(Nadine Gordimer)、乔伊丝·卡罗尔·奥茨(Joyce Carol Oates)、欧内斯特·海明威、艾文·肖(Irwin Shaw)、扎迪·史密斯(Zadie Smith)、卡米拉·帕格利亚(Camille Paglia)、基·德·莫泊桑(Guy de Maupassant)、简·奥斯汀

---

① 普莱斯顿·斯特奇斯(Preston Sturges),1898—1959,美国著名编剧、导演。20世纪三十年代初开始电影剧本创作,1940年他自编自导《江湖异人传》(*The Great McGinty*,1940)荣获第13届奥斯卡最佳原创电影剧本金像奖。之后他相继编导了《苏利文游记》(*Sullivan's Travels*,1941)、《棕榈滩的故事》(*The Palm Beach Story*,1942)、《摩根河的奇迹》(*The Miracle of Morgan's Creek*,1944)、《红杏出墙》(*Unfaithfully Yours*,1948)等受到广泛欢迎的影片,被认为是继刘谦和卡普拉后又一社会喜剧片的卓越导演。——译者注

（Jane Austen）、安东·契诃夫（Anton Chekov）、埃德加·爱伦·坡（Edgar Allan Poe）、托拜厄斯·沃尔夫（Tobias Wolff）、安妮·泰勒（Anne Tyler）、李·史密斯（Lee Smith）、罗尔德·达尔（Roald Dahl）、杰克·伦敦（Jack London）、A·S·拜雅特（A·S·Byatt）、杰西·希尔·福特（Jesse Hill Ford）、卡尔文·特里林（Calvin Trillin）、唐纳德·巴瑟姆（Donald Bartheleme）、吉姆·汤普森（Jim Thompson）、弗兰纳里·奥康纳（Flannery O'Connor）、埃尔摩·伦纳德（Elmore Leonard）、伊莎贝尔·阿连德（Isabel Allende）、卡尔·希尔森（Carl Hiaasen）、帕特里夏·海史密斯（Patricia Highsmith）、牙买加·金凯德（Jamaica Kinkaid）、杰·麦克纳尼（Jay McInerney）、理查德·福特（Richard Ford）、杰弗里·兰特（Jeffrey Lent）、蒂姆·高特罗（Tim Gautreaux）等等……

问问你的朋友，他们读过的书里谁写得最好。问问你的父母。问问你父母的朋友！也许有人会建议你看看理查德·布劳提根（Richard Brautigan），读大学那会儿他是我最喜欢的作者，但是我的学生里只有一个人听说过他。去看看那本堪称他"写作生涯分水岭"的《堕胎》（The Abortion），显然他已经拥有了自己的表达方式。《麦田里的守望者》（The Catcher in The Rye）也是，找来看看，相信你会真切地体会到一个作家必须拥有不同于他人的、独属自己的声音。

你的剧本烂还因为你没有读过那些写在你出生之前的剧本。如果谈论普莱斯顿·斯特奇斯、萨姆森·拉斐尔森[1]和约瑟夫·曼凯维奇[2]时，你没像

---

[1] 萨姆森·拉斐尔森（Samson Raphaelson），1894—1983，美国编剧、剧作家。他与好莱坞著名导演刘别谦合作了《天堂的烦恼》（Trouble in Paradise, 1932）、《街角商店》（The Shop Around the Corner, 1940）、《天堂可待》（Heaven Can Wait, 1943）、《穿裘皮大衣的女人》（That Lady in Ermine, 1948），成为刘别谦最喜欢的编剧。之后又与惊悚大师希区柯克合作了《深闺疑云》（Suspicion, 1941）。他的戏剧《赎罪日》（Day of Atonement）被改编成电影史上第一部有声片《爵士歌王》（The Jazz Singer, 1927）。——译者注

[2] 约瑟夫·曼凯维奇（Joseph L. Mankiewicz），1908—1993，美国编剧、导演、制片人。他自编自导的《三妻艳史》（A Letter to Three Wives, 1949）、《彗星美人》（All About Eve, 1950）两度摘得奥斯卡最佳剧本、最佳导演大奖。另外他还凭《费城故事》（The Philadelphia Story, 1940）、《无路可逃》（No Way Out, 1973）、《五指间谍网》（5 Fingers, 1952）、《赤足天使》（The Barefoot Contessa, 1954）等影片数度提名奥斯卡最佳编剧或最佳导演奖。——译者注

说到查理·考夫曼①时一样"呜哇"大叫、呼吸急促、激动不已，你要学的还多着呢。

最后，你的剧本烂是因为你不看电影！

每次课我都问学生他们这一周看了什么电影，有时回答是零。每周我都至少到影院看一部电影，还要通过 DVD 看三到四部影片，一年累积下来看的电影还真不少。况且我已经知道怎么写一个剧本！而你一年能看多少部电影？

知道奈飞 DVD 影像租赁商城（www.netflix.com）吧？他们可以把 DVD 邮递给你。根据最新统计，他们大概有约 85000 个片目，够你看的了。

不管你怎么做，总之要训练培养自己熟悉这种奇妙的讲故事的媒介，这会让你长期受益。

49. 你用的写作工具不对！

让我们从最基本的开始：纸、铅笔、钢笔、电脑、打字机、不同品牌的钢笔。

以怎样的方式进行书写会影响到你的写作。你喜欢划横线的纸么？如果你从用铅笔改成用电脑，你的风格也会改变。海明威写作时都是亲笔手写，不过对话是用打字机打的。

你在哪里写作也有影响。是你的床（伍迪·艾伦就是躺在床上手写）、办公室、汽车前排座位、游乐场的野餐桌、你家厨房、咖啡店还是其他什么地方？

写作工具和写作地点的任何一种组合都会影响你的写作。你得找到那杯对你来说管用的鸡尾酒。

---

① 查理·考夫曼（Charlie Kaufman），1958—，当今美国最享有盛誉的鬼才编剧。编剧作品：《傀儡人生》（Being John Malkovich，1999）、《危险思想的自白》（Confessions of a Dangerous Mind，2002）、《改编剧本》（Adaptation，2002）、《暖暖内含光》（Eternal Sunshine of the Spotless Mind，2004）。2008 年查理推出了自编自导的处女作《纽约提喻》（Synecdoche, New York）。——译者注

如果你觉得把脑子里的想法写出来有困难,那么试试改变一下你把字落在纸上的方式。一些人先口述,过后才把它打出来。而我在写一些重要的部分时,会选择用铅笔。每当我用铅笔时,就觉得大脑和面前的这张纸能联系得更加紧密。铅笔最大的好处是比电脑慢,会促使你尽可能少写几个字——正好使你的写作更加紧凑。

把字落在纸上的方法各式各样。自编自导了《随心所欲》的维拉德·卡罗尔(Willard Carroll)告诉我班上的学生,他是一个特别不守纪律的作者。他会花几个月的时间散步思考他的人物和故事,一旦他在脑子里解决了这些问题,只要八天——他就可以写完剧本。

要配备如下演员阵容,你们认为需要多少预算才够?

娜塔莎·金斯基(Nastassja Kinski)、丹尼斯·奎德(Dennis Quaid)、派翠西娅·克拉克森(Patricia Clarkson)、吉娜·罗兰兹(Gena Rowlands)、肖恩·康纳利(Sean Connery)、吉莲·安德森(Gillian Anderson)、玛德琳·斯托(Madeline Stowe)、安东尼·爱德华兹(Anthony Edwards)、艾伦·柏丝汀(Ellen Burstyn)、杰·摩尔(Jay Mohr)、乔恩·斯图尔特(Jon Stewart)、瑞恩·菲利普(Ryan Phillippe)、阿曼达·皮特(Amanda Peet)、安吉丽娜·朱莉(Angelina Jolie)!

他得到了这不可思议的超豪华阵容,拍了部投资500万美元的电影,就因为他写好了吸引演员参演的诱饵。

创作了传奇电视系列剧《疯狂的印第安纳》(*Eerie, Indiana*)的卡尔·谢弗(Karl Schaefer)用电脑写了第一稿,然后把它打印在纸上做修改,之后把修改完的整个剧本再一个字一个字地敲到电脑里。重新打出整个剧本实在很痛苦,所以他就会省略所有不是非打不可的东西。瞧,又一次,写作方式自动浓缩了你的写作。

牢记,读者不想读你的剧本。去掉那些不需要的渣滓是个聪明的好主意,所以你有一台电脑,并不意味着就一定要用它!

☐ 50. 你的表达不够清晰明了！

一定要保证你的读者明白你希望他们做什么。

很不幸,影像从你脑中到读者脑中的这条路径不是万无一失的电脑硬接线电路,每个场景的含义没法从你那锡箔包着的大脑里准确无误地发射到读者的脑袋里。

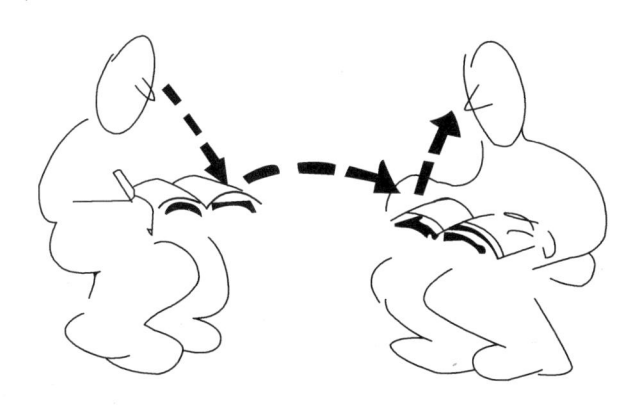

你脑子里所想的,必须通过你的手指落到纸上变成你所写的,然后才能抵达读者小小的脑袋里。这危险旅程一路危机四伏而且战线巨长(注意:这里有恐怖的音乐!),太容易产生混乱与困惑。

你写的每个句子,都是在请求某人进入你错综复杂的大脑里旅行,他们从纸上得到的也许跟你以为自己写在纸上的东西不一样。很不幸,也很不公平,但说真的,如果你的写作让人误解,那绝对不是读者的错,终点线可没有义务自己冲向赛跑者。

一旦有了一稿剧本,你就有义务铲除其中任何潜在的"传送过程中的差错"。你必须不停地问,"我觉得这里表达的是这个意思,他们看剧本的时候也会这么想么?"这问题可不简单。

我还是一个毛头小伙子那会儿,上第一次电影制作课时我拍了一部浪漫爱情片,故事设置在意大利(你信么?),我还用了辛纳特拉(Sinatra)的那首《午夜陌生人》(*Strangers in the Night*)。在我人生中,这首歌是最重要的歌之一,它如此有力,能让我全身的血液瞬间凝固,所以我才决定把这首歌用在这部有自传色彩的8毫米电影里。在班上播放这部片子时,演到这个场景,我都激动地无法言语,但是猜猜发生了什么?

整个班都在大笑。

对于鄙人来说,真是一个太让人扼腕神伤的凄凉时刻,但却是电影制作课中非常重要的一课。银幕上的影像和辛纳特拉的歌并置在一起对观众所意味的和对我所意味的完全不同!我坐在那,因为一个我旧相识的女孩泪湿双眼的时候,他们却在为傻瓜居然选这首歌而号叫狂笑。

这次灾难性的放映经历已经过去这么多年了,每每想起都让我有如芒刺在背。一定要引以为戒,确保你认为读者会感受到的,确实是他感受到的。

从宏观来说对于整个故事是这样的,从微观方面对于每一个时刻也是如此。

举个例子,不要让一个人物抱起他最好的朋友然后称之为"躯体"(body),除非那个朋友确实死了,不然读者就会这么以为的。

> 鲍勃抱起那具躯体。

参看下面一段回答我的问题:那个打手是在艾尔牧师的侧面还是在大门口?

> 外景 酿酒厂大门 夜景
> 艾尔牧师跳下他的豪华轿车,走向大门口,他的打手走在他的侧面。

看完下面这段我们会认为,汀多长官被好好招呼了一顿,读者不会意识到你的意思只是汀多长官睡着了。

> 外景 酿酒厂大门 夜景
> 富兰克林挤出警方巡洋舰,嘴对着烧酒瓶喝了一大口,之后用厚实有力的手掌擦了擦嘴,朝聚会走去。
> 巡洋舰里,汀多不省人事。

下面再列举一个糟糕的例子,至少在我看来过于含糊不清。

外景　停车场　日景
　　那个神经质的男人正准备登上直升机,鲁斯·赖普认出他,
　　　　　　　鲁斯·赖普
　　　　就是他?
　　　　　　　女朋友
　　　　那是我的箱子,把它拿回来。
　　　　　　　鲁斯·赖普
　　　　和你哥哥一起等我。
　　他疾跑过去,夺过箱子就跑。
　　　　　　　鲁斯·赖普
　　　　你输了,混蛋。
　　男人从开着的门里愤怒地瞪着鲁斯。切努克直升机升空。

也许你会说我在吹毛求疵鸡蛋里挑骨头,但是,这——很重要。场景描述的第一段,那个神经质的男人"准备"登上直升机,也就是说根本还不在直升机上,他可能还在排队,离直升机足足有五个人的距离。下一次我们再看到他,他却透着直升机开着的门瞪着鲁斯·赖普,然后直升飞机飞走了。我们脑中的图画是模糊不清的,那个家伙是在门附近站着还是在直升机里?白痴,实在有点混乱。请原谅我用了粗话。下面是改写稿,"就要登机"变成了"正在登机"。

外景　停车场　日景
　　那个神经质的男人正在登机,鲁斯·赖普认出他
　　　　　　　鲁斯·赖普
　　　　就是他?
　　　　　　　女朋友
　　　　那是我的箱子,把它拿回来。

> **鲁斯·赖普**
> 和你哥哥一起等我。
>
> 他疾跑过去,夺过箱子就跑。
>
> **鲁斯·赖普**
> 你输了,混蛋。
>
> 男人从开着的门里愤怒地瞪着鲁斯。CH-53 直升机升空。

　　做了这小小的变化后,我们有了一张更清楚明了的人物位置图,我们脑中就能生成那个神经质男人确实踏上直升机,而不是在飞机周围无聊等候的影像。所以,当直升机飞走了,我们知道那个神经质的男人就坐在里面。

　　做了更多调查之后,我还把直升机从"切努克"改成了"CH-53"。

　　要清楚明了。看在上帝的份上,记住可怜的读者得穿越那些睡莲浮叶,努力在她的大脑中生成一个图像,努力想搞清楚此刻所发生的、你想让她知道的到底是什么。如果她失败了,那只能是你的错。

　　要清楚明了。不要写"弗兰克衣着讲究"。因为我们会认为他穿着正装。把它改成"弗兰克穿着时髦",这样我们就理解了他是个时尚达人。确保我们明白你要发送到我们大脑里的那幅图画到底是什么。

　　下面是一段场景描述的最后定稿。

> 他拿出电话拨号。电话铃响没人接。他拨了另一个号码。

　　很明显这人打了两个电话,一个然后又一个,给不同的人。现在,再看原稿。记住:让人困惑就等于七窍生烟和咬牙切齿。

> 他拿出电话拨号。电话铃响没人接。他又拨号。

　　我们认为同一个号码他拨了两次,但事实并非如此,我们被搞糊涂了。

　　要清楚明了。现在就检查你的每一处场景描写!其实,这本书就是一个自查表,请对照你的剧本一一查对!

再看看下面这一段。耶！我就爱鸡蛋里挑骨头！现在我又被一个糟糕的小词招惹了！为什么他们扔进池塘的不能是小石头？

> 外景　池塘　夜景
> 　　星空下卡拉和特拉维斯在宁静的湖畔相拥在一起。割草机的沙沙声随风传来。特拉维斯的胳膊环抱着卡拉，她往池塘里扔的小石头打破夜晚的静谧。

他们可"打破"不了夜晚的静谧！一辆拖拉机拖车从高架桥冲下来，直冲进特拉维斯的池塘，那才会"撕破夜晚的静谧"。但是，天啦，打破静谧的不会是一块"小石头"。嘭！读者失足滑下睡莲浮叶！

看下面一段，回答佩蒂被救护车撞了几次？

> 　　马克在人行道上停住时，时间都变慢了。
> 　　露西和特利在雪佛兰塔霍车里看着。
> 　　佩蒂跑上街，被救护车撞了。
>
> 内景　塔霍车
> 　　孩子们把脸都贴到了车窗上。
> 　　　　　　　　露西
> 　　哦，不！佩蒂！
> 　　　　　　　　特利
> 　　哦，糟了。
>
> 内景　救护车
> 　　听见砰的一声巨响，救护车停了下来。司机跳下救护车。
> 　　　　　　　　丹尼斯
> 　　那他妈是什么？
> 　　　　　　　急诊医士
> 　　哦，天啦！
> 　　佩蒂的妈妈开始咳得更加厉害。

> **外景　街道**
>
> 　　佩蒂跑上街。警报器开始响起，救护车东倒西歪地向前疾驶。车头撞上佩蒂。他被撞得飞了出去，头撞上人行道的路面，救护车立即停了下来。

　　这个作者让佩蒂被撞了三次，其实他想表达的意思是佩蒂只被撞了一次。

　　下面这段对话看起来不错，直到你多读几遍才觉出不妥：

> **占卜者**
> He has protection from a spirit.

　　这句话的意思是说那个神灵在保护他以免他被其他神灵杀死，还是说他有一个护身符给他以保护，以免一个神灵会对他不利？一个句子，却可能传达两种完全相反的意思。

> **副警长**
> I heard her come in the Chrysler.

　　你想说的到底是听见她进了克莱斯勒汽车，还是听见她开着克莱斯勒汽车进来？

第二场

格　式

☐ 51. 你不懂剧本格式！

格式似乎很简单,但由于某种原因它并不简单。

用好莱坞认可的剧本格式写作。必须如此,不要以为你是如此"富有创意"而做非同寻常、饶有趣味的尝试。他们拿起你的剧本时就会注意你的格式,如果它看起来不像其他人那样,他们会直接用你的剧本包鱼。

如果你买了 Final Draft 软件,也许会简单一些,但是你仍然会犯一些错误。所以,听好了,下面几页会回答大约 95% 的格式问题,你只要做到这些就足以让读者读下去了。

在 Final Draft 软件中选择华纳兄弟公司的样式,剧本之所以是这个样式自有道理。你首先看到的是场景时空提示行,接下来就是场景描述。除了内景(INT.)和外景(EXT.)后有句点之外,场景时空提示行尾没有句点。

> 内景　闹鬼的房子　夜景
> 　　神秘阴森、鬼哭狼嚎的气氛,深黄色的腐旧百叶窗随阵阵阴风摇曳不定,吓得约翰尼·克里恩都忘了他那双翠绿色的里昂比恩牌(L. L. Bean)橡胶高筒靴。

第一行告诉你拍摄时摄制组人员在哪儿,它位于一页的最左边(得留出一点页边缘用来给纸打三个穿孔洞)。下面就是场景描述,你最先看到的东西:画面、动作、他们做什么。这里说的是这个电影关于什么,发生什么,而不是他们说什么。如果是写戏剧,对白从页面的最左边就开始,因为戏剧是关于语言不是动作,但电影不是这样。

不要把单独一行场景时空提示行放在一页的最下面,至少必须有一行场景描述跟它在一起。永远不能只有一行孤零零的场景时空提示行,而后面不跟任何场景描述。

不要提示、要求摄影机角度,除非此处摄影机运动至关重要,你才可以标示出来(如:**直升机航拍、高速移动摄影车**)。

涉及视点的场景时空提示行如下。物没有视点,只有人才有视点。

艾伦的视点—手枪

如果这一场景发生在两个地方——比如一辆车开过大街。门廊上,透过窗户。场景时空提示行应如下:

外景/内景　门廊/起居室

只有在场景时空提示行里,连字的短线可以是一字线:"—"。除此之外,其他任何地方连字线都应为破折号:"——"。

要表明是闪回得这样:

闪回外景　　悬崖边　　日景

确保场景时空提示行保持一致,不要说:

内景　吉米的办公室

几次之后就变成了:

内景

办公楼最后又变成了：

内景　办公农庄

三个你挑一个然后就一直用这个,别变来变去。如果你用了 Final Draft 软件来给你的剧本分段,场景时空提示行不一致可能会导致分段错误。此外,回到我常挂在嘴边的那句老话:它会把你的读者搞糊涂的。

每当人物说话时,名字都需要大写。人物的名字要比对白缩排更多。人物的名字并不居于页面的正中。所有人物名字,无论长短,都需有相同的左边距。

　　　　　　　　　　约翰尼
　　那是你妈妈?

　　除了风声他什么也没听到。他环视四周,找他最心爱的橡胶套鞋,它们可有些年头了。

　　　　　　　　　　　　　　　　　　　　　　　　　叠化:
外景　墓地　夜景
　　诡秘阴森、呼号咆哮、震天骇地的巨风在腐朽剥落的大理石墓碑间激荡奔窜。欧内斯特和阿布纳蹲伏在漂亮的前拉斐尔派风格的纪念碑上。

因为我们是第一次见到欧内斯特和阿布纳,他们的名字需要大写,之后的场景描述中他们的名字就不用再大写了。出于某种原因,英国人在场景描述里每次人物出现名字都要大写。如果你不是英国人,那就只需要在人物第一次出现的时候大写。另外音响效果和摄影机运动还有视觉效果出现在场景描述中都需要大写。

　　汽车爆炸。电话铃响。哈里和莎莉啧啧有声地接吻。
　　我们看见杀手。镜头随弗兰克后拉。展现桌上的方案。
　　校舍又旧又破。附加字幕:五年前。
　　　　　　　　　　欧内斯特
　　我最近喜欢上了吃来墓地野餐的小高中生。

> 　　　　　　　阿布纳
> 　　听起来倒像是帮我消磨傍晚时光的一个好
> 　　法子。
> 　欧内斯特将奶油派砸在阿布纳的脸上。

　　注意欧内斯特和阿布纳的名字就位于他们对白的上方。人物名字和对白之间没有空行。

　　如下文所举例子，如果你的场景时空提示行分为两部分，在总体部分（汽车代理商）和具体部分之间放一个连字符。内景和地点之间，要一直保持同样数额的空格。地点和日景或夜景之间也要保持同样数额的空格。

> 　内景　汽车代理商店—展示厅　日景
> 　　鼻子上还滴着奶油派，阿布纳买了一辆梅塞德斯（奔驰）。
> 　　　　　　　阿布纳
> 　　　　　（嘲弄地）
> 　　我就买这个？
> 　点头哈腰的销售员舔着嘴唇，想着他的假期。

　　"（嘲弄地）"就读作"括弧嘲弄表情"。它给了读者或者演员一个提示，你想要他怎么说这句对白。将之放在对白上面，人物名字下面，三排之间不要空行。它必须放在对白前面，不能在对白之后，但可以将对话分割成两段。

> 　　　　　　点头哈腰的销售员
> 　　一个超棒的选择，先生。
> 　　　　　　（假笑）
> 　　餐巾？

　　演员提示只在对白意思可能不太清楚的情况下用，也就是，只有当读者可能会产生误解的时候。

>   乔
>   （讨厌她的胆量）
>   亲爱的，我爱你超过我自己的生命。我不能
>   忍受离开你，难怕只有一个小时。

用一般现在时。你描述的事件正逐渐展现在读者的眼前，它就发生在现在！千万别像这个：

> 凯特曾怀疑地瞪着艾斯曼。他刚刚讲完他对凯特和主管罪行的理解。

六个圆点用来表示讲话中的停顿，另外当动作打断对白时，六个圆点也可用来连接它们，显示它们是连续的对白。

>   南
>   发生了什么事？这地方……
>   阿布纳
>   我想我的袜子本来在这。
>   南
>   ……真是乱成一团。

用两个破折号来表示打断。在一个人物的话最后和另一个人物开始说话之前。

>   阿布纳
>   你见到……我的袜子么？它——
>   南
>   ——你觉得我像是会留意这个的吗？

对白必须延续到下一页时，先注明"(未完)"(MORE)，然后在下一页说话的人物名字旁边注明"(继续)"(CONT'D)。

> **芭芭拉**
> 我感觉很棒！一切都跟我期待的一样
> （未完）
> ————————————（分页符）
> **芭芭拉**（继续）
> 小艾迪周二就要动手术了。真是太好了。

如果用注明"（未完）"的地方能写完对白，就不要用"（未完）"，尽可能在一页里把话说完，避免使用"（未完）"。

出于某些原因，电话对于编剧新手们来说是一道难题。我曾多次看见下面这样的段落：

> **尼克**
> （在电话里）
> 你想要什么？
> **萨莉**
> （在打电话）
> 我想要你别再多管闲事。
> **尼克**
> （在打电话）
> 你带着我的垃圾滚远点吧！
> **萨莉**
> （在打电话）
> 就因为你扔了我的情书！

想要让人通过电话谈话，只需设置第一个人的的位置，然后他们就可以对着彼此说话了：

> 内景　海滩别墅　日景
> 　　莎拉拿起电话，拨号。
> 　　　　　　　　　萨拉
> 　　史密斯先生，是么？
> 　　　　　　　　史密斯先生(O.S.)
> 　　你到底准不准备付我钱？

一旦你建立了最开始的位置和人物，转到：

> 外景　工地　日景

在场景描述中说："交叉剪辑电话交谈"或者"交叉剪辑场景"，在此之后就可以写你的对白了，就跟他们站在那互相对着讲话一样。

> 外景　工地　日景
> 　　史密斯先生被彻底激怒了。交叉剪辑场景。
> 　　　　　　　　史密斯先生
> 　　你欠我钱，小妞！
> 　　　　　　　　　萨拉
> 　　骗子，骗子，你撒谎。

"V.O."是旁白(voice over)，它可以来自一个处于我们所见场景之外的叙述者或者电影里的另一个角色。

"O.S."是画外音(off screen)，我们听见人物说话时，他(她)是处于另一个房间或者镜头之外的人物。

> 　　　　　　　　新婚男子(O.S.)
> 　　宝贝儿，看见我的袜子了么？
> 　　　　　　　　叙述者(V.O.)
> 　　他命中注定永远也找不到它们。

永远不要在一行对白的末尾用连字符连接一个词,除非这个词本身就带有连字符。

可在场景描述的关键词下划线(尽量少用),以确保读者审稿人能看到并引起重视。

> 奥斯瓦德捡起<u>强力来复枪</u>。

不要用大写。

> 加里和艾德疲惫不堪地勘测了重生的路线。看上去他们都发现了久违的真爱。一座高高的石墙伫立在通路的<u>左边</u>。(Worn out, Gary and Ed survey the reborn course. They both look like they've found a long lost love. A high ROCK WALL's left of the fairway.)

不要用斜体字。它们太难认了。

> 切瑞(CHERRIE)
> 我爱的是你。我不会再爱别人了,永远。(It's you that I love. For me there can be no other. Ever.)

为了帮读者尽快读完剧本,你必须给他们提供所有力所能及的帮助。在对白中需要强调的词语下划线,但是也不用划得满纸都是。

> 切瑞
> 我爱的是你。我不会再爱别人了,<u>永远</u>。

圆点。六个圆点之前没有空格,后面有一个空格。

> 黑武士
> 卢克......我......是......你父亲。

你得让自己熟悉剧本格式。挑一个你超赞赏崇拜的剧本，选其中10页把它敲进你的电脑里——一个字一个字的。通过这样做：第一，你会真正了解剧本格式；第二，你会看到一个剧本的一页到底有多少字，你能得到一个关于写作的感觉，而这种感觉也会延续到你自己的剧本中。亨特·S·汤普森①在学习写作的时候就把F·斯科特·菲茨杰拉德②的剧本打了一页又一页，对你来说这方式应该也是一个好主意。

基本每分钟一页纸，或多或少有些浮动，阅读速度取决于你这一页的视觉效果。字越少，读者的眼睛看完一页就越快；相反，如果是写满密密麻麻的场景描述的一页，显然就会更加场面宏大或充斥着长镜头。

---

① 亨特·S·汤普森（Hunter S. Thompson），1937—2005，美国记者、作家，最知名的作品是：《赌城风情画》(Fear and Loathing in Las Vegas)、《恐惧与厌恶》(Fear and Loathing on the Campaign Trail 72)。——译者注

② F·斯科特·菲茨杰拉德（F. Scott Fitzgerald），1896—1940，1920年发表了第一部长篇小说《天堂的这一边》。《天堂的这一边》的出版让不到24岁的菲茨杰拉德一夜之间成为了美国文坛一颗耀眼的新星。在二十多年的创作生涯中，菲茨杰拉德发表了《了不起的盖茨比》、《夜色温柔》和《最后一个巨头》等长篇小说，以及一百六十多篇短篇小说如《本杰明·巴顿奇事》。其中1925年出版的《了不起的盖茨比》是菲茨杰拉德写作生涯的顶点，被誉为当代最出色的美国小说之一，确立了其在文学史上的地位。进入30年代，为挣到更多钱支撑浮华奢靡的生活，他在好莱坞担任编剧，1938年改编的《生死同心》是他唯一一部在片头上挂名的电影。其他创作或改编的主要作品有《女人》、《乱世佳人》、《居里夫人》、《我最后一次看到巴黎》、《绮梦初艳》等。——译者注

下面是《人类之子》(*Children of Men*, 2006)剧本中的一页。对白的页边空白很宽,这我并不推荐。很多空白区域。注意场景描述:一行,一行空格,然后两行。迅速,切题,打散对白。你很少看见一页剧本都是对白的,最长一段对白也只有四行,绝大多数的剧本都要少得多。

下面这一页密集的对白来自《四十岁老处男》。页边距更窄，会让阅读速度更快。有一段对白有八行，不过这毕竟是一个以对白为重点的剧本。只有一行场景描述。

你的剧本逊毙了！

这是《异形》。

对白很短，断断续续，而且节奏很快。大多数对白都只有一行。简明的场景描述。有一段只有一个词！

回到《人类之子》。这一页既有对白又有场景描述，没有一段描述超过三行，没有连字符，最长的对白是四行。

《四十岁老处男》这一对白/动作页,有更多对白,但是场景描述的段落仍然很短,都不超过两行!

《异形》的页面看上去跟前面两个都不同,我把场景时空提示行用双横线划出来以便你们能看到它。场景描述都是非常短的一句话。只有一句对白是两行,其余的都是一行。想想读完这样的一页该有多快!

这是《人类之子》里的一页动作戏，一些对白穿插其中，但不是很多。这一页就是纯粹的场景描述，但是没有一段超过四行。段落短，能保证读者在每一段都停顿一下，吸收主要信息，然后继续。

《四十岁老处男》的动作戏看起来就完全不同,更多空白,在描述上强调更少,速度也更快。根本就没有对白。六个场景时空提示行,一页有六个场景!一路高歌猛进。

最后再来看《异形》中的一页动作戏。七个场景时空提示行，每一段都只有一行。这是一次光速阅读，但是已经足够让读者抓住要点。

哪一页读者更愿意读？！嗯？

关于格式如果你还想知道更多，可以去买里克·赖克曼（Rick Reichman）的《格式化你的剧本》（*Formating Your Screenplay*）或者克里斯·赖利（Chris Riley）的《好莱坞规范》（*The Hollywood Standard*）。

你没必要非用 Final Draft 软件不可，可以用微软的 Word 程序，Word 会提供给你更多成长的机会，想想谁需要成长？

在 Word 中选用库瑞尔常规字体①，不要用库瑞尔新型字体(Courier New)。

Final Draft 软件知道你什么时候需要写一个人物的名字，它还会为你留出对白的页边距。用 Word 你也可以做到，但比较麻烦。想学会怎么弄，可以上 www.tennscreen.com 这个网站，这是田纳西编剧协会的网站，点击"Writing Tips"（写作贴士），然后选"Screenplay Formatting：World as a Screenwriting Processor"（剧本格式：Word 作为编剧教授），它会引导你搞定这一切。

如果你买得起 Final Draft 软件，那就用 Final Draft 软件。

□ 52. 你光有场景时空提示行或者压根儿就没有场景时空提示行！

Final Draft 软件里这个"提示行"叫做场景标题，其他人都叫它场景时空提示行。它告诉读者摄制组所处何地，它也告诉你：你的立足之地在哪儿。我把没和场景描述在一起的场景时空提示行称为"光杆场景时空提示行"——你可别犯这种错误。

外景　北方山麓　夜景

鲍勃
·看外头，伙计们，一个有五十英尺高的女人。

---

① 库瑞尔常规字体(Courier)，最初是用在打字机上的一种字体，目前也是一种常见的计算机字体。这种字体是由 IBM 公司的 Bud Ketler 于 20 世纪 50 年代设计的。它常被用作输出设备的缺省字体，并且是标准的等宽度字体。——译者注

一定要带着场景描述——它告诉我们发生了什么:

> 外景　北方山麓　夜景
> 在宽阔的体育会场里的到底是什么?!
> 　　　　　　**鲍勃**
> 看外头伙计们,一个有五十英尺高的女人。

看下面这段,在索邦大学集体宿舍后,不能什么都没有,得给我们一点"哦！真棒"的场景描述:

> 一组镜头　黄昏
> 太阳升起。巴黎。埃菲尔铁塔。歌剧院。
> 富凯咖啡馆。人行道上,一个肮脏的流浪汉用一只橡胶老鼠吓唬路人。
>
> 外景　索邦大学集体宿舍　日景
>
> 内景　让·迈克尔的宿舍房间　日景
> 让·迈克尔醒来,煮咖啡。酷小伙!

再看下面这段,注意:不需要留空格的地方别留空格。如果读者知道你没有校对,你就被打上了笨蛋的烙印。看看你写的"in the along"①,话都说不顺,比笨蛋还笨蛋。

> 外景　罗莎贝尔的偶遇　夜景
> 罗莎贝尔正和维佳走一路向家,他遇见正钻进吉普车的那乡下警卫。(Rosabal is walking with Vega in the along the road home as he is encountered by the rural guard who approach in a jeep.)

---

① 原文阐述了英文语法问题,作者举此例说明写作剧本时要避免拼写、语法等低级错误。——译者注

下面这段也是空格太多,校对太糟。

> **司机**
> 进来,上校。
>
> 外景　山麓小丘
> 切丛(应为"从")这一带最高的树上爬下来,加入队伍。

还要注意,在任何我们需要的时候都要给我们场景时空提示行。不要有一大块场景描述,带我们去了好几个地方,但是没有加上必需的场景时空提示行来告诉我们在哪儿。看下面这段,尼克走出去,我们却没有看到该有的场景时空提示行。

> 尼克看见旁边的镜子,走过去。他检查受伤的嘴唇,发现白衬衣上滴了几滴血。他皱着眉走出门。他在外面叫约瑟夫。**你需要一个新场景时空提示行,当他走到酒吧外面的时候,加上:外景　酒吧　夜景**

还有一大把忘记场景时空提示行的坏例子:

> 内景　耶稣兄弟会大屋　日景
> 耶稣兄弟会成员坐在一块看电视。一些人在玩啤酒桌球赛。普莱吉斯穿着傻傻的戏服继续做杂务。杰西躺在他二楼房间的床上。
> 门砰砰作响,大家却没注意到。杰西从窗户看出去,看见校园警察长官米奇·洛克尼穿成马丁·路德的样子正往门上钉传单。其他兄弟会的楼上都贴着相同的传单。

不要让我们先在卧室里,然后,像《太空仙女恋》(*I Dream of Jeannie*, 2008)似的,一眨眼,转到杰西在他的自己的房间里;然后又一眨眼,我们来到大门;然后,回到杰西的房间,从他的窗户往外看去;再到警察往门上钉传单;然后疲惫不堪又稀里糊涂地来到其他兄弟会的楼。

加上相应的场景时空提示行，上面的这个场景应该是这样：

> 内景　耶稣兄弟会宿舍楼—卧室　日景
> 　　耶稣兄弟会成员坐在一块看电视。一些人在玩啤酒桌球赛。普莱吉斯穿着傻傻的戏服继续做杂务。
>
> 内景　杰西的房间　日景
> 　　杰西躺在他二楼房间的床上。
>
> 内景　耶稣兄弟会宿舍楼—卧室　日景
> 　　门砰砰作响。大家却没注意到。
>
> 内景　杰西的房间　日景
> 　　杰西从窗户看出去，看见校园警察长官米奇·洛克尼穿成马丁·路德的样子正往门上钉传单。
>
> 外景　不同兄弟会楼　日景
> 　　其他兄弟会的楼上都贴着相同的传单。

占了更多地方，但是动作却是清楚明了的。尽力做到清楚明了。

□ 53. 你过度指导演员了！

不用把你脑中电影里发生的一切都告诉我们，要有所剪辑。

> 她转向马戏团表演指导者，捡起她的扩音器，把它递给他。

由导演告诉演员如何动作，你就不必了，或者交给演员自己琢磨。别告诉读者，演员转身、然后把手伸进钱包掏他的名片、他脸上是什么表情等等。

> 她把她的扩音器递给马戏团表演指导者。

下面列举一些对演员过度指导的不良示范，当然还夹杂着一些校对错误：

> 克莉丝汀抬头，凝视着琴，之后，看向她的手表，然后又看回琴。她站起身来，走向汽车，坐进车里，但是没再看一眼她妈妈。
> 琴走到冰箱前，拿出一只马提尼有柄水罐，给她自己倒上一杯。
> 最后琴走过去，看着艾伦的肩膀，然后抬头看着她受惊而沮丧的脸。
> 琴走进来，站在离威尔逊几英尺远的右后方。
> CNBC① 开始播广告。威尔逊转过身来面对琴。

下面这段则细节太多了：

> 他拉着她面朝着他，用他另一只手爱抚着她的面颊。
> 一开始他把手放在她的小臂上，之后又滑到她的手上，握着它们，爱抚它们。
>
>   金
>   我爸爸抱怨铃响早了。
>
> 低头看着铃。谭用他的大拇指、食指掠过宝石。

最后这个有两宗罪：过度指导演员和错用演员提示。

>   勒奇
>   （勒奇转身）你打电话……？

是的，我们已经说到下个问题了：

☐ 54. 你错用了演员提示！

别觉得冷雨浇头，几乎我所有学生都曾错误地使用过演员提示，也许该

---

① CNBC 为美国 NBC 环球集团所持有的全球性财经有线电视卫星新闻台，在 1991 年前，使用消费者新闻与商业频道（Consumer News and Business Channel）的全名为频道名称，之后只使用 CNBC 的缩写至今，并且不赋予此缩写任何全文意义。CNBC 和旗下各地分部的电视台报导各地财经头条新闻以及金融市场的即时动态。——译者注

怪我这个当老师的太糟了。一定要注意你的演员提示,因为制片人打开你的剧本检查总页数的那一秒,它们就会对着制片人大喊:"格式错误!"

只有在对白中的意思不够清楚明确的时候,才能使用演员提示。

> 吉米
> （松一口气）
> 唷！谢天谢地！

我们知道他松了一口气,但你不需要告诉我们两次。

> 吉米
> 唷！谢天谢地！

下面这种情况你才需要一个演员提示：

> 克利奥
> （厌恶他）
> 我爱你。

而且,不管你在书店买的或者互联网上读的剧本里看到了什么,你都不应该把动作放进演员提示里。

> 卡鲁索
> （点燃香烟）
> 我的扁桃腺出了问题。

你肯定看到过很多这么用的,但是这不对,你别学。好了,也许只能少量地用一下。

演员提示不是一句话,开头不用大写,末尾也不需要加上句号。下面这个是错误的！

第二幕　写作实践　169

> 埃尔伍德
> （看着香烟。）
> 给我一个，杰克。

别把你的"演员"管得太细，意义和手势的要求应该通过对白传达给演员。快速浏览你的剧本，去掉所有告诉演员做什么的演员提示。现在就做，就现在，去做吧，我等着。

> 拉尔夫
> （用手掌猛击前额）
> 哦！我想你是认真的。
> 安妮
> （瞥了他一眼）
> 你一定是疯了。

下面这个根本不需要演员提示：

> 马特
> （环视四周）
> 谁？哪？
> 艾伯蒂娜
> （指给他看）
> 在那边，和露西一起。看见了么？

不要用"打断"这个词。

> 大卫
> 宝贝，什么时候吃晚饭？
> 麦琪
> （打断）
> 我想离婚。

用破折号来表示:

> **大卫**
> 宝贝,什么时候吃晚饭——
> **麦琪**
> ——我想离婚。

下面这个也是错的:

> **罗伯特**
> (大笑)
> 真古怪,我是罗伯特·多……
> **凯蒂**
> (奇怪地打断他)
> 多奈利。你应该把新航空用电子设备装在我的飞机上。对吗?

还是改成破折号:

> **罗伯特**
> (大笑)
> 真古怪,我是罗伯特·多——
> **凯蒂**
> ——多奈利。你应该把新航空用电子设备装在我的飞机上。对吗?

基本上说,尽量使对白中的意义清楚而少借助于演员提示。另外,演员提示就置于对白上方,不能反过来。

> **罗伯特**
> 这是我一生中见过的最让我惊奇的东西。
> (当他漂浮空中时)

这样不对。请改正过来。

一般说来，演员提示只需要一行就够了，而且也不要频繁使用。想想塔巴斯科辣椒——只要时不时来上一点就够了。目的就是更准确地告诉读者你希望他们怎么想象你的场景，但是还是得给他们留下想象的空间。下面这个例子就是说得太多，出现得也太频繁。

> **弗朗西斯**
> （大声地，语带关切和爱抚）
> 我的朋友，我是圣方济会的教友弗朗西斯，我主耶稣永远不会将赠予我们的救赎之礼又无情地从我们这儿夺回。
> **主祭**
> （听到"我主"时面部肌肉抽动，直接地打断弗朗西斯）
> 教友，我不再用这个名字，尽管我让你确信我就是他。
> **弗朗西斯**
> （困惑又怀着深深的关切）
> 我的朋友，我担心你是一个最好的异教徒，最坏的亵神者……
> **主祭**
> （脸色苍白地，语速很慢但是充满难以违抗的权威）
> 肃静！看着我，你就知道我是你的主人。现在离开，我要惩戒这个异教徒。

最后，不要用演员提示重复我们已知的事：

> **阿诺德**
> 他们的钱从哪儿来？
> **丽塔**
> 我可不知道。抢劫加油站？
> （沮丧地，大喊）
> 那些混蛋从哪儿弄到的钱？

> **艾洛伊思**(在画外)
> (大喊)
> 也许他们是省出来的,你个笨蛋。

试试这样:

> **阿诺德**
> 他们的钱从哪儿来?
> **丽塔**
> 我可不知道。抢劫加油站?
> (沮丧地)
> 那些混蛋从哪儿弄到的钱?
> **艾洛伊思**(在画外)
> 也许他们是省出来的,你个笨蛋。

演员提示是邪恶的塞壬,引诱你踏上邪恶的旅途,你得坚定意志抵抗她们诡诈阴险、暗藏杀机的歌声!

第三场

人 物

□ 55. 你把人物的名字换了!

确保人物的名字保持一致。如果一个女人被称为"迷人的外事局女郎",那么在下一段场景描述里就千万别叫她"苗条的迷人女郎";如果场景描述中他被称为"亨弗莱少校",那么当他开口说话时请还是称他为"亨弗莱少校",而不要叫他"海普"。

> 外景　富兰克林的别墅　日景
> 　　彼得的妻子,格蕾西,欢迎大卫进屋。

如果主角儿是大卫,而他的伙伴叫彼得·富兰克林,每个人都叫他"彼得",而你却在场景时空提示行里称"富兰克林的别墅",那么就会把读者搞糊涂。就这么忽闪一下,他们踏着睡莲浮叶前行时就会失足落入沼泽之中。之后他们会回过味来明白了是怎么回事,但你已经让他们有点神经紧张、战战兢兢了。

为人物选个名字,然后就一以贯之。如果他所有的朋友都叫他"彼得",那么当他说话的时候,你也叫他"彼得"。

> **大卫**
>
> 咖啡,彼得?
>
> **彼得**
>
> 加糖,谢谢。

别像下面这样:

> **大卫**
>
> 恩,彼得,糖最终会要了你的命。
>
> **富兰克林**
>
> 如果我不先要了它的命的话,哈哈哈。

这段可怕的对白,就是我写的。你不会知道:它多么容易把观众搞糊涂;而我曾多少次看到这个错误而浑然不觉。

所以,当你带我们去他的别墅时,叫它"彼得的别墅",费心了。

☐ 56. 你剧本里有名有姓的人物太多了!

从第一页开始,你的读者就努力把他们的感情附着于你的人物身上。当她们看见那个叫约瑟夫的人,就会开始了解他,投入精力去记住他是谁。如果他被介绍给读者之后过了仅仅两页就挂掉了,读者也就浪费了他们去了解约瑟夫的那部分精力。既然他并没有那么重要,或者就应该叫他"神经兮兮的股票经纪人"。

还比如:肥警察、冷面女侍者、党羽、微笑的神父或者——或者试试像《动物屋》里那样——那是我个人最喜欢的对无名人物的称呼方式:

> 大家伙
> 　大大家伙
> 　　超大家伙

我都写过一捆剧本了,写上一个改编剧本第一稿时我还犯过这个错误,所以如果你也犯了同样的错误不用感觉太糟。

一个读者的承受极限是八个名字,超过八个,他们就有点吃不消了。

哈利、弗莱彻、赖利、克里斯托、波、汉纳福德、格温、爸爸,这是我的主要人物的名字。我们经常要看到他们,必需知道他们的名字。

我的第一稿中,还非常愚蠢地沿用了小说中其他人物的名字:埃尔莎、莱特齐、海特齐妈妈、斯皮尔、乔伊·道格拉斯、卡利·帕尔、吉尔法官、大贝莎和里恩。为了不引起混乱,我需要分发给每个读者一张剧中人物表。"你不能告诉选手没有记分卡!"我真笨得可以!

最后我回过味来把那些名字改成:女店员、带腿支架的人、烧肉店女店员、理发师、格温的姐姐、离婚者乔伊、没用的哥哥、弗莱彻的爸爸、鸡肉店女店员和卖汽水的伙计。

去掉了这么多名字之后,一些没读过小说的人光读剧本也知道发生了什么,不会像以前那样混乱不清。你也得这样做!

☐ 57. 你人物的名字第一个字相同,或者更糟,他们的名字押韵!

我真想不通为什么有这么多新手编剧都会犯这个错误。检查你的剧本,确保你不是他们中的一员!如果不是,值得表扬;如果是,请往下看:

《希德姐妹帮》的编剧丹尼尔·沃特斯,写下整个字母表,给每个人物一个不同字母开头的名字。你也试试!

阿洛伊修斯(Aloysius)
伯特伦(Bertram)
康拉德(Conrad)
黛利拉(Delilah)
伊桑(Ethan)

费格斯(Fergus)
格蕾丝(Grace)
海伦(Helen)
艾琳(Irene)
詹金森(Jenkinson)
克拉普(Klup)
兰斯(Lance)
玛丽亚(Mariah)
诺伯特(Norbert)
奥斯卡(Oscar)
佩图尼亚(Petunia)
昆西(Quincy)
罗斯林(Rosslyn)
斯泰格·李(Stagger Lee)
特伦斯(Terrence)
尤赖亚(Uriah)
维克托瓦尔(Victoire)
华盛顿(Washington)
赛维尔(Xavier)
扬希(Yancy)
佐伊(Zoe)(只是这段日子每个剧本都有个女孩叫佐伊)

一定是某种内在原发性的肌肉颤搐让编剧们都想用那些看起来相似的名字,我在我的学生的剧本里总是看到这些,别犯这样的错误:

丹(Dan)
戴尔(Dale)
迪克(Dick)
东(Don)
戴夫(Dave)

或者是这些:

> 查德(Chad)和克里斯(Chris)
> 莉娜(Lena)和莱尔(Lyle)
> 托尼娅(Tonya)和特雷弗(Trevor)

或者，像我一个朋友的剧本里的：

> 吉娜(Gina)和格温(Gwen)

吉娜是女儿，故事的女主角，格温是那个可憎的妈妈。我一路读着，搞不明白为什么那个被人鄙视的妈妈会受邀去儿子家里吃晚饭。我只能往前翻回去，然后明白，不，吉娜是好人，格温才是那个恶妇，我被彻底搞糊涂了。我努力装作自己不是笨蛋，你的读者也是，别给他们毫无必要的挫败感。

这样如何：

> 丹(Dan)
> 阿尔杰农(Algernon)
> 弗朗姬(Frankie)
> 赞普(Zap)
> 恐怖暴躁的老鬼(Scary Curmudgeon)

拜托，哦，我的老天，一定不要让人物的名字押韵：

> 丹尼(Danny)
> 比利(Billy)
> 威利(Willie)
> 考利(Callie)
> 鲍比(Bobby)
> 罗比(Robby)
> 萨莉(Sally)
> 莱尼(Lenny)
> 文尼(Vinnie)

还有,看在老天的份上,别用一样长度的名字:

> 汤姆(Tom)
> 鲍勃(Bob)
> 蒂姆(Tim)
> 乔伊(Joe)
> 苏伊(Sue)
> 派特(Pat)
> 艾安(Ann)

我有个学生居然把"珍、简和杰"这三个名字用在一个剧本里,一个场景里,同一页里!你跟读者有仇吗?

一些作者喜欢给女性人物取男性化的名字。为什么人们要这样做?!真是一个谜。我猜你就是诚心要把我们弄糊涂。

> 山姆、亚历克斯、特雷西、杰西、桑迪、克里斯、杰基、麦迪逊、加利、卡梅隆、斯泰西、泰利、比利、惠特尼、迪伦、泰勒、莱斯利、林德赛、瑞恩、朱尔斯、史蒂维、肖恩、派特、杰米、梅雷迪思、布莱尔、金、阿什利、贝弗利、德鲁、布莱克、安迪、布赖斯、海登、赖利、乔迪、凯利、里斯、洛根、佩顿、尼奇、雷恩、凯瑞、乔、布雷特、麦克斯、道格拉斯、特勒等等,**令人作呕**。

男人也可以叫雪莉,但你从未在你的剧本里给一个男人取名叫雪莉吧?同理,也请不要让你剧本中的女主角叫什么亚历克斯或者山姆了。

> **詹森先生**
> 我跟您说清楚了么,比尔先生?

这个错误即使一些业界老手也不能幸免。我最近看的系列书《玩家》(*The Player*),作者是迈克尔·托尔金(Michael Tolkin),书中就有很多容易让人迷惑的名字:

> 丽萨（Lisa）
> 威拉（Willa）
> 杰莎（Jessa）

这些名字又押韵，长度还一样，一个是第二任妻子，一个是第一任妻子的孩子，一个是第二任妻子的孩子。

茱恩是第一任妻子，是杰莎的妈妈，真让人抓狂，她们的名字长度一样，而且都是以字母 J 开头。最后，还有两个人物：

> 伊莱（Eli）
> 伊桑（Ethan）

我死的心都有了！这本书看到一半，我还不断翻回到前头查对格里芬·米尔和哪个妻子生的是哪个孩子。

你是个作家，要有原创性，要多花点心思。买一本指导为孩子取名的书；用历史上的名字；用以前的足球运动员或 F1 方程式赛车手或者你四年级同班同学的名字。实在不行，你就登陆一下 www.imdb.com，从台前幕后的演职人员名字中组合出新的名字。去查查《哈诺德和莫德》（*Harold and Maude*），看看那些超棒的名字。巴德·科特、薇薇安·匹克里斯、西里尔·库萨克、艾瑞克·克瑞斯梅斯、汤姆·斯凯里特、高登·迪沃尔、哈维·布伦菲尔德、哈尔·阿什比、林恩·斯戴马斯特、查尔斯·马尔维希尔和巴迪·乔·虎克。

我得到的一些超酷的名字就是从《哈诺德和莫德》里偷的：

> 薇薇安·迪沃尔（Vivian Devol）
> 西里尔·斯戴马斯特（Cyril Stalmaster）
> 巴德·马尔维希尔（Bud Mulvihill）
> 哈尔·库萨克（Hal Cucack）
> 巴迪·乔·克瑞斯梅特（Buddy Joe Christmas）
> 查尔斯·匹克里斯（Charies Pickles）

> 艾瑞克・斯凯里特(Eric Skerrit)
> 汤姆・布伦菲尔德(Tom Brumfield)
> 哈维・科特(Harvey Cort)

像查尔斯・狄更斯那样给你的人物起名字。从名字开始,狄更斯已经在描述人物了,你也可以这么做!

> 潘波趣(Pumblechook)
> 萨莉・布拉斯(Sally Brass)
> 约瑟亚・庞得贝(Josiah Bounderby)
> 阿贝尔・麦格维奇(Abel Magwitch)
> 亨丽埃塔・鲍芬(Henrietta Boffin)
> 简・莫德斯顿(Jane Murdstone)
> 托马斯・普罗尼希(Thomas Plornish)
> 索菲・瓦克尔斯(Sophie Wackles)

上 www.imdb.com 检查你给人物起的名字之前有没有被别人用过。你年纪还轻,乔治・贝利[1]和亚力克西斯・卡林顿[2]也许你听着耳生,对别人却不是,能把制片人的眼珠子都吓蹦出来。

这个名字的发音读者跟你想的一样么?如果你给了人物一个比较古怪的名字,可能需要重新考虑一下。彼得・丹契克,可能被念成"杜契克"或者"丹切克",不要让你的读者困惑。

记住,在西部片中好人戴一顶白帽子,坏人戴黑帽子,这样很容易就让我们把他们分开了。想像一下如果导演让每个人都戴一顶白帽子会怎么样?你决不能犯这样愚蠢的错误。你不会吧?你不会的。

---

[1] 乔治・贝利(George Bailey),1946年由弗兰克・卡普拉导演的经典名片《风云人物》(It's a Wonderful Life)中好莱坞明星詹姆斯・斯图尔特扮演的主人公。——译者注

[2] 亚力克西斯・卡林顿(Alexis Carrington),美国经典电视剧集《豪门恩怨》(Dynasty,1981)中琳达・伊万斯(Linda Evans)扮演的女主角。——译者注

☐ 58. 你对主人公的描述没做到简明、有效、不超过两句话!

关于我们刚刚见到的家伙,你得告诉我们点什么。你只有一次机会直接对读者介绍他们是怎样的人,别浪费了。

下面这个作者需要再多告诉我们些女主人公的情况:

> 穆里尔·里德,一个场地管理员,她迷住了加里。她往喷雾器里装上苏打水,对着玻璃喷上棕色的雾。

说说他们的特点、性格、毛病或者缺点,但不要是身体上的细节,像他们是不是有七英尺高啦——除非它不可或缺至关重要。尽量不要说到人种,还有身高、体重、头发的颜色、眼睛的颜色,等等。如果你把一个人物描写成裘德·洛,而汤姆·克鲁斯读到了你的剧本(如果!)而且有意出演,但因为想到自己可能不太适合这个人物而最终放弃——想想遭遇这样的情况,你想找多高的楼往下跳吧!

人物的年龄尽可能模糊化处理,"三十多岁"就比"三十二岁"要好得多,再说一遍,要给尽可能多的演员参演你电影的机会。

我一个朋友曾改编一本小说,小说中人物是五十二岁,她在剧本里也照着这么写了。某位大明星先生不觉得他能扮演一个五十二岁的角色,因为他只有四十七岁,如果剧本里写的是"接近五十岁",他也许就会同意了。哦,那只好如此吧。

看下面的范例,研究他们是怎么做的,然后也学着他们那样做人物描述。第一段选自马特·戴蒙和本·艾弗莱克编剧的《心灵捕手》(*Good Will Hunting*,1997):

> 庭上的人叫库奇·苏利文，20岁，一伙中最大个的一个。他喧闹、狂暴，是个天生的表演者。他身边的是威尔·汉汀，20岁，一个英俊自信、言语温和的领导者。威尔的右边坐着的是比利·迈克布里奇，22岁，笨重沉默，一个你肯定不想跟他争执的家伙。最后是摩根·奥玛利，19岁，比其他几人的个子都小，瘦小结实，爱激动、焦虑。摩根既期待又嫌恶地听着库奇的恐怖故事。

下面这段摘自达伦·阿罗诺夫斯基①和休伯特·塞尔比②编剧的《梦之安魂曲》(*Requiem for a Dream*, 2000)：

> 电视里—
> 是塔比·提本斯，全美最受欢迎的电视名人，他魅力之耀眼足以令全世界都看到他。

西尔维斯特·史泰龙(Sylvester Stallone)编剧的《洛奇》：

> 拳击场上是两个重量级拳手，一个白人一个黑人。白人拳手是洛奇·巴尔博。他三十岁，脸上有疤，鼻子包着。他的黑发闪着光，垂到他的眼前。打拳时洛奇沉重缓慢，像台机器一样。
> 那个黑人拳手的猛击就像舞蹈，以极大的精确度击打在洛奇的脸上。但是一连串重拳并没有使洛奇屈服……他对着对手咧开嘴笑，继续坚持下去。

下面这段摘自吉姆·乌尔斯(Jim Uhls)的《搏击俱乐部》(*Fight Club*, 1999)：

> 泰勒一只胳膊揽着杰克的肩，另一只手握着把手枪，枪口塞在杰克的嘴里。泰勒坐在杰克的大腿上。他们俩都大汗淋漓、衣冠不整。两人都在三十岁左右年纪。泰勒金发、英俊。杰克浅黑色头发，也很有魅力，但显得有些刻板乏味。泰勒看着他的表。

---

① 达伦·阿罗诺夫斯基（Darren Aronofsky），1969—，处女作《圆周率》(π, 1998)一鸣惊人，获得圣丹斯电影节的导演奖。2000年，他再次自编自导了《梦之安魂曲》，也赢得了不错的反响。而后《摔角王》(*The Wrestler*, 2008)捧得威尼斯金狮大奖。2005年入围"最需要关注的好莱坞100人"。——译者注

② 休伯特·塞尔比(Hebert Selby)，1928—2004，美国演员、编剧，电影《梦之安魂曲》是根据其同名原著改编而成。——译者注

下面这段摘自艾伦·鲍尔①的《美国丽人》(*American Beauty*, 1999)：

> 卡洛琳·伯纳姆正在修理伯纳姆自家门前的玫瑰灌木丛。她是一个优雅得体的四十岁女人，穿着颜色协调的园艺工作服，而且有很多实用而昂贵的工具。

下面这段摘自哈罗德·拉米斯②和丹·艾克罗伊德③编剧的《捉鬼敢死队》(*Ghostbusters*, 1984)，"把最重要的词放在句子最后"的上佳示例：

> 彼得·文克曼博士正在给两个学生志愿者做超感官知觉测试，一个男孩和一个女孩。他坐在远远的桌旁，用一个屏幕把自己和其他人隔开。文克曼是一位副教授，但是他皱巴巴的衣服、眼中的狂躁都显示出其本性中潜藏着不稳定的因素。虽然欠缺一点学历背景，但文克曼另有所长：信心、魅力和推销术。

下面是我最喜欢的！写得真是顶呱呱。一个介绍人物的多好的方法！乔·科恩(Joel Coen)和伊桑·科恩(Ethan Coen)两兄弟的《谋杀绿脚趾》(*The Big Lebowski*, 1998)：

> 时间很晚了，超市都已经没什么人了。我们跟着一个四十岁的男人进到超市里，他穿着百慕大式短裤，戴着太阳镜，走到乳制品货架处。这个男人乱糟糟的仪表和不经意的态度，都说明了这个男人骨子里的漫不经心。

---

① 艾伦·鲍尔(Alan Ball)，1957—，美国编剧、制片人、导演。2000年凭《美国丽人》获奥斯卡最佳原创剧本奖。其他编剧作品：经典电视剧集《六尺风云》(*Six Feet Under*)、美国当下热门剧集《真爱如血》(*True Blood*)等。——译者注

② 哈罗德·拉米斯(Harold Ramis)，1944—，美国演员、导演、编剧，尤以喜剧知名。他最受欢迎的演出是在《捉鬼敢死队》中。编剧作品：《捉鬼敢死队》、《疯狂高尔夫》(*Caddyshack*, 1980)、《土拨鼠之日》(*Groundhog Day*, 1993)、《老大靠边闪》(*Analyze This*, 1999)等。——译者注

③ 丹·艾克罗伊德(Dan Ackroyd)，1952—，加拿大裔美国喜剧演员，亦是导演、编剧、音乐家、酿酒师、UFO研究者。他是美国最著名的喜剧节目《周六夜直播》创始班底之一，亦是《福禄双霸天》(*The Blues Brothers*, 1980)的编剧之一。——译者注

第四场
场景描述

☐ 59. 你用的是小说的语言！

有一个超灵敏警报器就是"意识到"这个词。

好像这么个小词无关痛痒，但是它像白蚁，预示着可能潜藏的大麻烦——小说式写作。千万警惕不要试图用语言让读者进入人物的大脑，在大银幕上你可看不到泰迪脑子里的念头：

> 泰迪很惊讶会看到弗莱迪，突然意识到已经几年没见到他了。

（因为弗莱迪和泰迪的名字很相似，你们是不是又快迷糊了？哈！现在你知道为什么读者憎恶编剧用那些读起来押韵或者看起来差不多的名字了吧。）

在你的写作生涯中，从三年级开始你就会自然而然写出这样的句子："伴随着温柔的怀旧之情，苏珊记起乐趣盎然的大学生活。"一个短篇故事里这样写可以，但在剧本里你就不能这么写。在电影里，我们没法像看小说一样感知人物的想法，我们只能看到他们所做的所听的和他们所说的。我们没法看到他们所想的！行文时很容易就会钻进人物的思想——但请杜绝这种写法。如果摄影机看不到，你就不要写。

我们怎么看到下面这两个"内在的思想"的过程？我们不能。

> 意识到已经错过了响铃时间后,酿酒厂涌出的那些好奇的客人中发出了不耐烦的噪音和焦虑的唠叨。

> 大卫意识到卡洛琳真的就是马丁和扎克托星球的奎因诺克公主的爱女。

这会惹一些读者生厌,他们憎恨"进入人物的大脑",你这样做只会让他们厌恶你的剧本。

"以为"是另一个警报词,提醒你已经进入人物的大脑了。

> 突然,她转向灯光。她以为那是保罗。

让她叫出声来:"保罗?"

你只能写能在银幕上看见的。这做起来很困难,你必须严格地训练自己,留意什么时候你又不小心岔到小说式写作上去了。搜索"以为"、"意识到"、"感觉"、"显得"、"想"这些词,如果有就想办法拿掉它们。想方设法让我们在纸上看到动作、人物、张力和冲突,展示给我们看到底发生了什么,像写默片那样写场景。

这异常困难,却有巨大的收获。它迫使你去创造一些精彩时刻,通过人物在做什么告诉读者到底发生了什么,而不是通过对白。然后你再返回去给场景添加一丁点儿对白,不需要太多。有了!那真是伟大的写作!去租《哄堂大笑》(They All Laughed,1981),看看博格丹诺维奇(Bogdanovich)有多伟大,几乎不用对白就能清楚地传达意思。或者看看《疯狂约会美丽都》(The Triplets of Belleville,2003),全片零对白。

但是,尊贵的读者,并没有因此失望。

时刻提防,时时警醒自己不要犯小说式写作的愚蠢错误。让我跟你再说句悄悄话:只写一丁丁丁点儿人物的感受还是可以的。《去日留痕》(The Remains of the Day,1993)剧本中,艾玛·汤普森问安东尼·霍普金斯读的是什么书,剧本告诉我们:"他感到受到威胁,而她只是希望接近他。"

时不时地,你可以给一点心理状态给演员。但一定要很有节制。

> 鲍勃和沃森中士互相对视。这儿最好的士兵已经失去理智了么？

> 当惊慌失措的难民，包围着他，裹挟着他，他抽出卡特的磁带录音机，想把它扔出去，但却按下了录音键。他的心碎了。

下面这个是我最喜欢的例子，在场景描述中告诉我们人物的情绪。是我一个学生写的。

> 内景　马克的塔霍湖
>   马克开车回家，放着一支慢板小曲。他加速驶上高速公路，寻找某些能让他有所触动的东西。

小说式写作，只能用一点点或者压根儿一点都别要，"根本不要"更安全些。就像——打个比方——跳伞，当然选最安全的方式。

□ 60. 你的场景描述中了"系动词"的毒！

这是改进你的写作最有益（也最简单）的方法之一，即使你成不了一个伟大的编剧，去掉"系动词"起码会让你看上去像个懂行的。

我五年级的老师希尔夫人，总不厌其烦地教导我用"动词"，我从未领会她的意思到底是什么，但我实实在在地知道了怎么去掉"系动词"。仔细检查你的每一行场景描述，如果它包含任何形式的系动词，把它改成主动动词。

第二幕 写作实践

> 内景 厨房 日景
> 　　男孩们在吃一摞薄煎饼。所有东西上滴的都是糖浆。多蒂来回忆碌于丝丝作响的熏肉、平底锅里的烤香肠和炒蛋之间。金博在读报纸上的体育版。卡拉在帮助多蒂把早餐分到几个盘子里。格兰特走进来时还睡眼惺忪。
>
> 内景 明迪的房间 日景
> 　　明迪在洗淋浴。瓦特被听见跑进了她的房间里的盥洗室。她的盥洗室是有裂缝的。克里斯蒂娜搬起床边的椅子,朝奥斯丁走去。
>
> 内景 金博的卡车 日景
> 　　金博卡车那巨大的驾驶室里,乡村音乐在柔柔缓缓地唱着。车后面格兰特在睡觉。金博啧啧有声地喝完他的饮料时,博在吞下他最后一口快餐汉堡包。
>
> 外景 城市的小学 片刻之后
> 　　吉米和亚伦是刚刚到达学校操场,场地里已经有一群孩子集合了。这儿有两个队长,其他男孩都在排着队等着被他们挑选。男孩的人数是奇数。
>
> 内景 体育馆 日景
> 　　萨曼塔走进来。
> 　　布菲在踩脚踏车。安娜在运动她的小腿肚,洛克珊在锻炼她的腹部肌肉。

　　从第一页开始系动词就告诉读者你不是一个经验丰富的作者,你正在成为威廉·高德曼的梯子上努力向上攀爬呢,系动词却能立马让你失手坠落摔个屁股开花。

> 戴夫跑向他的车。保险杠是被管道带维持着的。
> 戴夫跑向他的车。保险杠靠管道带维持着。

　　在本书所列的所有条目中,这是最简单的,也是动力质量比最高的一条。你的写作将迅速地得到改进,只要你遵从这个简单的规则:

去掉"系动词"。

现在你知道了。

但"系动词"还不是剧本写作中最让人头疼的顽疾。

☐ 61. 你没去掉尽可能多的"这"、"那"!

如果读者看到"这"随处可见,他们就会知道你不是一个优秀的作者。"那"也是一样。

按"CTRL + F"键和"Apple + F"键搜索"这"和"那",然后尽可能多地去掉它们,这会加强你的写作。

> 亚历克斯垂下眼,挤出螃蟹腿里的那些肉。
> 亚历克斯垂下眼,挤出螃蟹腿里的肉。

下面短短一句话有五个"这"、"那",真强。

> 当那艘船靠近那岸边,那些波浪开始冲击那旁边礁石上的那前桨。
> 当船靠近岸,波浪开始冲击旁边礁石上的那前桨。

要我继续么?你当然要了。

> 那棵像他的伴侣一样的橡树给予他力量,他的孩子们写的那些鼓舞人心的信,还有他哥哥的无私奉献,给了克罗斯继续前行所需的这力量。
> 我们看到那个侦探艾博正在偷听。

每次你想要写"非常"时,找别的词代替,否则就会被编辑删掉,作品还是会变回到它应该成为的那样。

——马克·吐温

剧本写作的七宗罪

用电脑里的搜索功能("Ctrl + F"或者"Apple + F"),找出下列这些词——不管它们以何种形式出现,去掉它们或者换个词,会让你的剧本有显著的改善。

在搜索一栏中输入"is",前后都带一个空格,这样就只会找到你想找到的"is",而不是你剧本里所有的"is"。

在(is)	他在咧嘴笑——**变成**——他咧嘴笑。
正在(are)	罪犯们正在唱歌剧——罪犯们唱歌剧。
这(the)	纳柯急忙撤离出这小镇——纳柯匆匆撤出小镇。
那(that)	那是拉尔夫不能说出来的:她是个法国人。——拉尔夫不能说出她是法国人。
然后(then)	她笑了。然后看着爱丽丝——她笑了。她看着爱丽丝。
走(walk)	提卡走向礼堂——提卡袅袅婷婷到了大厅。
坐(sit)	多克坐在扑克牌桌旁,玩起牌来——多克在扑克牌桌玩牌。
站(stand)	外科大夫站在手术台旁做手术——外科大夫在手术台工作。
看(look)	谢丽尔看斯蒂芬尼——谢丽尔观察斯蒂芬尼。
只(just)	我只是累坏了——我累坏了。
的(of the)	汤姆坐在商场的入口处——汤姆坐在商场入口
开始(begin)	磁带开始播放——磁带播放。
出发(start)	她出发向洞穴移动。——她向洞穴移动。
真的(really)	贝蒂真的很漂亮——性感小辣椒贝蒂神采飞扬地进来。
非常(very)	那些孩子唱着一首非常老的歌——那些孩子们唱的是首经典老歌。("非常"意味着后面跟着一个很弱的词)
地(ly)	(作为副词的后缀)搜索"ly 加空格",如果"ly 加空格"搜不到句尾的副词,那么再搜"ly 加句号","ly 加逗号"等等。小学时代的写作狂恋副词很正常,但现在你早就小学毕业了,所以要非常有节制地用它,如果非要用的话。

不管你写的是什么，找到这些词，改掉这些词，其结果绝对是更紧凑更有力。

是的，这是十六宗罪，不是七宗罪。我涉嫌欺骗，有本事来告我吧。

☐ 62. 你没把最重要的字眼放在句子的最后！

要想改善写作，一个简单方法就是：把最重要的词放在句子最后，最重要的句子放在段落的最后。

> 我能听到斧子的呼啸声了已经。(I could hear the whistle of the axe already.)
> 我已经能听到斧子的呼啸声。(I could already hear the whistle of the axe.)

一个句子的力量来自于末尾，最后一个词。一个句子如果被正确的造出，读者立马就能感觉到。特别有力！就像笑话，包袱总在最后而有包袱的那个词也是放在一个句子的最后——直到你听到最后一个词，笑话才变得好笑！

让你的读者满怀期待身体前倾，直到最后……最后……的一个词——然后包袱来了。下面这个是第一稿：

> **菲茨比根先生**
> 好了。就这样。你可能会期望马上提出诉讼
> 争取航空公司的利益。

现在把它改成：

> **菲茨比根先生**
> 好了。就这样。为争取航空公司的利益你可
> 能期望马上提出诉讼。

给你们讲个我在互联网上看到的故事，注意它是如何一直吊着你的胃

口,逐字逐字地直到最后一个字。你好奇这个故事要去往何方,期待着结果,直到最后它才给你带劲的那一击!

> 罗伯特鳏居多年的爸爸生病了,等到他父亲过世后,罗伯特就能继承一大笔钱了。罗伯特想找个女人跟他一起分享这笔财富,他去了一家单身酒吧,四处逡巡,直到目光聚焦在一个女人身上,她的美几乎能夺走他的呼吸。"现在,我只是一个普通人",他走向她,对她说:"但是一两个月以后,等我爸爸过世了,我就能继承两千万美元的遗产。"那个女人就跟着罗伯特回家了,四天后她成了他的后妈。

很多"不会"讲笑话的人,不是因为他或她真的不会讲笑话,而是因为他们记不住包袱,当然最大的可能性是,他们记不住甩包袱的顺序。

以一个黄色笑话举例说明这个观点:

> 夫妻亲热的三个阶段是什么?
> 满屋亲热。卧室亲热。门厅亲热。
> 所谓门厅亲热就是在那你们只要碰见彼此,总会说:"我操!"

这不是地球上最好的笑话,但如果你弄错了包袱的顺序,那它就一点都不好笑了。一次,一个朋友来,吵嚷着要给我讲个笑话:

> "你听说过,听说过夫妻亲热的三个阶段是什么吗?"
> "没有,说来听听。"
> "恩,开始时满屋亲热,之后是卧室亲热,再之后就是门厅亲热。"戏剧性的停顿。"他们在门厅一碰见对方,就会说"我操",这就是所谓的门厅亲热!"

这个笑话经他一讲就像一条躺在太阳地里的死狗,从此以后我再也不回他的电话了。

☐ 63. 你居然在场景描述里描述对白!

只要有人说话,除非是背景演员,就要写对白。

> 一个男孩抓住那个恶棍的脖子,用头撞向他,血染红了他的鼻子。恶棍开始哭喊求他们住手。

这不对,你必须把恶棍的对白写出来。
下面这个则属于背景演员,写在描述里是可以的。

> 暴民们朝工厂大门蜂拥而来,对着工贼咆哮着、尖叫着。

这个不是背景演员,请认真对待,写出她的对白:

> 那个惹人讨厌的野蛮小孩一直不停地闲谈瞎扯。

也不要这么做(在你忙于创作时,注意启动你的拼写检查):

> 两个九岁大的双胞胎男孩,奥斯汀和克里斯蒂安就像两股旋风一样跑进厨房。多蒂阻止了他们,让他们把嫩腰肉拿进餐厅。

如果演员必须要说,那就必须有对白:

> 一个警察走进骚乱人群。是利奥,一身巡警的装束。戴尔叫利奥过来检查一个蓝色手提箱里的东西。戴尔举起几包海洛因。

经过改写后,变成了这样:

> 一个警察走进骚乱人群。是利奥,一身巡警的装束。
>
> **戴尔**
> 利奥!过来检查这个蓝色手提箱。
>
> 戴尔举起几包海洛因。

作者也可以写:"戴尔挥手示意利奥过来检查蓝色手提箱里装的什么",这样没问题。没有对白也可以表达意义。

下面这个例子则是为了说明:"不要把对白放在场景描述里";"不要已经在场景描述说过了,之后又在对白里再说一遍"。

> 黑场继续……格里高利吟唱……银幕上开始写出火红色的文字。一个带着法国口音的男人的声音开始说话,好像在读这些文字。
>
> **西伦**(V.O.)
> (法国口音)
> 1677年11月4日,教皇因诺森特Ⅶ之侄西伦的回忆录。第四章,关于阿西西的圣方济教堂(St. Francis of Assisi)。

把场景描述的最后一行删掉,把"法国口音"放进演员提示里,其余的可以不变。最后,把"Ⅶ"改成一个演员能说的词。

> 黑场继续……格里高利吟唱……火红色的文字开始在银幕上书写出来。一个男声读这些文字。
>
> **西伦**(V.O.)
> 1677年11月4日,教皇因诺森特七世之侄西伦的回忆录。第四章,关于阿西西的圣方济教堂。

□ 64. 你没注意场景描述中的影像顺序！

某人读你的场景描述时，他们会在脑海中生成影像，影像一个接一个地闪进他们的头脑讲述你的故事——按照他们阅读的顺序。所以你必须给他们按正确顺序排列的影像，否则他们看到的就会和你所想的不一样。

这里有一个例子，其影像顺序就使人困惑："美国独立战争期间，安德鲁·杰克逊被英国士兵俘获并击伤。"这句话的意思是不是说他们抓住了他，捆上他然后再开枪射伤他？我想应该不至于如此吧。

> 劳拉和丹奇开着超大型载货卡车疾驰，在电子游戏中心。

影像是如何随着这个句子一个接一个地出现在读者的脑海中的：

劳拉和丹奇开着超大型载货卡车疾驰，哇，劳拉和她的爷爷什么时候买的大型卡车?！我想他们只是在骑马……哦，等等，让我看看……在电子游戏中心。原来如此。终于懂了。喔。

这样表达更准确：

> 在电子游戏中心，劳拉和丹奇开着超大型载货卡车疾驰。

要时刻考虑到读者，让他们仿佛就站在摄影机旁边，脚堪堪就踩在画幅的边上，亲眼目睹故事一个影像接一个影像一点点展开。

> 街道
>
> 紧张慌乱的越南人，从支撑杆上掉下来，当休伊救援直升机飞至树梢高度的时候。

第一个影像是越南人从直升机的支撑杆掉下来。但是我们还不知道任何事情足以使我们能将这个影像妥善安置于上下文之中。经过重新排序之后,它就能在读者脑中生成更为清晰的影像。

> 街道
> 　　当休伊救援直升机飞至树梢高度的时候,紧张慌乱的越南人从直升机的支撑杆上落下来。

如果我们不知道直升机快达到树的高度,过早地说到人们从支撑杆上坠落就很容易使读者困惑。

发现这个问题最好的方法就是把你的作品大声读出来。

这也适用于场景时空提示行。我们需要看到什么,你才需要告诉我们什么。下面这个是我自己犯的错误。

原始场景时空提示行:

> 外景　混乱的街道—春禄县("天鹅水闸")　夜景
> 　　难民人流涌来。全体工作人员迅速准备,记者艾伦,精力旺盛、健康、三十岁,是一个彻底的专业人士。工作组成员之一,涂,是个年轻的越南人。

同一页有一个场景时空提示行:

> 外景　美国海军陆战队—西贡　下午
> 　　一个年轻的黑人海军陆战队卫兵从他的白帽子底下眼也不眨地往外看。他热得大汗淋漓。

嗯,真愚蠢。

我应该先要一个远景然后才是特写,告诉我们在春禄然后再说这是一条人头攒动的街道;定位我们在西贡,然后告诉我们看到了一片舰艇泊湾。

> 外景　春禄县("天鹅水闸")—混乱无序的街道　夜景
> 　　难民人流涌来。全体工作人员迅速准备,记者艾伦,精力旺盛、健康、三十岁,是一个彻底的专业人士。工作组成员之一,涂,是个年轻的越南人。

在同一页：

> 外景　西贡—美军陆战队　下午
> 　　一个年轻的黑人海军陆战队卫兵从他的白帽子底下眼也不眨地往外看。他热得大汗淋漓。

多感觉体会这个方法，每一点领悟都会在你自己的写作中对你有所帮助：

记住，场景描述只写摄影机看到的。不要说："一个马尼拉信封装满一叠纸"，直到他打开信封，再向摄影机展示这是一叠纸。你可以说："一个鼓鼓囊囊的信封"，但是你不能告诉我们里面是什么，除非摄影机能看到它。

下面还是一个不正确的影像顺序的例子：

> 外景　人行道　日景
> 　　美洲野蛮人模样的加里和草地小组，广告牌上写着："沾上草了？草地专家网站。"

这反映的是个很有趣的写作问题，当你重读自己写的东西时，必须时时刻刻惦记着你的读者。他们看到的第一个词也就是他们在脑中生成的第一个影像。"美洲野蛮人模样的加里"让我想象到加里笔直地站在人行道上攥着一个长柄草耙，然后我看到了"草地小组"的字眼，我想他身边站着一帮人，他们都在人行道上。然后，而且只有之后，我才看到"广告牌"的字眼。顿时，我重新整理脑中的图像，这真不太容易。你必须知道你要为读者创造怎样一幅图景，然后按照准确的顺序传达给读者，因为读者只能以你给予的顺序来得到信息。

> 外景　人行道　日景
> 　　他们头上很高处，广告牌上，美洲野蛮人模样的加利和草地小组，上写着，"沾上草了？上草地专家网站。"

最后一个例子：

> 桩子砸在岩床上，当弗朗西斯滚到一边时。

弗朗西斯得先滚到一边去，然后桩子才会砸在岩床上。别给我们错误的指令，让我们想象是桩子先砸到岩床，然后再努力联想到弗朗西斯滚到一边去。既然桩子都已经砸到地面上了，那他还有什么必要滚到一边去？

影像顺序。至关重要！

再一次，但绝不是最后一次强调，把你写的东西大声读出来！

☐ 65. 你没尽量压缩场景描述！

如果剧本写作更接近于诗歌而不是小说（事实上也的确如此），那么伟大的剧本写作就应该位于俳句的隔壁。你现在应当顶礼膜拜的是在写作方面奉行"少即是多"的伟大禅师沃尔特·希尔（Walter Hill），他写过《艰难时世》（*Hard Times*，1994）、《48 小时》（*48 Hrs*，1982）和《异形》的大部分剧本。

我也尝试过几乎无话的沃尔特·希尔风格，通过这种尝试相信每个人都能向极简主义迈出一大步。

> 摄影机在泊车内
> 车内很黑。
> 香烟在黑暗中发光。
> 安然无恙，贝克·马尔图奇笑了。
> 后座里是马特·玛索。
> 马特给瘦得皮包骨的黑人一个纸袋。
>
> 外景　墓地　日景
> 波特的墓前。悲伤之地。
> 牧师和哀悼者唱着浸洗教徒的赞美诗。
> T·曼尼的家人。他妈妈痛哭。

> 瓦内萨陪着艾斯利。艾斯利真的很伤心。
> N.O.D.在旁边观看。既伤感,又厌烦。
> 孩子们穿着印有T·曼尼头像的T恤。
> 背景里是白人政客对着电视摄像镜头宣讲政见。
> 赞美诗渐至尾声。
>
> **牧师**
> 现在让我们谨以此时刻纪念我们所有在狱中的家庭成员。
>
> 艾斯利引起N.O.D.的注意。
> 所有人祷告。
>
> 外景　运河街　日景
> 公共巴士停下。
> 艾斯利下车,忧心忡忡。
>
> 外景　布罗德莫—小别墅　日景
> 整洁的房子,草坪。
> 艾斯利捡起报纸,取信。
> 牛头犬认出艾斯利,警觉起来。
> 艾斯利停住。
> 要一决雌雄了。
> 牛头犬凶恶地一步步前进……然后摆动着它的屁股。
>
> **艾斯利**
> 嘿,祖鲁,你在跟我闹着玩么?小妞。
>
> 艾斯利差点被咬死。

要非常用心地选择你的用词,仔细斟酌选用最准确的那一个。想象你的铅笔足足有50磅重,你非常不情愿用它。这方法其实并不像看上去那么容易,但是确实很值得一试。

如果你在www.script-o-rama.com网站读到了《异形》的剧本,同时又看了它的DVD,就会由衷地惊叹剧本与电影如此之像,用字却如此之少。对于好莱坞的读者来说,这才是是最理想的剧本。这个编剧的脑子里有清晰的动作,而且几乎没什么台词!

简洁是美德,喋喋不休则是不可饶恕的死罪。

当你转到一个新的地点,先用一个场景时空提示行和一点场景描述介绍它,然后就可以继续下面的正文了。不要变成冗繁琐碎、详述内部装修细节的长篇大论,别去抢小说家的饭碗。在读者的脑中创造一个影像,然后继续讲你的故事。下面这个一直是我最喜欢的场景描述:

> 内景　鲍勃的公寓　夜景
> 　　狗窝一样的房间。

它立刻给读者提供了一幅影像,你脑中的图像和我的可能不完全相同,但大同小异。总之我们仅仅通过一句话就得到一幅影像,真经济。我忘了第一次是在哪读到这个的,真希望这是我写的。

但是如果有什么事情是他们必须知道的,你就必须告诉他们,多几个字多几句话都无妨。

> 内景　鲍勃的公寓　夜景
> 　　狗窝一样的房间。沙发后面,九个饥饿的火星人。

描述场景每段最多不要超过五行,四行更好。很幼稚,是么?可好莱坞就兴这个。在克里夫·霍林斯沃思(Cliff Hollingsworth)和阿齐瓦·高斯曼(Akiva Goldswan)编剧的《铁拳男人》(*Cinderella Man*, 2005)中,场景描述是每段两行,从来没有超过两行。好家伙,真是一次飞快的阅读!

段落过长往往使我们错过其中真正重要的东西,而且更糟的是,读者总想直接跳过它们。

> 　　房间里摆着好几把椅子,但是只有康纳独自坐在房间里。他在电脑上打字,大腿上放着一堆等着归类的纸。他望向窗外那些在草坪上放松休憩的人们,其中有些情侣都睡着了。他为自己乏味的人生叹息。电话响了,他带着热情的微笑接电话。

好一大段描述，我第一次读的时候都漏掉了电话铃响这部分。把大段落分得更细更短，一个意义一段：第一段就是关于他邋遢的办公室世界；第二段则通过说到一些完全不同的新东西推动故事前进；电话铃响了，是个非常重要的信息，让它成为单独的一个段落。

> 房间里摆着好几把椅子，但是只有康纳独自坐在房间里。他在电脑上打字，大腿上放着一堆等着归类的纸。他望向窗外那些在草坪上放松休憩的人们，其中有些情侣都睡着了。他为自己乏味的人生叹息。
>
> 电话响了，他带着热情的微笑接电话。

看，是不是更好一点？坏消息是它变得更长了，但世事无完美。

你的场景描述必须用尽可能少的文字传递你想要传递的意思。

> 通过后视镜，吉米看到一辆警车闪着警灯就跟在他后面。
>
> 吉米看见一辆警车，闪着警灯，在他的后视镜里。

我们以更快的速度得到了一样的信息，以更少的时间看到了更好的影像。下面这个句子的第一稿是这样：

> 草地上有啤酒杯和卷起的"溜滑道"①四处散落着。

后来变成：

> 啤酒瓶和卷起的"溜滑道"四处散落在草地上。

更有力的场景，以更好的词结束，嘿，还更短了！第三稿更进一步：

---

① "溜滑道"（Slip n'Slide），Wham-O 体育用品公司 1961 年推出的一种玩具，西方人在公园、海滩等户外聚会的游乐项目之一。一条窄长的塑料片，塑料一侧用热塑密封，这一塑料管道可与任何普通制花园水龙头对接，水流经管道时会从小孔中冒出，溅洒在滑道的表面上，这样滑道就变得足够湿滑，可供游戏者跳到滑道上或仰或伏滑过这段长长的管道。——译者注

散落在草地上的啤酒瓶和卷起的"溜滑道"。

为了读者读得更快,理解得更清楚,删除一切多余的。不要把你影像的意义隐藏在成吨堆砌的字词中。你不再是一个主修英语的学生,按磅计酬。要向极简主义努力靠拢。记住,除非读者是你的男朋友,否则他根本不会真的想读你的剧本,所以请尽可能地减少他阅读的痛苦。纸上的空白＝读者读下去。

你是不是经常想办法节省出一行的空间?

吉米将驾驶速度减慢,把车开到道路的右侧停下。警察疾驶而过。
吉米减速停车,警察疾驶而过。

记着你的读者,也记着你的总页数,尽可能将整个剧本压缩得更紧实一些。检查你的剧本,看有没有哪里你能通过把一两个字拖到上一行,就节约出整整一行的。

     SERENA
    I've met your mother; she
    doesn't really seem like the
    type.
     CONNER
    She knows her views are not
    welcome in the mainstream,
    bourgeois society. She fears
    reprisals.
     (塞丽娜)
我刚刚碰见你妈妈,她看上去真的不像她那个类型。
     康纳
她知道自己的观点在主流人群、布尔乔维亚社会中不受欢迎。她害怕被人报复。)

你可以跟 Final Draft 软件玩个诈，把最后那个词往上拉，就可以省下整整一行！呀哈！

把光标放在"她"字上，单击，按住不动，小小的本垒状物就会出现在页上方。一条垂直纵线将出现。把线向右滑动，这段对白的页边空白就会变窄。移动"欢迎"两个字，你就节约了一行。它只是稍微压缩了一个空格的页边距，没人会留意到这个。但是你，聪明的家伙，节省了一行！哟！另一边的页边距也如法炮制：

> **SERENA**
> I've met your mother; she doesn't really seem like the type.
> **CONNER**
> She knows her views are not welcome in the mainstream, bourgeois society. She fears reprisals.

节约一行空间 55 次，你就节省了一页！我知道这游戏挺扯淡的，但这是你自己选择的职业（它的好与坏你都得全盘接受）。

> Lucy frowns, packs the sliced fruit pieces, heads down hallway.
> **SECURITY OFFICER**
> It's okay. He likes things sliced up.
> （露西皱眉，包好切碎的水果块，走向门厅。
> **安全官员**
> 是的。他喜欢把东西切片。）

场景描述一样可以这么做，把页边距稍微变窄一点，没人会注意到这个——哈哈！

> Lucy frowns, re-packs the sliced up fruit pieces, heads down hallway.
>
> **SECURITY OFFICER**
> It's okay. He likes things sliced up.
>
> (露西皱眉,重新打包已经切碎的水果块,走向门厅。
>
> **安全官员**
> 是的,他喜欢把东西切片。)

下面这个例子中为什么要去掉"尽她最大努力"?因为如果佛斯曼博士竭尽所能,那就已经尽了她最大努力,所有重复的多余的统统删掉。

> 从此以后,佛斯曼博士将尽她最大努力竭尽所能去阻挠沃尔特。
> 从此以后,佛斯曼博士将竭尽所能去阻挠沃尔特。

同样的事情不要告诉我们两次(哈!):

> 她掷出去,扔到肖恩的大腿上。
> 她扔到肖恩的大腿上。

所谓"失败"意思就是"做什么失败了"。

> 就在电脑看上去像要运行时,运行却失败了。
> 眼看电脑就要运行,却失败了。

下面这个例子很有趣。你能猜到我为什么在两个句子之间加一个"当"字么?答案与"让语意和由语言创造的影像更加清楚"有关。这真是很挑剔的要求了,但既然你想得到一大笔钱,你最好就成为一名极度挑剔者。先回答:为什么要加一个"当"字?

> 沃尔特和他的小队向地面爬着。几十吨碎石倒坍,至关重要的手工艺品被压成粉末。
>
> 当沃尔特和他的小队向地面爬着,几十吨碎石倒坍,至关重要的手工艺品被压成粉末。

我是在看第五遍的时候才发现到底哪不对的。如果天花板已经垮塌下来,它就会把沃尔特和他的小队压成碎片。如果他已经压扁了,还怎么爬呢?放进一个"当"字,就让两个动作:天花板塌下和沃尔特爬梯子成为同时发生了。如果它们发生在同一时间,印第安纳·琼斯就可以逃出生天。吹毛求疵?是的,但这样一来确实更准确了。

下面这个例子充分说明,一般来说更短也更好。

> 我们开始听到一个男人和一个女人做爱的声音。
> 我们开始听到一个男人和一个女人做爱。
> 我们开始听到做爱声。
> 我们听到做爱声。

> 能听到滴答声。
> 滴答声。

> 山姆吃鸡蛋时简直像头猪。他狼吞虎咽,还呱呱有声地喝着咖啡。
> 山姆吃得像头猪。呱呱有声喝着咖啡。

> 他立刻警觉起来。他问发生什么事了。
> 他立刻警觉起来,问发生什么事了。
> 他立刻警觉,问发生什么事了。

下面是另一个你必须读很多次才能发现问题的例子,但是你的读者却可能在第一次读的时候就被这个问题绊倒!

> 彼得逊先生知道某天他得把缰绳递给加文,但是让出控制权简直就是把他撕开(tear)!
>
> 彼得逊先生知道某天他得把缰绳递给加文,但是让出控制权简直就是把他撕裂(rip)!

"tear"这个词有两种发音方式,分别代表把某物撕成两半,或者从脸颊淌下的泪水,我把它换成"rip",避免哪怕一丁点儿引发困惑的可能性。

下面这个错误很明显,而且现在你已经找到诀窍了。

> 没人能改变他们的选票。也没人知道哪个人是弃权的人。
>
> 没人能改变他们的选票,也没人知道谁弃权。

可以养成一种癖好:更短,更清楚,更迅速才更好。在你的显示器上打出:"长"——憎恶它。

读者、制片人和导演其实都在乎这个。如果你的描述给他们留下如此印象:这个作者了解好的写作是什么,你的作品就会从如山堆积的剧本中脱颖而出,辉煌耀目的金色大门会为你打开。让你的场景描述完美无瑕熠熠发光吧!

行文尽可能生动鲜活。斯皮尔伯格在《第三类接触》(*Close Encounters of the Third Kind*,1977)中就是这么做的,他将汽车刮蹭描述成:

> 卡车和栅栏柱交换油漆。

向我们展示,不要告知!用词语创造一些让人兴奋的影像,不要让人乏味无聊。别把创造力浪费在让读者迷糊上,而要尽你所能让每个场景都像一部小电影——而且让它成为一部好的小电影!

除非是我们非知道不可的东西,其他的就不要告诉我们了。如果可以拿掉的,那就不用留着。推动故事向前,否则就是死路一条。不要无目的地说笑打趣,不要玩弄文字游戏。

下面看一些很棒的场景描述。干净利索,没有一丝赘肉,而且给读者提供了很好的影像。

> 本吉把球掷到黏糊糊的垃圾箱里。那个温尼贝戈人(居于东威斯康星等地的北美洲印第安人)辗过,把男孩留在一片烟尘中。

> 卡曼·"耳朵"·德班奈托(70岁)走出去。狐狸一般矫健,鹰喙一般硬朗,不过他身上不知哪儿有点儿不对劲儿。也许是因为他70年代的便服套装。也许是因为他的右耳比左耳大。

> 本吉吐唾沫,然后疯狂地收拾整理拖车,把脏衣服扔到盥洗室。他打开前门。

> 那个嬉皮女孩走过来,法国式舌吻山姆,把大麻烟吹进他的嘴里。山姆含着烟,微笑。

> 她给他来了个让骨头都咯吱响的熊抱。穆克什啜泣着。

表达一定要清楚:

> **戴夫**
> He was here every other night.(他都在。)

你到底是什么意思。"every other night"可以解读出两个意思,那你想表达的到底是哪个? 是他每晚都在那里,除了凶杀案发当夜;还是他定期在,每隔一晚都到那里?

如果我们之前还从来没见过,就不要称"那里"。"环绕着警察局的那条步行小径"应该是"一条步行小径"。等我们见过它一次之后,下一次你就可以说"那里"了。

不要用"滴答声",除非真的很危急!你的时间概念和罗素·克劳的肯定不同。检查你的剧本,把它们统统清理出去。

不要用"走"这个词。尽可能找到更准确的那个词：蹒跚、曳行、昂首阔步、加速、闲逛、疾走、缓行、停住、移动、猛冲、迂回而行、滑行、灵活地移动。让你的场景描述在读者的脑中创造一个更形象的影像。下面这些例子都选自第一稿：

> 苏珊娜进入房间。

这显然不够！通过展示她是怎么走路的，给我们透露点她的性格和情绪。

> 苏珊娜飘然进入房间。
> 苏珊娜缓缓步入房间。
> 苏珊娜迈着行军步进入房间。
> 苏珊娜受惊般疾跑进房间。
> 苏珊娜偷偷摸摸溜进房间。
> 苏珊娜嘟嘟囔囔进入房间。

再看下面这个有什么问题：

> 末座坐着一个非常年轻的女孩——20岁，凌乱的金发，她的头疲倦地靠在窗户玻璃上，打着盹儿。

别说多余的废话。我们都知道窗户是玻璃的。还有，做好校对很重要。

> 末座坐着一个非常年轻的女孩——20岁，凌乱的金发，她的头疲倦地靠在窗上，打着盹儿。

要说清楚，车窗不会打瞌睡，她的头也不会打瞌睡。

> 末座坐着一个非常年轻的女孩，——20岁，凌乱的金发。她的头疲倦地靠在窗上。她打着盹儿。

你还可以把"坐"这个字删掉,既然有个座位,我们自然会想到她正坐在上面。

> 末座上,一个非常年轻的女孩——20岁,凌乱的金发。她的头疲倦地靠在窗上。她打着盹儿。

如果她很年轻,那就不要说年龄了,你可以省下整整一行了!哈哈!

> 末座上,一个非常年轻的女孩——凌乱的金发,头疲倦地靠在窗上。她打着盹。

我再重复一遍:不要告诉我们任何我们不必知道的东西。先看第一稿:

> 外景　诺曼大道　日出之前
> 　　西伦搭帐篷,卸下马背上的包裹,把马拴在木桩上。
> 　　展开铺盖卷,躺下。
>
> 外景　西伦的帐篷　日景
> 　　一只小黄鼠狼在西伦的包裹里翻寻,包裹被随便地扔在一旁。它翻动着牛皮酒袋。西伦就在咫尺之外打鼾。
>
> 外景　西伦的帐篷　傍晚
> 　　西伦醒来,开始收拾家伙,准备明晚的旅行。他发现他的牛皮酒袋被嚼成碎片散了一地,上面都是干血。他诅咒着,在一片狼藉中翻找,最后终于找到了一块没被损坏的。他叹了口气,拔去瓶塞,喝掉了里面的血。

上面这个场景里发生的事很有趣,也很吸引人。但是这个场景的戏肉却被藏在一些并不是非写不可的东西里。删减精简之后:

> 外景　诺曼大道　日出之前
> 　　西伦搭帐篷。
>
> 外景　西伦的帐篷　日景
> 　　一个小黄鼠狼在西伦的包裹里翻寻。西伦就在咫尺之外打鼾。

> 外景　西伦的帐篷　傍晚
>
> 　　西伦醒来，发现他的牛皮酒袋被嚼成了碎片，上面都是干血。他诅咒着，最后终于找到了一块没被损坏的牛皮。他喝掉里面的血。

　　比较一下两者。删除那些细微琐屑的细枝末节，可以使之变得更快、更短、更加清楚。试着去理解我为什么修剪掉那些。我是不是有点太过分了？有时候我确实如此。

　　再来看看下面这个非常优秀的例子——这段文字拼命地大声疾呼要求分散为更短更有力的段落。当作者完成这次改写，他的那页剧本看上去就应该像下面这个样子——惹人喜爱、与读者为善：

> HRE. KTSDMFSDLL SSI
> 　　Olk sroir djdjs enn jfjskjjdskj lksk ekslks qeuruhs edj jedjs smd. Slkdlsk mcx, mc-skhedfdlka sdlds sdkjds skjdks ejeiogtl dk kkzs jkmxlk ddj jjsja vmfndn sllslsss.
> 　　Yiyiy fjfjd fk wwir fngnfh ssss , ktjrh ssbxvs gkhkk dkdkkcjcjkg, cmcmcc. Fjdjs ssik dssgsgs yuigmkinecxct. Xtdxd drd rrxr rx.
> 　　Uskekss secttctc in ininin n I ni mojin plmohtf. Seazxrc knm mtcrsx kmijx ftx.

而不是他最开始写的那样：

> 外景　礼堂　日景
> 　　在礼堂门外宽大舒适的沙发上的是杰夫和萨莉。萨莉安静木讷，而杰夫野性古怪。他穿着一件没人能忍受的邋遢夹克，但他不是一个瘾君子。可以明显看出他们的衣着即使在平凡的中学生中也不算流行。他们俩正在分享滴下汁水来的汉堡包。杰夫小口抿着健怡可乐，萨莉喝比雷矿泉水。今天热得像蒸笼一样，所以沙发正处于一片树荫下面，对他们真是不可多得。此刻他们都陷入沉默。萨莉看见杰夫茫然地瞪着天空。

　　如果你在早前的一稿是这样写的，没关系，亡羊补牢，为时未晚。现在就去修补改善你的初稿吧。欢迎来到下一场——改写。

第五场
改 写

□ 66. 你不要重复！任何东西都不要重复！

改写就要像杰克·斯派洛①！切！砍！凿！剪！劈！总之甩掉所有腐臭无用的东西！

"我写它，我读它。如果它听起来像已有的作品，我就改写。"
——埃尔摩·伦纳德

下面这个有什么问题？

> 内景　菲茨吉本先生办公室　日景
> 　　一间豪华的办公室。通过落地玻璃窗可将城市一览无遗。

我们知道窗户是玻璃做的，不要告诉我们任何我们已经明显知晓的事情，永远不要。有时很难一眼看出我们明明已经知晓的事情，所以我才建议你把写的大声念出来。

---

① 杰克·斯派洛(Jack Sparrow)，好莱坞著名系列电影《加勒比海盗》(Pirates of the Caribbean)中由明星约翰尼·德普扮演的海盗船长。是黑珍珠号的船长，加勒比海的海盗王，他也是实力最为强大的海盗。——译者注

> 所有人都认真听,除了凯姆。他变得坐立不安,引人注目地动来动去。
> 马修跌倒在地上,脸上毫无表情。
> 马修跌倒在地上,毫无表情。

如果故事中有什么事情我们已经明显懂得,就不要再重复。换句话说,不要告诉我们已知的东西,不要有多余的废话,确保同一件事不要说两遍。尽你最大努力,不要告诉我们已经知道的。如果某事观众之前已经知道,竭尽全力提醒自己不要告诉我们已经知道的事情。

哈哈,我重复多少遍了,这下总该记住了吧?

> 奥斯丁和克里斯蒂安斜瞟着他们的眼珠子,好像在算计明蒂。
> 他们拥抱。爱丽丝坐进出租车的后座里,驱车离开。
> 旋律涌出她的办公室。

此类最简单的例子莫过于某人睡在床上,只用告诉我们他睡了就够了。这个家伙是在医院里:

> 路易斯躺在床上,连着一台呼吸机。
> 路易斯躺着,连着一台呼吸机。

或者这个:

> 他看着墙上的钟。

你不需要再说钟在墙上,因为大多数钟都在墙上。如果一个女孩跳入泳池,我们就知道,直到她从泳池里出来,她都是在泳池里,所以也就不用告诉我们这个场景的其他时间里她一直呆在泳池里。也不要说:"她游过泳池",玩点花活儿,说:"她一路水花飞溅地向水深的那头游去"。

> 他看着斯蒂芬尼,脸上是那种咧着大嘴的笑容。
> 他看着斯蒂芬尼,咧着大嘴笑。

没有人用他们的胳膊肘咧嘴笑。当然你可以再次精简它。

> 他对斯蒂芬尼咧嘴大笑。

如果人物听到咔啦咔啦的巨响：

> **特拉维斯**
> 哦，什么？
> **卡拉**
> 那是格兰特的车。我认得这声儿。

咫尺之隔的重复实在太刺眼，你千万别犯这个错误，不要在同一页两次提到一个女孩"身形健美"。另外下面这个作者还漏掉了一大段时间：

> 外景 海滩 黎明
> 奔跑的麦迪逊·格林斯潘（麦德）健美体格的背部镜头。
> 日出镜头
>
> 内景 浴室 日景
> 身体离开淋浴花洒，用毛巾揩干。
>
> 内景 厨房 日景
> 小麦面包砰地从烤箱里跳出来。手给面包涂果酱。
>
> 外景 停车场 日景
> 麦德停下一辆棕色1974年款雪佛莱皮卡。她停在一个明显很挤的位置，只能蹭着前面和后面的车让她的车进去。
> 她从车里跳下来，抓着她的背包，一个棕色的午餐包，又从乘客座位下拿出一束向日葵。
> 她个子矮小，却短小精悍，体形健美，穿着黑色匡威帆布鞋。她开始走向医院，后来又转身走回她的车。

不要老用同样的词：

> 凯特转身,开始用一支大红色记号笔在地图上标注记号。

求你别在两行之后又写道:

> 她拿出另一支记号笔,开始在过去谋杀案的发生地做记号。

审稿人会注意到的。如果他们认为你很懒就不会请你了。你只要告诉我们一个女孩很火辣就够了,不用把你脑中幻想的性感女神细细描摹出来。

> 一只手拍马克的肩膀,他转身,站在那的是艾丽西亚·萨西。23 岁的金发芭比娃娃,有着浅金色的头发,花花公子插页图片的身材,让碧昂斯都会嫉妒的凹凸有致的曲线。

不要重复你在场景时空提示行里已经告诉我们的信息。

> 内景　圣詹姆斯救济院　日景
> 　　圣詹姆斯救济院内。
>
> 内景　法拉利　早晨
> 　　邓恩把车减慢到正常车速。

不要在描述中告诉我们一遍,之后又在对白中再说一遍。

> 内景　上场区/义演一夜景
> 　　伊芙和鲁迪从后台看着各种演出上演。最后,到了演出的尾声。
> 　　　　　　伊芙
> 　　到尾声了。

或者,像这样:

> 内景　电视吧　夜景
> 　　大卫找到被诱拐男孩的故事还在电视里上演。晚间新闻在重复播放报道。
>
> 　　　　　　　　新闻主播
> 　　一个名叫大卫的当地男人看见被诱拐男孩在
> 　　商场并上前干涉,号称篱笆帮的诱拐者逃
> 　　跑了。

　　你在听我上课之余,找找上面这段对白中作者犯的语法错误。我找到两个。另外还有两处格式错误。

　　也不要在对白里把同一件事说两遍,在医院里工作的每个人都知道这个对讲机女孩,何必再浪费笔墨。

> 　　　　　　　　接待员
> 　　请稍等,你就是那个对讲机女孩?
> 　　那个每天早上在对讲系统里说话的女孩?

　　下面这段里把"它的"(its)写成了"它是"(it's),而且这段里"那张桌子"也出现了两次:

> 内景　皮特和山姆餐厅
> 　　这家意大利餐馆简直是直接照抄《教父》中的那家餐厅。它是气氛阴郁,食物是守旧派的意式风味,到这里的都是常客。这儿的气氛很热烈,除了角落里的那张桌子。
> 　　角落里那张桌子旁坐着马克和里德格斯太太。

　　去掉重复剧情发展就会更迅速更清楚,你正需要这些!

☐ 67. 你在写的时候就改写!

　　千万不要在你写作初稿的时候就折回去改写你刚写的,那是一个无底

黑洞。

每次一个写作阶段告一段落时,把你那天写的打印出来,和昨天的堆在一起,然后去喝一杯,或者出去散散步、翻翻杂志。

等到下次你坐下来写的时候(也就是第二天!),读你昨天所写的内容,把你想改变的东西做好笔记,之后就开始写今天的。不要读前天写的,不要回顾开头,如果你现在就开始改写,你的剧本就永远写不完!

返回去会揭露到目前为止你未察觉的问题,这样必将增加你的焦虑与苦恼,因为你的剧本显得那么不充分、不完美、不泽利安式①。折回去势必让你非常沮丧,沮丧得你可能冒出一个看似更好的办法——放弃,开始写另一个剧本。别陷入这傻瓜的游戏。

每天都写,要不断地增加那堆纸的页数,几个星期之后它就会变成不那么薄的一堆纸。一个月之后,你这一堆纸就相当可观了,你可以引以为豪。一直坚持不懈地写,当你结束你的第一阶段,去喝两杯。

可以短暂抽离一段时间,我说的是从这个故事而不是说从写作抽离。脑子里得一直转着一些念头:为你的下一个剧本构思人物,继续苦干写出一个大纲。短暂离开一段时间之后,之前你写的剧本会在你的大脑中冷却。这时再怀着新鲜愉快的心情折返你的剧本,现在你已经完成了一部110页的作品,有了一稿剧本,是时候改写它了。

但在此之前可千万不行,这点请你务必要相信我。

---

① 泽利安式:斯蒂芬·泽利安(Steven Zaillian),1953—,美国编剧、制片人、导演。1991年凭《无语问苍天》(Awakenings,1990)获奥斯卡最佳改编剧本奖提名,1994年凭《辛德勒名单》(Schindler's List,1993)获奥斯卡最佳改编剧本奖,2003年凭《纽约黑帮》(Gangs of New York,2002)获奥斯卡最佳原创剧本奖提名。其他剧本作品有:《王者之旅》(Searching for Bobby Fischer,1993)、《碟中谍》(Mission: Impossible,1996)、《汉尼拔》(Hannibal,2001)。美国时代周刊称之为"继罗伯特·唐尼(Robert Towne)之后,好莱坞最精巧最敏感的编剧"。原书作者以泽利安式代指成功的剧本写作。——译者注

☐ 68. 你在读完整个剧本之后马上改写！

大谬特谬。你应该放自己的假才对。

你问了："你什么意思？不读整个剧本，那你还能怎么做？"

如果你握着一支红笔说："嘿，现在是改写时间。我想我要坐下来，喝点带劲的咖啡，好好改造我不够成熟不够完美的剧本初稿。"那么你已经深陷在致命流沙之中。不要从头到尾读完整个剧本，而是要像激光手术那样各个击破。我的意思是说，你可以从头到尾读剧本，现在就去做或者再做一遍都是好主意，但是我诚心建议你每次通读都有具体的计划安排。

打个比方，剧本是一个口香糖做的九足块状软物，像黏糊糊的粉红色星球漂浮在我面前。如果你想要立刻看清整体，简直是不可能的任务；但是如果你进行核心采样，你就能通过研究一小部分，真正了解你的研究对象。如果你读剧本时带的是激光手术刀，而不是老式军火铳，那么每次阅读都会给你带来更大收获。

举例说明：

读剧本时只看破获神秘谋杀案的侦探故事部分（或者情节的_____方面，空格里你愿意填什么都成）。如果对你来说，检查谋杀情节时不去考虑剧本的其他方面很困难，那么就把关于侦探故事的那些页打印出来。阅读、改写这15页，一遍一遍又一遍直到你欣慰地看到，你故事的这部分进展流畅顺利地就像在冰上滑行。然后放下这一叠，再回到你的剧本，做另一次激光束式阅读。

检查你剧本里两个主人公的爱情故事，所有鲍勃和卡罗尔的场景，只看鲍勃和卡罗尔的场景。故事的这部分都发生了什么，你将得到一个非常清晰完整的判断，其中的错误不足也会豁然跃入你的眼帘，就像火上的老鼠腾跃而起直扑向你。之后，再考察只有特德和爱丽丝的场景。之后，鲍勃和爱丽丝，之后卡罗尔和特德。一些发现会让你大吃一惊：比如，爱丽丝在剧本中消失不见了长达30页之久，而你之前居然毫不察觉。

只读场景时空提示行,看它们是否完成了你想让它们完成的任务?

通读剧本,检查是否存在逻辑错误。

把剧本读出声来,这样就能检查教区牧师埃尔顿·史密瑟的对白(唠叨一句,对每个人物的对白都得一视同仁)。他说的话是否符合他一贯的形象和性格?他是不是说起话来像英格兰人,而他本应该是苏格兰人?他的话是不是总像是一百岁的老头子说的?他有没有说一些他不太可能会说的话,像:"哟,哥们,我那辆凯雷德在哪?"

为了检查打字排版和校对错误再读一遍。不看故事,就看拼写。

再读一遍只检查每个场景的情绪,分别是你在这里需要的情绪么?

只读场景描述,不读对白。它是否流畅?你是不是已经去除了所有形式的系动词?影像顺序是否正确?凡是能删的字词你是不是都已经删了?你是不是已经检查过"剧本写作的七宗罪"?你是不是已经把场景描述美化到熠熠发光?你的场景描述诙谐而有趣么?你已经把它分成短的段落了么?

通读剧本来检查每个日和夜,确保时间是一致的,还有剧情进展路线是正确的。

"及其他,等等,等等。"

——暹罗国王(《国王与我》[The King and I, 1999])

激光束式阅读作用很大,因为就是这些小小的部分加在一起才成为一个统一的整体,当它们要去组成你的电影时,任何一部分的缺陷都可能造成全盘皆输。当然如果你不在乎是否有人真的会把你的剧本拍成电影,你只是写写而已,你只是可以借此瞒着伴侣和你的写作搭档腻在一起——如果是这样,见鬼,那就略过这整个步骤。

但是我还是很高兴你买了这本书。你真慷慨。

☐ 69. 你的第 1 页不够抓人!

读者只读半页剧本就可以判断你是否上道了,如果你写得极好或者极糟,他可能只用看完第一个句子就有答案了。当然为了确定,他们还是会等到看完第 1 页后再判定你会不会写作。

有那么点儿沮丧,是么?

或者,振奋。因为如果你的第 1 页写得神采飞扬,就可以把读者推到第 2 页,然后第 5 页,第 10 页,再到第 30 页——嗖——像泥石流里的水獭,身不由己地直奔第 110 页!所有一切都取决于顶呱呱的第 1 页。这样一想是不是就觉得更容易了?

第 1 页需要注意的事项:

对白尽可能少。这是你唯一一次营造气氛的机会,所以珍惜时间,写点实用的。告诉我们这是在哪,告诉我们它想要什么,告诉我们它看上去什么样,让我们能感受到这个世界。

我们碰到的是好人还是坏人?

我们得到关于地点、时间、类型的信息了么?

如果你有打字排版错误或者语法错误,你死定了。

如果你多用了几次系动词,你死定了。

审稿人的天线已经伸出,机警地搜寻你的写作并非一流的蛛丝马迹。审稿人和之后的演员都祈祷你知道自己在干什么,你要做的就是让他们能一直呆在睡莲浮叶上面,除此之外别的事情你一概不用考虑。

你勾住审稿人了么?第 1 页有什么能促使他们翻到第 2 页?看看《爱情故事》(*Love Story*, 1970) 的开场——寒风凛冽中一个男人独坐伶仃,旁白中他说:"你会怎么说起一个死去的女孩?"一上来就摄住人心。

淡入和淡出所在的位置都对么?没有什么比放错"淡入淡出"位置更能宣告你根本就不懂行了,而且还是在第 1 页的第一行。

> 　　　　　　　　　　　　　　　　　　　　　　　　　　淡入。
> 内景　洗车场　日景
> 　鲍勃的洗车场受到皮瑞威克瀑布镇上所有人的青睐。

正确的应该是下面这样,注意:"淡入"在页面左边,后面跟的是冒号。

> 淡入:
>
> 内景　洗车处　日景
> 　鲍勃的洗车场受到皮瑞威克瀑布镇上所有人的青睐。

还要注意"淡入:"下面要空一行。如果你像我一样每个场景时空提示行(或者如 Final Draft 软件所称的"场景标题")上空两行,那就需要从第一个场景时空提示行开始调整——总之,"淡入:"下面只能有一行空格。

在 Final Draft 软件中,把光标放到第一个场景时空提示行的左边。点击格式/元素/场景标题/段落/之前空格/1——

看上去应该是这个样子:

> 淡入:
>
> 外景　寒冷黑暗的外太空　永夜
> 　　卡罗尔·海肯萨克,一个很漂亮的家庭主妇兼宇航员,在令人兴奋的太空行走之时,锉着自己的手指甲。

不能像这样:

> 淡入:
>
> 内景　斯德布里奇家的厨房　日景
> 　一只花斑猫优雅地走过昨晚激烈争执和扔盘子比赛留下的一地碎屑。

这也适用于光学效果(optical effects)之后。下面这样不对:

> 叠化：
>
> 内景　约克姆卧室　夜景
> 　　年轻的小两口缺乏激情的亲热。看着就让人难受。真是可惜。

场景时空提示行上面、光学效果（Final Draft 软件称之为转场）之后，是一行空格。正确的应该是这样：

> 叠化：
>
> 内景　马戏团圆形帐篷　夜景
> 　　蒂米，大笑，使劲拽着妈妈的袖子，指给她看没穿裤子的小丑。

当然，你怎么处置淡出没这么要紧。相信到那时他们已经决定买下你的剧本，给你一辆豪华轿车、一个司机，另外为你孩子上大学买单。有些人在淡出后会加一个句号，有些人则什么都不加，不过因为故事不是从这开始的，所以冒号是不能加的。

"淡入："放在页面的最左边，因为你的眼睛总是从这里开始看；"淡出"则在页面的最右边，因为这是你的眼睛结束阅读的地方，如下——

> 淡入：
>
> 　　　　　　　　　　　　　　　　　　　　　　　　　　　　　淡出。

如果你去买剧本或者在互联网上看剧本，经常会看到一些剧本带有场景数字——在页边缘，场景时空提示行的左侧，有小小的数字。

> 51　外景　桥——远远的上方　黄昏
> 　　运货车停下，门打开，几个歹徒卸下布雷瓦德和莱弗里特的尸体。
> 　　他们的尸体被扔进河里，油污的河水吞没了他们。

你可以让 Final Draft 软件在你的剧本中加入场景数字，对你做改写会很有帮助，但是到了把剧本寄出去的时候，你还得把数字去掉。

执行制片在给影片做预算的时候就会用到场景数字，不过她会自己给场景编号。我想他们应该不至于给你打电话劳烦你把 Final Draft 软件版带场景数字的剧本递给他们，以便他们给场景编号。而你待价而沽的剧本不需要有数字，因为它还没卖出去呢。别做这种一厢情愿而幼稚的事，这只会被他们扣分！

一上来就得让你的读者感到舒适自在，别让她暗生疑窦："我搞不清楚这发生在什么时间？"去掉所有让她产生不安不快不适不爽感觉的可能，首要问题就是："我在什么时间，什么地点？"

淡入：
  内景 漆黑的厨房   （现代）
  内景 太空站   （公元 5035）
  内景 褶皱花边装饰的闺房   （很久很久之前）
  外景 怀俄明州的小镇   （1857 年）

看看下面这两页。两个学生对格式都非常了解，但是第 1 页的小瑕疵多得足以让读者担心接下来的 109 页。

淡入：

外景 特拉瓦斯，阿拉巴马 夜

　　黄昏。松树形成的遮篷。

　　俯拍，一座普通的两层楼别墅坐落在一片起伏的草坪。三辆沾满泥污的轻运货车在前院熄火停着，旁边是亮黄色的大众汽车和一辆迷你面包车。阳光照耀着这典型的美国中产阶级之家。

内景 厨房 夜

　　多蒂·费什，46岁，身材健美，保养得很好，极具母性特征，在她装饰豪华却一片狼藉的厨房里发狂地搅和调拌着猪里脊肉。柜台上精美的瓷器堆得高高的。炉上的米饭煮得沸溢出来。新切的蔬菜被《特种部队》的战场包围着。

　　微波炉内的空间几乎都被干掉的黏饭糊填满了。盛着新泡的甜茶的四个有柄水罐如孤岛般坐落在一片玉米穗子须的碎片当中。奥本的洗碗布和隔热垫散落在厨房各处。门框都被孩子们的身高线画满了。

　　　　　　　　　　多蒂

金博，我需要你搭把手！

　　金博·费什，55岁，多蒂的丈夫，肌肉发达，疲倦懒散，很有男子气概。他把头探进厨房。

　　　　　　　　　　金博

什么？

　　多蒂开始拌沙拉。

　　　　　　　　　金博（继续）

我不是擅长交际的人，而波他的意思是，他家里人也许会友好到吓死人。当然我不会被吓死。只是一个周末长假而已。我将在外面呆到星期二。星期二……

内景 多蒂的厨房 夜景

　　多蒂把甜茶倒进玻璃杯。她擦汗。从小书房里传来一声巨大的咆哮。

现在,我关心的是那些可能让读者"咯噔"一下的瞬间:

"淡入:"下面应该只有一行空格,而不是两行。

你还没有告诉我们故事发生的时间。

第三个句子有一个语法错误。应该是"坐落在……之上"。

在第二段,"将要"出现了两次。

轻运货车真的是"熄火"了么?我们怎么看出是熄火了呢?或者它们只是停在那儿。

房子被描述为"普通",但是厨房却是"豪华",这算不算一个逻辑错误?

只要你一说什么"典型",我们就会怀疑这样的家庭有什么值得我们关注。

对多蒂的描述都停留在身体特征方面,关于她的性格特征则只字未提。

你最好还是含糊其辞一点——"40多岁",而不是铁板钉钉地给出她的具体岁数。

我不很明白"母性特征"是什么意思。是"妈妈"的另一种奇特表达方式,还是你对她身体特征的解释?

不要重复。"体形健美"和"保养得很好"基本意思相同。

"正搅和着"应该是"搅和"。只是个人看法。

米饭都煮得沸溢出来了,多蒂是不是该有所反应?

战斗场地就是一个词:战场。

"被特种部队战场包围",恕我愚钝,完全搞不懂这个影像到底是什么意思。

四个带柄水罐喝茶这现实么?是不是太多了,只是个人看法。

"玉米穗子须"就可以了,你不需要再加"碎片"了,因为玉米须不可能被切碎了。

"奥本"和"赭色"是一个单词,所以第一次提到的时候应该说全称"奥本大学"。

不要重复:如果金博肌肉发达,我们自然就会认定他是很男子汉气概的。如果他是她的丈夫,我们自然也就知道他是一个男人。不要告诉我们已知的东西。

跟他妻子的情况一样,我们需要人物性格的一些描述,别只给我们一些体貌特征。

不用说"开始",只需要说"多蒂拌沙拉"就行了。

"开始"和"特拉维斯"都出现了拼写错误,第1页的永久性致命错误!

多蒂要金博来帮她,之后却忘记了她提出的要求。这是不是一个逻辑错误。

在"波"后面需要一个逗号,这样我们就可以感受到对白正确的节奏。

也许"他的意思是"之后,不需要再加逗号了。

你让金博连说两次"吓死"?

"多蒂倒甜茶",之前你已经告诉我们是甜茶了。那么从此以后,就称之为茶好了。

"咆哮"是声音,我不确定你能有一个"巨大的咆哮",当然可能我有点太吹毛求疵了。

我感觉不到读的是哪一类故事。正剧?喜剧?

睡莲浮叶上有足够多的枝蔓、丛刺、滑溜的地方,让读者不得不放慢速度,当心脚下。很悲哀地,"多蒂开始拌沙拉",只此一句就足以让读者把这个剧本直接扔进沼泽。

再看另一个学生的第1页:

两只雪白的鸽子   （当代）

　　透过金色鸟笼的栅栏看过去。它们正在等待这个婚礼结束,等待自由飞翔的镜头。

内景　拥挤的犹太教会堂　日景

　　索姗娜·戈德,年轻的待嫁新娘,沿通道走来。

　　她容光焕发,衣着考究的人群都被她吸引。

　　本吉·史克普,25岁,马上就会成为她的丈夫,迷醉在她的一举一动中。每一步都让她离他更近。幸福的生活即将降临到他身上。他们的眼神炙热地交织在一起。他眼含热泪。

本吉(V.O.)

　　你也许应该知道我以前结了婚,差点儿。

　　新娘走到中途,一个上了点年纪的商人冲进通道,挡住她的去路。他抓住她的手,单膝跪下。他对她悄声轻语。

　　她扔下手中的花束,突然大哭起来,给了老傻瓜一个激情之吻。

　　本吉惊惧地往后缩,从台上掉了下来。

本吉

　　这太叫人无法接受。

内景　接待大厅

　　医护人员在包扎本吉的断腿。他悲痛欲绝。

　　山姆·史克普,73岁,一个皱纹满脸的律师,顶着一头让人惊骇的犹太—非洲式卷发,正忙着和新娘的父亲鏖战。他们在为结婚礼物打嘴仗。

本吉(V.O.)

　　听说过山姆·史克普么?他是六十年代著名的民权律师,我的父亲。

这两页差距明显,对吧?读者可以疾跑着踏过这一页的睡莲浮叶!

> 开始没有"淡入:",也许这并不要紧。
>
> 开场影像很有趣。"等待它们自由飞翔的镜头"尤其惊艳。突变的段落很具有可读性。
>
> 视觉化的写作:我们不用费力就能看见影像。
>
> 我希望能有一些索珊娜的性格描述,但是我愿意再等等看。
>
> 本吉的对白很好,勾住了我们。
>
> 我不太理解那个老傻瓜之吻是什么意思。但是,又一次,好的写作拉着我继续,我愿意再等等。
>
> "医务人员"需要大写。
>
> "犹太—非洲式发型"之后和"正"之前不需要空格。

我们第一次见到本吉,他正处于巨大的压力之下,而且第 1 页还有一些有意思的瞬间。本吉父亲的形象——著名律师以及为结婚礼物和新娘的爸爸打嘴仗,都是很好的人物介绍。旁白简短而有力。场景描述写得简省有效,只用寥寥几个词就迅速创造了有效的图景。我最喜欢的是"幸福的人生即将降临",我都可以看见穿着白色婚纱的新娘以慢动作对着本吉微笑的画面。

读者会翻到下一页继续读下去!

☐ 70. 你浪费了头 10 页的机会,哎——哟!

杰出的头 10 页 = 生命。平庸的头 10 页 = 麻风疮、酸液入眼,另加上没完没了的煎肠熬肚。头 10 页非常重要,如此重要!真的真的很重要。你的头 10 页,会成就或毁掉你的剧本。

头 10 页也是你唯一确定能得到的机会。一些人会读到 20 页,一些人如果看不到什么大事发生会坚持到 30 页,但是不管怎样他们都会看完头 10 页。也许第 11 页看到一半,他们就把它扔进垃圾箱里,但是你最起码锁定了 10 页!哈哈!

好好把握这个机会。

一开场就要发起进攻,一开场就得有事情发生。问题已经存在,我们也许还不知道是什么问题,但是人物知道,我们也想要找出问题所在。

丹尼尔·伍德里尔(Daniel Woodrell)扣人心弦的小说《冬天的骨头》(Winter's Bone)的开场是芮·多利——一个年轻穷困、艰难挣扎的的女人——上奥扎克山。上山途中,遇上两个小孩、疯狂的母亲和制造冰毒的父亲。作者刚交代完地理情况,一个警察就开车上山告诉芮,一周之后审判她父亲,但是最近没人见过他。然后约翰·洛告诉她,她的父亲抵押了她的土地和房子作为自己的保释金,如果在审判时他没有出现,星期一芮就会失去她的农场不得不搬走。

现在她必须去找她的父亲。故事一开始就处于巨大的危机之下。

头10页。故事一开始,我们对芮还不甚了解,但我们已经知道她有一个要命的问题,这个问题让我们感兴趣。

不要热身准备。

一个故事已经开始前进——极其敏捷地。

展示英雄的日常生活——我们的英雄在哪生活,怎么生活。

介绍主要人物。

确保我们知道自己看的是什么类型的故事。

告诉我们核心冲突、缘起,还有主题都会是什么。

第10页左右某处是那个引发事件。

你怎么介绍你的主人公?多花点功夫在这上面。他们亮相的瞬间是戏剧化的或者生动有力的或者引人注目的或者温暖人心的?你的人物介绍准确么?能做点什么改善它么?让它更富有戏剧性?

《灵欲思凡》一开场是隔板造的教堂的雨中外景,告示牌上写着布道的题目。然后我们缓缓进入教堂里边,看见牧师理查德·伯顿和他的教区居民。教众都挤到房椽上了,如饥似渴专心致志地盯着他。然后(依然在电影的头45秒内)伯顿变得疯狂,痛责他的会众,彻底地失去了控制。这就是开场!

我们迫切地想知道这个家伙是谁,他为什么会有如此愤怒的布道。他深受折磨，显然处于极度痛苦之中，他的问题激起了我们的兴趣。我们想要发现他过去做了什么，因为他说他的亲戚有的"胃口"他仍然有。开场场景结束于他的教众像从沉船上夺命而逃的老鼠一样从教堂涌出来到雨中。一个多么吸引人的开场，读者被一个他们想要了解更多的人物推着向前，读者不由自主地翻页继续看下去。

同样的问题也适用于我们怎么认识英雄的对手。

快速扫描一些剧本的头 10 页：

《亡命天涯》(*The Fugitive*, 1993)——英雄的妻子被谋杀，他被拘捕，押送他的火车撞车了，他趁机逃走。

《巴顿将军》(*Patton*, 1970)——那余音绕梁萦萦不绝的演讲啊！（绝不是普普通通的头 10 页，而是一个真正的偷心者，抓住了我们的情感！）

《西雅图夜未眠》(*Sleepless in Seattle*, 1993)——他妻子死了，他搬到了西雅图。

《窈窕淑男》(*Tootsie*, 1982)——主人公没有得到演员的工作，他和特瑞·加尔一起离开，她也没有得到这份工作。他决心装扮成一个女人的种子已经种下。

《真实罗曼史》(*True Romance*, 1993)——那人遇见一个女孩，他们共度良宵。她承认是他的老板因为他过生日而雇佣她来引诱他，他们意识到已经爱上了彼此。

《毕业生》(*The Graduate*, 1967)——本的毕业派对。有人告诉他，他的未来是"塑胶业"。罗宾逊太太要他开车送她回家。在她的日光浴室里，故事的第十分钟，他说："罗宾逊太太，您是在引诱我么？"

再看看《变相怪杰》的头 10 页是怎么透露信息的！令人应接不暇的丰富信息。主人公斯坦利·伊普吉斯，废物一个，被女房东鄙视，被女同胞无视。

1. 一次海底打捞意外事故中，一个古老的箱子被砸开，面具漂到水面上。
2. 斯坦利的女同事要他把票让给她，她想带她的朋友去音乐会。这票本来是斯坦利买来想约女同事一起去的，他真可怜。
3. 损友告诉斯坦利他需要变化，他们要去猎艳！电闪雷鸣。
4. 一个绝色美女从雨中跑入银行，她对斯坦利的损友正眼都没瞧一眼，径直走向我们的主人公，每个人都觉得不可思议。
5. 斯坦利想给她开一个账户，可是却怎么都打不开他桌子的抽屉。她用他的克里内克斯纸巾撩人地轻拭胸前的雨滴。

  6. 她拽着他的领带把他拉向自己,性感时刻。他挑的领带花色应该让人觉得有力,而她问他实际上管用么。

  7. 他介绍了各种账户类型。我们看见她包里有一个摄像机。呵呵!切到:二号坏蛋和他的手下,他们讨论银行的警报系统。他们谈到头号坏蛋。

  8. 二号坏蛋野心勃勃,想取代头号坏蛋成为老大。切到:斯坦利去一家修车厂。

  9. 修车人员完全不把斯坦利当人看,漫天要价形同抢钱,他得到一辆烂得快散架了的"替代"车。

  10. 椰鼓俱乐部。斯坦利开着他一步一蹿的破车来见他的损友和两个漂亮妞。二号坏蛋和他的手下在酒吧外面。斯坦利,再次遭到非人待遇,被意外地挡在酒吧的外边。

  所有主要演员都跟我们打过照面了,包括那个面具和一张头号坏蛋的照片。我们知道了影片类型是现代喜剧。我们知道斯坦利没有女朋友,基本上是一个受气包,无论面对女人还是修车行的人或者他接触的任何人。

  所有这些信息都是在头10分钟里给我们的!我都要精疲力尽了。

  就在第三分钟,斯坦利的损友跟他说他需要转变——一句对白点明这部电影的要旨。他们在《四十岁老处男》里也是这么干的!

> **大卫**
> 你就跟这些包得密不透风的超级英雄玩具一样,你把自己包得严严实实。

  下面是从我两个学生写的剧本里抽出的前几页:

外景 城市附近—夜景

一个极为普通的市中心住宅区，一辆肮脏的城市巴士在巴士站停下。一个年轻的黑人妇女从巴士下来。她踏上破裂不平的人行道时，用夹克紧紧地裹住自己。巴士沿路边开走，她环视几乎空荡荡的街道，走向一条贴满党派竞选传单的长凳。她把包放在长凳上，翻找，拿出一条带防狼器的钥匙链。手中紧紧抓着这小小的喷雾器，她把包挎上肩头，迅速地走上人行道。

内景 公寓楼大厅—片刻之后

黑木镶板和暖色光线，使大厅的对比度十分强烈，更凸显外边街上的乱糟糟。女人把门猛地拉开，大踏步经过门口旁边的一排邮箱，她笔直地走到楼梯边，往楼上爬。

楼上，环境不那么暖调热情，木头镶板让位于渣煤(空心)砖墙。门厅天花板有着嵌壁式照明，走廊零星点缀着分隔距离较远的聚光灯。随着一阵急遽的警报声，女人轻拍梅斯防狼喷雾，以便找到钥匙链另一端的房门钥匙。她打开门，进入她的房间。

内景 年轻女人的公寓—接前

当门厅微弱的那壁灯光线泄进公寓，有一声低低的犬吠，之后是一声轻微的嗥叫。狗跑过来时，伴随着跑动声和叮当声。

年轻女人

嘘，奥斯卡。是我。

女人把身后的门关上，她伸手爱抚上前来跟她亲热的约克郡犬。她轻按门旁的开关，一个灯泡砰一声爆掉，把她吓了一跳。客厅里可怜的光线根本没法驱散她家中夜的黑暗。一声短促的犬吠，奥斯卡小跑进另一间房间。女人转身锁好门上的一排锁。

当一声从喉咙里发出的低声怒吼从另一个房间传来的时候，她疲惫不堪、弯腰驼背的身体一下子变得紧张、警觉。

年轻女人(继续)

奥斯卡？

一声短促的犬吠，还有长声尖叫，紧接着是让人作呕的噼啪声从另一个房间传来。女人的眼睛睁大，因为噼里啪啦噪音的声音从附近传来。

年轻女人（继续）

奥斯——

她看见某种大型动物，很快显示出这是一个人兽，从另一个房间四脚着地缓慢地移动，自门厅的阴影里爬出来。它瞪着她，用后腿直立起来，用它的后腿站着，直到它完全站直，像一个人。

年轻女人（继续）
（摸索着她的梅斯喷雾）
哦，妈的，你给我滚！

那怪物走向女人的时候，发出一声短促的嗥叫。血的飞沫溅满了它畸形的人兽脸。

女人不再勇敢，扔下她的钥匙，摸索着门上的锁，想逃出去。怪物逼近，显示出8英寸的锯刀在他手中。他微笑着舔着嘴唇。

年轻女人（继续）
（哭着）
天啦……求你……别

最后，人兽挥舞着手中的刀，居高临下俯视他无助的猎物，他用发自喉咙的低哑嗓音说。

人兽
不要祈祷。没有宽恕。只有缓慢的
刀锋，只有绝望的死亡。

外景 公寓楼—接前
一个年轻女人的尖叫声穿透寂静的夜晚。然后是血肉被劈裂的声音。然后，是鸣咽声。然后是寂静。

淡入：
内景 哥特式教堂—日景
门可罗雀的哥特式教堂最近是挤满很多群众。尽管日光可以透过脏污的玻璃窗，教堂内仍被昏暗笼罩。
每支蜡烛的表面都积满了几十年的烛烟蜡油。连窗上的彩绘也被房屋荒凉的灰墙打败，显得褪淡暗哑了。

到现在,你开始明白为什么我说头 10 页很重要了吧,而且这绝不是我一个人的意见。

□ 71. 你还没撕掉头 20 页!

"不要背景故事。"

——沃尔特·希尔

把背景故事放在第一幕——几乎所有人都会犯这错误。

新手编剧总是在电影开始阶段花太长时间。没必要磨磨蹭蹭等候引擎预热,你的读者迫不及待要爱上你的剧本,从始至终你都不要让她失望。写完第一稿时,看看如果撕掉头 20 页是否有所帮助。

电影更接近于短篇故事,而不是小说。因为游戏规则就是尽量简洁和你给予读者若干信息。精心选择告诉他们些什么,抓住什么才是真正要紧的——你必须无比挑剔、相当简练。

先找到头 20 页里你必须要有的那一小部分背景故事,然后把他们掰开揉碎像撒盐一样分散到第 40 页,第 62 页,第 93 页。然后扔掉头 20 页。如果读者在第 20 页停下,而你的故事还没有真的开始——要到 30 页才开始——那么他们将永远看不到你的故事。

"我总是努力找一个点,从故事的哪一个点开始我的电影?这个点要尽可能往后,但又不能让观众迷惑……从第 15 分钟如何,他们能不能跟上?"

——彼得·威尔[1]

---

[1] 彼得·威尔(Peter Weir),1944—,澳大利亚籍导演,1971 年他拍摄了自己的处女作《三个要走》(Three to Go),随后拍摄的《悬崖下的野餐》(Picnic at Hanging Rock, 1975)成为其经典之作。1981 年的《加里波底》(Gallipoli)使威尔首次蜚声国际影坛,也使影片主演梅尔·吉布森成为主流明星。他赢得了澳大利亚电影协会(Australian Film Institute)最佳导演奖。1989 年威尔又和罗宾·威廉姆斯合作,拍摄了影片《死亡诗社》,影片获得了奥斯卡提名。1998 年,威尔和金·凯瑞合作拍摄了电影《楚门的世界》(The Truman Show),再次获得了奥斯卡提名。——译者注

作者经常在应该开始讲故事的时候，却把太长时间花在"故事准备"上。不要挨个解释谁是谁，把他们放在向前推进的动作中，让他们通过做事情向我们展示他们是谁。一个经典的例子：

> 男人早晨醒来。
> 男人洗澡和修面。
> 男人开车去火车站。
> 男人买了一张票。
> 男人上了火车。火车开出火车站。
> 向观众揭示男人箱子里有一个炸弹。

很好的揭示，即使那些开场场景里可能有很多刻画人物的精彩时刻，但直到我们发现这枚炸弹，故事才算真正有了点意思。当我准备拿我巨大的红笔勾掉你那些开场场景时，你也许会可怜巴巴地说："但我需要向你展示这个家伙是谁！"我会回答你："不！等这个家伙已经上了火车，火车滚落出轨道时，让我们自己去发现他是什么样的人。"

这样开始：

> 男人上了火车。火车出站。
> 向观众揭示男人手提箱里有个炸弹。

之后，我们知道他离了婚，孩子们讨厌他，等等。就像挤牙膏一样，这些事是在巨大的压力下从这个男人身上一点点地被挤出来（他迫切地需要一个名字，一个和其他任何人物的名字都不押韵的名字！）。

经常会出现这样的情况，当你细读你的头 20 页，会发现有一个场景就像一部电影的开场场景。"淡入："自然地就要往那儿跑，听从你头脑里那个微弱的声音。很多你认为非常重要的信息其实都可以丢弃，或者被一些对白替代：

> **灰姑娘**
> 我有一个苦难的童年。

"嗖"地一声！头 17 页就——没了！

☐ 72. 你没去除所有无关的动作！

你已经尽你所能剪除所有无用的枯枝了么？

"写了然后你又擦掉。你称之为一种职业？"

——索尔·贝娄①的父亲

如果一个苏丹说："把那匹白色种马给我们的朋友。"然后你是不是会展示仆人走向马厩，给马配上马鞍，带着它穿过检阅场来到金銮殿或者你会让苏丹说："带那匹白色种马给我们的朋友。"然后切到：我们英雄跨骑在这匹白色种马之上，迫不及待地准备出发。

看《独行杀手》(*Le Samourai*, 1967)的 DVD，有很多阿兰·德龙在长长的走廊来回行走的场景——街道上，楼梯上，小巷里……我最终放弃，用快进键快速扫过了这些浪费时间的场景。如果你也写了此类磨皮鞋的场景，去掉它们故事会更加紧凑。如果读者看着你的剧本只希望自己有快进键，你会很受伤。

即使伟大的科波拉有时候也需要剧本美容术的帮助。《现代启示录》DVD 的第 13 章，小船上那群人收到信件，他们受到河岸上的袭击，克里恩被打死了。他们经过一架被击落的飞机，在雾中继续沿河而上。威拉德有一个很酷的镜头，他和他的 M16 自动步枪位于浓雾笼罩的画框的左边。更多的雾弥漫开来，他们又受到来自河岸上的袭击，只是这一次换成了弓箭。一旦意识到弓箭没法伤害到他们，他们就放松了——然而之后——长官被一支长矛穿胸，就像姆富穆在康拉德的原著小说《黑暗之心》里那样。

---

① 索尔·贝娄(Saul Bellow), 1915—2005, 美国作家。1941 年到 1987 年的 40 余年间，贝娄共出版了 9 部长篇小说，包括《奥吉·玛琪历险记》、《赫索格》、《洪堡的礼物》等。这些作品袒露了中产阶级知识分子的精神苦闷，从侧面反映了美国当代"丰裕社会"的精神危机。1976 年索尔·贝娄荣获诺贝尔文学奖。1968 年，法国政府授予他"文学艺术骑士勋章"。贝娄被认为是美国当代最负盛名的作家之一。——译者注

利落。简洁。一个家伙死于现代的方式,另一个家伙死于一种古老的方式,故事向前推动得就像彼得兔①一蹦一蹦的。

但是,如果你看了《现代启示录》重映版的第 24 章,你会看到如下情形:他们乘船突突地溯河而上,克里恩被杀;他们经过坠落的飞机下面时,出现了很酷的镜头——威拉德拿着他的 M16 自动步枪处于雾中小船的前端;然后一个法国人从雾中显出身形,欢迎威拉德和一群易怒的法国人吃一顿漫无目的的大餐;之后是跟一个老女人无聊的亲热;再之后这个法国人把他们送回雾中的小船,接着我们看到又一段威拉德抱着 M16 自动步枪的镜头。吃饱喝足之后他们倒是又重新制定了计划,由于被弓箭袭击和克里恩的死亡,他们只得沿河而上。但威拉德只收获了一场性事和一顿好饭,整整 25 分钟的段落里(25 页!)没发生任何事情推动威拉德的故事向前。

所以,想象这是你的第一稿——写得已经很好,但还有一点点松懈:

重映版:

  第 23 章:"克里恩先生之死"

  第 24 章:"法国种植园"

  第 25 章:"克里恩的葬礼"

  第 26 章:"晚餐"

  第 27 章:"失踪的士兵"

  第 28 章:"弓箭袭击"

你改写的时候,要去掉那些不能推动你的故事向前的赘余。

《现代启示录》

  第 13 章:"克里恩先生之死"

  溶入雾中(哎哟!法国种植园段落到哪去了?)

  第 14 章:"弓箭袭击"

剧本写作精彩的一课。谢谢你,科波拉先生!剪掉枯枝,让你的剧本卖出天文数字的高价!

---

 ① 彼得兔(Peter Rabbit),英国著名童话作家毕翠克丝·波特(Beatrix Potter)所著的图画小说《彼得兔的故事》中的主人公。——译者注

相信我,更短往往等于更好。

你可以通过去除那些乏味的东西增加张力。酷吧,哈?

每个场景必须充满向前的动作,好的场景推动向前进入下一个场景,读的时候你感觉就像背后被人猛推一把,就这样一路被推着前行。你的故事向前推动时,得像一列没有刹车的货运列车才行。

下面这段第一稿,结尾有点减弱了,不该这样。

> 他跳出的士,卡洛琳还没来得及阻止他。他屁股冒烟地沿街飞奔而去。
>
>   卡洛琳
>   哦!别这样!
>   出租车司机
>   去哪儿?
>
> 卡洛琳沉默。
>
>   出租车司机
>   去哪?
>   卡洛琳
>   自助洗衣店。

如果你删掉最后那一点尾巴,这个场景就干净利索地戛然而止,张力保持高位,推动我们向前。他跳出的士,卡洛琳还没来得及阻止他。他屁股冒烟地沿街飞奔而去。

>   卡洛琳
>   哦!别这样!
>   出租车司机
>   去哪儿?
>
> 外景 模糊背景 日景
>   出租车停下。戴夫在里面,踢着零钱兑换机。

你也可以去掉中间的无聊过程：

"爸爸，我的肚子痛。"

下一个场景
孩子躺在医院里性命垂危。

《温柔的怜悯》(*Tender Mercies*, 1983)中：

"你想过结婚么？"

下一个场景
他们结婚已经有段日子了。

裁剪掉中间过程其实就是省略，它有助于保持张力维持在高位，推动故事向前。有事情发生，并不意味着你就必需展示给我们看！

下面这一页取自我的剧本，还有我自己在上面潦草的圈圈划划。

父亲（V.O.）
马特。马特。上帝啊，我真幸运。你知道么？有你这样的儿子，我真骄傲……

马特很孤独……闪电击中那棵橡树，惊醒了他的白日梦。马特看见一个海盗从一根树枝上垂吊下来，转瞬不见。然后，这幻影就消失了。马特朝小镇疾跑过去。

外景 玉米地上方的砂土路 夜景

马特奔跑，绊倒在路的边缘。岩石翻滚进玉米田里。马特听见"噗通"一声。
他停住。把一颗石子扔进远处漆黑一片的田里。噗通。
迷惑地，马特弯腰爬下田里。然后，在远处，小镇上空升起焰火。

外景 马特的视点——遥远的小镇

前方，张灯结彩就像7月4日独立日，达格利什海盗节欢欣若狂、失去控制。
镜头对准马特 玉米地
他的注意力转移了，马特跑向那个小镇。他的脚溅起更多灰尘滚下路基，打在玉米上，让它们像水面一样泛起起伏涟漪。马特不曾看见……

外景 城市边界标识 夜景

"欢迎来到达格利什——海盗节的家乡"，马特飞奔两过，进入这个小镇。

外景 大街/港口

跨街横幅：达格利什海盗节。不遗余力制造喧嚣。剑枪到处可见，"哎哟"声随处可闻。
马特害羞地在街上四处闲逛。没有人留意他。
港口，系在桥墩上的那些乔装成海盗船的船只中，马特发现有一艘装备齐全的双桅帆船。"历险"，他敢么？

外景 小巷 夜景

马特走过一条黑暗的小巷。听到低语。

醉鬼（O.S.）
你给我地图子么，小伙子？

马特吓坏了。

谁在那儿？

我们一起把我的修改过程重温一遍。先打个预防针,这会很枯燥,但请挺住。

　　我删掉了"惊醒他的白日梦",因为我已经说了他一个人孤伶伶的,我认为读者会知道闪电击中树时,他正神游天外。
　　如果他看见一个海盗又"转瞬不见",我想我们就已经知道了"幻影消失不见"。
　　我把"马特"改成"他",因为我这段里已经用了两次"马特"。
　　"岩石翻滚"改成"泥块滚",因为这是玉米地,不可能是很多岩石的。
　　"马特听见"没有了是因为"噗通"就是他听到的声音。
　　我去掉了"远处的",因为他把一颗石子扔进玉米地,谁在乎扔多远?我又去掉"漆黑一片的地里",因为我们通过上下文已经知道他扔到哪里,何必还要重复?
　　我删掉了场景时空提示行,只留下"小镇",事实上在之后一稿里我又把"远方的"加回去了,我喜欢场景时空提示行也能帮助创造影像。
　　"前方"——我们已经知道小镇在他的前方。
　　小镇在远处,所以"张灯结彩就像7月4日独立日"就够了。尽管我十分喜欢"达格利什海盗节欢欣若狂、失去控制",但不要重复。
　　不需要"摄影机对准马特",不能抢了导演的活,只需要告诉我们摄影机在哪就行了。
　　"奔向那个小镇"删去"那个",有趣的是它怎么没的,什么时候没的,原来你根本就不需要它。
　　"他的脚踢起更多泥土滚下路基"比我第一稿写得要清晰一些。
　　既然我已经说了"让玉米像水面起了涟漪",就不需要再说石子"砸"到玉米。
　　我说"马特不曾看"犯了一个错误,一切都应该是现在时。
　　我删掉了外景。因为读者已经知道我们现在在哪。
　　"马特飞驰而过,进入这个小镇。"我们知道他是朝着小镇的方向跑,而且会经过边界标识。又有一个无用的"这个"。
　　我一直不肯定自己在这里的决定是否正确,"剑枪到处可见和哎哟声随处可闻",很棒的一句。"不遗余力地制造喧嚣"字数更少,但也许不是最好的影像。
　　首先我去掉了副词"害羞地"然后把"在街上四周闲逛"改成了"四处查探"。这么一改,用词好得多,比"闲逛"包含了更多内容。
　　"走路经过"跟"走过"是一样的,但是节省了两个字。
　　"喂,老弟,你给过我地图么?"以最重要的词结束。

瞧，聪明的我把"吓坏了"从场景描述改到了演员提示，整整节省了一行，不过今天再看，我更愿意把"吓坏了"直接拿掉。

* * *

真实生活中，保罗·里维尔大叫的不是"英国人来了！英国人来了！"而是："正规军出去应战！正规军出去应战！"但就对白而言，这两句哪个更好？毋庸置疑当然是改写的那一稿。

改写或者毁灭。

☐ 73. 你认为你的第一稿（或者第九稿）很完美！

别犯这个错误。

要假设朱迪法官正审视着你的手稿，化身为惹人生厌吹毛求疵的批评家——如果你对剧本里所写的没有一个很好的解释，她就会把你批得体无完肤。你必须把自己变成朱迪法官，这挺不容易。如果你写的时候爱它，读的时候爱它，那么你可能就有麻烦了，暂且把这如火的热情放下，当你准备做改写的时候，得问自己一些尖锐的问题：

它传递的是我想要它传递的么？

我的故事开始得尽可能晚么？

结尾足够有情绪和力量么？

人物行为像他们应该有的么？或者跟他们在其他场景里的一致么？

我们关心人物和她的问题么？

赌注够高么而且越变越高了么？

那些在意"幕的结点"的人能找到它们么？

所有的场景描述都简洁明了么？

每个人物说的话都很显然是出自他们之口，而且只应该出自他们之口么？（别忘了区分人物对白的那条戒律。）

页面看上去是它们应该呈现的那样么？

这个剧本真的好么还是只是我自己这么觉得？

我能在几乎每个场景里"挤"出更多的人物特质么？

我要怎样让场景更好、更令人难忘、更饶有趣味？

我已经读完整本《你的剧本逊毙了！》了吗？整张自查表都对照剧本——核查过了么？

改写不仅包括美化修饰文本，让阅读更顺畅无碍，还包括为了某些原因而改变一些场景。为了让人物刻画更加深刻，微调对白，微调故事起伏，修补结构问题——总之尽一切努力让你的剧本更好地讲故事。

你必须一直大声地朗读，然后改写，朗读，改写，直到所有事的发生，不是因为你想要它们发生，而是因为对于人物和故事这就是最好的处理方式。这种方法有助于你拥有一双批评家的眼睛，也有助于防止你过分自我迷恋你的剧本。

下面是我写的一个场景：

第一稿：

内景　商业摄影工作室　日景

　　音乐轰响。一个粗壮强健的年轻摄影师、衣衫不整的模特们、美容师、经纪人、玛琳、一群帮闲者。整个儿气氛十分摇滚。

　　摄影师给三个女人拍照。罗伯特拿着法律文件像雷神一样突然闯入。门发出"砰"一声巨响，所有一切都瞬间停住。

摄影师
（被闯入者惹怒）

<u>这儿</u>在工作。

每个人都恼怒地看着。

玛琳

罗伯特。我在<u>工作</u>。

罗伯特

我刚才也是。我本来正在做报告。

> **玛琳**
> 冷静点。
> **罗伯特**
> 我想我们得把这事解决。
> **摄影师**
> 很显然,你忘了把这大事儿记在备忘录里。
>
> 玛琳嚷着推搡罗伯特让他出去,周围一片沉默。

第一稿让我得意了很长时间,正跟罗伯特办离婚的妻子玛琳,恩,不是一个好人,在把剧本读了几百遍之后,我意识到如果玛琳是一个张牙舞爪的鹰身女妖,那么读者就会觉得跟她结婚的罗伯特也是个白痴。

改写时我让她变得柔和了一些,整个场景也随之柔和了。改变看似细微,却卓有成效。

> **第二稿:**
> 内景　商业摄影工作室　日景
> 　音乐轰响。一个粗壮强健的年轻摄影师、衣衫不整的模特们、美容师、经纪人、玛琳、一群帮闲者。整个儿气氛十分摇滚。
> 　摄影师给三个女人拍照。
> 　罗伯特拿着法律文件从后面溜进来。他没想到的是门"砰"地合上的声音像晴天霹雳。所有动作都猛地停住。
> **摄影师**
> （被闯入者惹怒）
> <u>这儿</u>在工作。
> 　所有人都逗趣地瞧着。
> **玛琳**
> 罗伯特。我在工作。
> **罗伯特**
> （摇着文件）
> 我本来正在做报告。

> **玛琳**
> 天啦,我很抱歉。
> **罗伯特**
> 我想我们得把这事解决。
> **摄影师**
> 很显然,你忘了把这大事儿记在备忘录里。
>
> 玛琳领着罗伯特从前面出去。他们身后,众人议论纷纷。

玛琳对他好了点,不像之前那么尖刻了。她没再推搡他出去,而他也就不再像一个爱上女妖的傻瓜。

即使像这样看起来并不起眼的改变也会产生日积月累的长期效果。一个在第 48 页做的改变会影响到第 49 页、第 50 页、第 51 页——每一页一直到第 110 页。打个比方你的故事像一条流淌的河流,每个场景都是上一个场景的下游。如果你在第 48 页做了改变,比如让玛琳变得更友善一点,这就像你往河里泼了一桶蓝色染料——随着你的故事继续流动,它就会给下游的一切染色。

第六场
吹毛求疵

□ 74. 你没做到字字精准！

读者在乎这一点。真实人生中，你也许不是字字较真的人，但是在你的编剧生涯中，你最好这样。

举个例子，"水泥"这个词，你可能就用错了。你听到有人这么说过，并不意味着就是对的。水泥是装在袋里的粉末。混凝土才是水、沙、石头、水泥的混合物。马路不是水泥做的，而是混凝土。是的，克莱皮特奶奶就把一个混凝土砌成的游泳池称之为"看见硬币的池塘"。没人在乎，她又不准备卖出一个剧本。

"他拿出那支总是揣在夹克里面口袋的自动铅笔，在'那书还像从前那样新鲜而独特'这句上划了一个独特简洁的校对符号做记号。他把它改成'依然独特，而且如常新鲜'。肖恩先生彬彬有礼地说，'因为独特没有程度等级之分。'"

——莉莲·罗斯如此描述威廉·肖恩

你写作的时候可能爱连着网，那么去 www.dictionary.com 讨教一下，常去逛逛。

大卫和蒂莫西在那小镇上闲荡，心花怒放、如痴如醉。

首先,去掉"那"。如果这两个家伙彼此迷醉,他们是喝高了,还是爱上了?到底是哪个?

注意这些地雷:

"影响"(affect)、"效果"(effect)

"出于所有意图和目的"(for all intents and purpose)VS."出于所有强烈的意图"(for all intensive purposes)(教了十三年学之后,这是我最喜欢的例子)

"你的"(your)、"你是"(you're)

"这里"(there)、"他们的"(their)、"他们是"(they're)

"披风"(mantle)、"壁炉架"(mantel)

"猛冲"(career)VS."倾斜"(careen)("猛冲"意味着匆忙沿街奔跑;"倾斜"的意思是"一边歪倒",就像把船倒过来在海岸上刮船底的藤壶附着物时那种状态)

"迫不及待"(champing at the bit)VS."烦躁不安"(chomping at the bit)(查字典,你觉得自己知道,也许并非如此)

"走为上策"(get the hell out of Dodge)(道奇是个城市,开头的字母要大写)

"She reigns him in. She rains him in. She reins him in."到底哪一个的意思是"她对他严加管束"?三选一,把它找出来。

"海洛因"(heroin)、"女主角"(heroine)。人物经常想要往他们的静脉里注射女人。什么意思,匪夷所思。

"顶峰"(peak)、"窥视"(peek)、"愤怒"(pique)。当她不能一窥顶峰时,她被激怒了。

"场所"(site)、"视力"(sight)、"引用"(cite)。三个词的意思天差地别,傻子才会把这三个词弄混。

"它是"(it's)VS."它的"(its)。用你的电脑的搜索功能搜索所有"它是",确保你用的都是对的。"It's"的意思是"它是","its"是所有格。

> 那狗盯着它的碗。它是空的。狗闷闷不乐。

告诉你一个秘密,就是这"它的,它是"的小故障,确实惹恼了一些读者。

有个叫比利·雷的家伙说:"I'm for it!"是否跟那个叫奈杰尔的说的是同样的含义呢?可能不是。奈杰尔是英国人,他惹了大麻烦,可能要锒铛入狱,他的意思是我罪该如此。而比利·雷想说的只是这主意很好,我举手赞成。你必须知道你笔下写的这句话到底是哪个意思。

除非正在读这本书的你是六年级的学生,而且(真想不到)在写第一个剧本的同时,正在写你的第一份学期报告——除了这种特殊情况之外,我想你应该已经知道自己能否掌握并运用英语这种语言。对有些人来说,语法和拼写是极度困扰的难事。这不是什么罪过,就跟有人需要戴眼镜一个道理。但如果你明明需要戴眼镜,开车时却偏偏不戴就不可原谅了!如果你在剧本中犯了语法错误,读者和制片人会直接把你钉在十字架上,所以,如果你对自己的语法没有信心,最好找一个朋友帮你把关,修正错误。"我的语法乱七八糟",说这句话肯定很难为情,但是总好过你花了一把时间写完剧本,却因为文法乱七八糟或令人费解而白白浪费了贵人赐予你的宝贵的机会吧?

当然,字字精准的要求并不适用于对白。不是所有人物都像简·奥斯汀那么说话的。你没必要在对白中都运用完美的语法。哦,真的!

□ 75. 你用的是数字而不是文字!

尤其是在对白中。

> 大卫
> 我们 5 点必须在那儿。
> 康妮
> 把 135 名个丘比娃娃全带上?
> 大卫
> 事实上是 235 个。

你写的对白是演员要说的,读者要读的——那就请把他写成能听能读的形式。所以,要用文字而不是数字。

> **大卫**
> 我们五点必须在那儿。
> **康妮**
> 把一百三十五个丘比娃娃全带上?
> **大卫**
> 事实上是二百三十五个。

这也适用于人物的名字。人物的名字最好也能向我们透露点有关人物的信息。酷朋友。浪漫小子。时髦宝贝。物尽其用——利用一切可用资源,时时刻刻竭尽所能告诉我们更多的信息。

> **1号朋友**
> 她现在正准备打扮得花枝招展。
> **2号朋友**
> 毋庸置疑。我也是。汉克斯真他妈的爱作白日梦。
> **3号朋友**
> 如果安吉跟他好上了,那真够糟的。
> **4号朋友**
> 她是我们中间最有胆量的。

一定要记住,水平很臭的校对会赶走读者!而且甜心,记着要启动你的拼写检查!别像上面的作者那样输在校对和拼写检查上!

☐ 76. 你提镜头要求!

其实这属于普通常识,但还是值得一提。因为你可能碰上一个编剧老师或者看到一本编剧书,告诉你写出下面这样的场景时空提示行是个聪明的主意。

> 内景　潜水艇—中景—极小景别的船舵的镜头　夜景
> 外景　远景　老旧的麦克唐纳的农场　日景
> 外景　中近景　爱因斯坦的长尾鹦鹉

让你的宝书或良师光荣下课吧。

永远不要提出镜头要求。这不是你管的事。他们有拿着高薪专门思考这个问题的电影导演和摄影师。很久很久以前,在普雷斯顿·斯特奇斯的时代,剧本包括摄影角度,但那都是陈年旧事了,早已时过境迁。

我说的是"永远不要",但其实也没有那么绝对,也许在一个剧本里你可以用两到三次。可能你提出镜头要求而侥幸逃脱,但它们最好出现在极其极其重要的地方。比如说,为了让读者了解到底发生了什么,摄影机必须处于即将爆炸的车上方,只有这样你才有给出摄影角度的必要。

即使如此,只能有一两次踩过界的行为,如果超过这个数,你就可能会激怒某人。何必冒这个险呢?不过,你还是可以通过写场景描述来巧妙而隐蔽地"放置摄影机"。

> 外景　金门大桥　日景
> 一个小小的身影,托拜厄斯在桥中央踟蹰徘徊。

半文盲的傻瓜看了这句话都会知道这是一个远景,在画框里托拜厄斯只有很小很小的一点。你不需要非要白纸黑字地写出来这是一个远景。同理,你想让我们靠近时,也不需要写成这样:

> 外景　金门大桥　日景
> 一个小小的身影,托拜厄斯在桥中央踟蹰徘徊。
> 摄影机从很远很远的地方向前移动,逐渐揭示这个小家伙在哭泣。

其实完全可以通过你告诉读者的内容就达到这一目的:

> 外景　金门大桥　日景
> 　　一个小小的身影,托拜厄斯在桥中央蹒跚而行。
> 　　一滴眼泪滑过他的面颊。

因为你跟我们说了他的面颊和一滴眼泪。我们就感觉好像跟他脸贴着脸,所以,根本不需要加那恼人的镜头描述,你想要的特写镜头自然就有了。

通过场景描述在读者脑海中创造一幅图景——其结果跟你提出镜头要求一样,但不会惹恼导演或者读者。

☐ 77. 你要求特定的歌曲!

不要告诉我们正在播放的是哪首歌,除非他们不用那音乐,你就马上刎颈自杀。其实,即便这样,也不要。

> 　　康纳坐在沙发上挨着那个人,他看着《白头神探》(*Naked Gun*, 1988),但没有节目的同期音响。背景音乐是拱廊之火乐队(Arcade Fire)的《醒来》(*Wake Up*)。他看上去无聊之极。

首先,读者也许不知道拱廊之火乐队唱的《醒来》听起来是怎样的。我就不知道。其次,一个制片人也许觉得你很难打交道,因为为了一首歌你就准备死磕到底。第三,他们也许会担心这种歌的版税贵得让人咋舌根。只要说:"一首罗曼蒂克的民谣",或者"一首尖锐刺耳的朋克摇滚",或者"类似德国接受乐队(Accept)的《竭尽全力》(*Balls to the Wall*)之类的蓝调布鲁斯",总之只要我们这音乐听起来是某种类型就行,不必确切地点出歌名。

不要踩过界,那是导演的工作。

那个写《落水狗》的家伙没有为割耳朵的场景钦点合拼乐队(Stealers Wheel)的《左右为难》(*Stuck in the Middle with You*)。他把这个决定留给了导演。不,等等。他确实点名要求了。因为他就是导演——塔伦蒂诺。

所以,只有当你准备自编自导时,才能要求音乐。除此之外,最好还是做好自己的本分，别去挑战导演的权威。

□ 78. 你没有启动拼写检查，你个笨蛋！

对很多人来说，这是一个敏感问题。我就是其中之一。

> She tucks the flower into Raymundo's "breats" pocket.（她把那花塞进雷蒙多胸[breast]前的口袋中。）
> A "CLUMBSY" KID runs across the street, ice cream cone in hand.（一个笨[clumsy]小孩跑过街道，手里握着个冰激凌蛋筒。）

过去我常常在学生作业中圈出拼错的单词，并写道："启动你的单词拼写。"我已经厌倦了在同一批人的作业上一周复一周地写"启动你的单词拼写"，所以后来我改变策略，只要有一个单词拼错了，我就只给这份作业"F"。检查拼写！这能有多难？如果你认为这要求很严厉，那我告诉你，如果你让制片人揪到一个打字排版错误，他们立马就会把你的剧本扔进垃圾堆！

记住，他们在寻找任何一个理由可以不读你的剧本，这样他们就可以跟漂亮的救生员美眉或者电影明星们出去闲逛了。或者，都不是，是陪他们的妈妈逛。

> "为什么那些发生在愚蠢的人身上的事，总是发生在我身上？"
> ——霍默·辛普森（Homer Simpon）[1]

一个好的剧本就是电影的蓝图。如果电路系统一团糟，你会去买这栋别墅么？正确的单词拼写是个基础。如果连这个基础都不存在，没有人会买这个剧本。而且一个拼写排版错误就会让读者停止阅读，转移他们对剧本品质的注意力。

---

[1] 霍默·辛普森是美国经典电视动画片《辛普森一家》中的一家之主。在庞大而成功的辛普森卡通系列中，霍默可能是最受欢迎的成员之一，他的口头禅"D'oh！"还被收录进了牛津英语词典。霍默是美国蓝领工人阶级的典型代表，虽然贪食、懒惰、常惹是非且非常愚蠢，但偶尔也能展现出自身的才智与真实价值。——译者注

所以，一定要注意你的拼写检查。它真的真的事关重大。也许你是不把它当回事，但是可能会把你的剧本给他的老板看的那些人并不这么想。

叠化：

闪回—二十年前

我的第一个剧本，在历经九稿之后终于投入制作，就是用这台打字机写出来的。一台 IBM 纠错电动打字机二代，文字处理的经典利器，直到今天我有时还在用它写对白。在 1980 年它价值 1000 美元，而它能做的仅仅是打字。它外形美观，还具有为人类设计的最好的键盘，用这东西打字简直就如驭风而行，轻松惬意。但是有时候，我会打错字。

用 IBM 纠错电动打字机二代，如果你打错了，倒退一个空格，点击"改正"键。一个白色的薄膜打字机带就会出现，你把打错的字再打一遍，而错字就会被一个白色的字母覆盖住。然后你再打正确的字母，它就会压在已经被覆盖的错误的字母上。听上去很复杂？比起以前的折腾简直就是极乐世界。你肯定不想再听我跟你讲古修正液的故事。

IBM 打字机的改正功能就像护身符——只要纸在打字机里，被紧紧地夹在滚筒与弹簧之间的原始系统里，即使你一路打到一张纸的底端，等看回去，在页面顶部发现了一个打字错误，你也可以把纸回卷到顶部的位置，把字母放在正确的那一点，按下"改正"键，覆盖那个写错的字，再打上正确的字，然后你就可以继续你的写作了。

但是，仅限于纸张还在打字机里的时候。

一旦你把纸拔出来，那就是另外一个故事了。如果你发现一个排字印刷错误，看着这张纸不怀好意地躺在你的桌上，大声尖叫："你个笨蛋，你居然没发现这个错误！"而你却没办法把纸再放回打字机，回到原来的位置——这就意味着，你必须把这一整页都重新再打一遍。

我重复一遍。"把这一整页纸再打一遍。"

这意味着再放入一张纸，（它后面的那张纸是为了保护压纸卷筒[就是那个滚筒]不会出现凹痕，因为电热元件[小球]会用力地敲击它！）然后看着你刚才打出的那一页，（没有好好校对的那一页），重新把这页再打一遍。这个令人恼火而抓狂的操作过程可能耗时两分钟至十分钟不等，取决于你的打字技术。

而且这个过程因为你的自责与懊恼会加倍煎熬，在你浪费在重打你的那页剧本的整段时间里，从始至终（衷心期望你的剧本是沃尔特·希尔[1]式风格的），你都心如蚁噬，而一切全因为你之前没有发现那个该死的打字错误。

叠化：

今天

几乎没有人再用打字机了，这就是为什么皇冠和史密斯·科洛拉牌打字机被当做古董炒到天价。几乎所有人都在用电脑。如果你在电脑上发现一个打字错误，你需要做的只是按 BACKSPACE 回格键，改正这个小差错，然后按打印键，看，看啊，一张闪亮的崭新的一页就从你的打印机里吐出，漂亮整洁得就像一个波旁玻璃酒杯。

它只会花去了大约十秒钟！

所以请解释，亲爱的读者，为什么，当我开始写作的时候愿意花去三分钟改正一个打字错误，而现在人们为什么不愿意花十五秒钟来改正它呢？是因为加工过度的食物？降低智商的电视？还是一个殃及全球的惊天大阴

---

[1] 沃尔特·希尔,1942—,美国电影编剧、导演、制片人,导演作品:《战士帮》(The Warriors, 1979)、《九怒汉》、《Southern Comfort, 1981》、《红场特警》(Red Heat, 1988),编剧作品以《异形》系列的剧本最为著名。沃尔特·希尔的作品大多节奏紧凑、动作不断而少有对话,这里原书作者以他的作品代指字数少的剧本。——译者注

谋耗尽、污浊了我们宝贵的体液？

我知道很难相信，但是有一些制片人和经纪人事实上跟我年纪一样大，也不喜欢打字错误。而且，对身处自我的象牙塔中的你来说，这或许是个冲击——他们不喜欢那些犯这种低级错误的人。

电影这个行当里，人们被雇佣最常见的理由不是天才或者魅力或者他们认识谁——而是因为人们喜欢他们，想和他们一起共事。如果你有打字错误，人们不会喜欢你，也不会想和你共事。

"因为什么呢？"你会问，带着我已经看惯了的朴实天真的笑容。

因为他们认为如果你太过稀松随便以至于懒得去校对剧本，或者（但愿不要如此！）懒得校对一封附上的投稿信，你就不可能成为他们可以依靠信赖的人。而且，这是每天有数以百万计的美元在门外飞来飞去的行业，可靠，是可雇用的关键条件之一。

曾经我在博德①书店办了一个写作研讨班。我带着好莱坞编剧和制片人去不同的城市回答关于写作的问题。我永远忘不了一个制片人说，如果她收到一封有错字的投稿信，她就直接扔掉。人群中一个妇女反应很激烈，"你怎么能这样做？如果那个剧本是部旷世佳作呢？"制片人看着她说："我不在乎。如果你不能写一封语法正确的信，为什么我该认为你能写出一个好剧本呢？"人群中的那个女人觉得因为她花了整整一年写这个剧本，所以在那里的某人理所应当地应该去读。

错了。

他们不欠你任何东西。什么也不欠。

所以，你要知道如果你的信里有一个打字错误，他们就会直接扔掉。也许你会仔仔细细、认认真真地检查你的询问函和剧本里的拼写。也许不会。你自己拿主意。

记住，他们不想和蠢人一起工作，为什么你想让他们觉得你很蠢呢？

美国编剧工会（Writers Guild of America，简称WGA）每年登记在案的新剧本有几千个。所以你大可放心，经纪人和制片人会收到大量没有错字的

---

① 博德（Borders）公司是全美第二大图书经销公司。——译者注

投稿信和剧本,他们根本不稀罕扔掉一些剧本,其中就包括你的。

□ 79. 你太信任你的拼写检查,哈哈哈哈!

对待拼写检查就像对待恶婆婆!如果可能你可以让她帮你,但是绝不至于信任到托付身家性命的程度。永远不要忘记,一些电脑告诉你对的事情,不一定真就是对的。如果你不自己校对,你就是在找倒霉。要一遍一遍,聚精会神地校对。

> Sally and Jessica both smile and "bear" their teeth like two lionesses.(莎莉和杰西卡两个都微笑着,像两头雄狮露出[bare]他们的牙齿。)①

如果你没发现上面这个句子有什么问题,你需要找个朋友替你完成校对工作了。我来给你提个醒,去掉"两个都"和"两头",另外还有一个错别字。下面这些校对错误,你千万别犯。

> The boy returns to the "alter" with only the crucifix.(男孩只戴着耶稣十字像回到圣坛[altar]。)
> Carmen "peaks" through the window.(卡门透过窗户往外窥视[peek]。)
> Tommy stops to "admire at" Colleen.(汤米停下来夸奖[admire]科伦。)
> Rob looks at the books "adjacent" Elizabeth's bed.(鲍勃看着毗邻着[adjacent to]伊莉莎白的床的那些书。)
> With lightening speed the Priest disarms Kate.(以闪电般的速度[at lightening speed],神父解除了凯特的武装。)

糟糕的校对会让你显得相当相当相当的愚蠢。

---

① 英文单词 bare 意为"露出",原句拼写误为 bear,在此作者举例表现拼写错误,不便直译,下文同。——译者注

☐ 80. 你认为越长越好！

更大不等于更好。过去业内的铁律是至多不超过 120 页，因为"一页对应着电影里的一分钟"，超过 120 页，他们就会想："这个笨蛋压根不懂行，我也完全没必要读他的剧本。"

我可以确定的是每个拿起你剧本的人都会做同一件事：他们会快速翻到最后一页，看看剧本究竟有多长。如果你的剧本少于 120 页，每个人都会习惯性的认为你还算靠谱的。但是现在的情况不同了。

因为电影制作如此昂贵，现在这个标准缩水到了 110—115 页。

不要说："但是有些电影有三个小时长。那些剧本远远超过了 120 页，所以如果有必要，我可以打破这一铁律。"是的，这种例外确实存在，但是那些剧本都不出自籍籍无名正在努力寻找第一个经纪人的作者之手，而是出于那些值成千上万美金的编剧之手。如果一个作者靠改写作品每周就能挣二十五万美元，她无疑已经拥有特权可以无视一两条规则。

但是你不是，我也不是。如果你正削尖脑袋挤入这个行业，那么就把你的剧本页数压缩在 110 页到 115 页之间。接近 110 页更好。因为执行经理都看编剧书，他们相信这个 115 页规则，所以你也不得不顺应它。

《英国病人》是部片长为三小时的电影，谁能想到它是从 104 页的剧本榨出来的。

☐ 81. 你没把你的剧本大声读出来！

我最喜欢的非虚构文学作者约翰·麦克菲[①]就把他写的东西大声念出

[①] 约翰·麦克菲(John Mcphee)，曾任《时代》杂志和《纽约时报》的固定撰稿人。1965 年他写出了第一部著作，在此以后他发表的一连串非小说类著作大获成功，赢得了无数崇拜者，他的作品包括《结合能的曲线》《幸存的小舟》和《来到这个国家》等。现在他在新泽西州的普林斯顿大学教授新闻学。——译者注

来。你也应该如此。为什么？因为当你只在头脑中读它的时候，只是对着你自己，它听起来不错——爽滑顺畅，像给婴儿的肥屁屁上拍痱子粉。这么完美，哪还需要修改？但如果你把它大声念出来，你就有希望听到这些错误。

通过大声读出声来，你会发现场景描述中的小失误，你也会发现故事的问题。最后，你听人物的对白。既然对白是给演员说的，为什么你自己不先把这对白大声念出来？

我开始写作的时候形成一个惯例。一个特别好的惯例。当我有一稿正在改写的剧本时，我会拿着三孔活页夹里的剧本坐到沙发上。我大声把它念出来。如果我把一页大声念出来三遍而没有做出任何修改，我就翻到下一页。如果我发现了需要修改的地方，我就做出校订，之后重新开始第一遍阅读。即使已经是第三遍阅读时，我读到这一页末，改变了一个逗号，我都会把这一页重新读三遍。这么着似乎永远都读不完剧本了，但确实是一个改进剧本的好方法。

如果真的想要听到你的错误，就找个人大声把剧本读给你听。那些曾经完美的一切现在可能变得像夏日艳阳下的垃圾一样糟糕透顶臭不可闻，科学上将之称为"观察者效应"(observer effect)——"观察的行为可能会改变被观察的现象"。这就是为什么我们在车里唱歌听起来像歌神，但是在录音棚却是灾难。如果为你读剧本的那个人读到哪儿磕磕巴巴，或者对白讲不通，或者不管什么，先潦草地做好笔记，再恳求他们不顾困难继续前进。等你朋友帮完你忙，别忘了请她吃顿午饭！

☐ 82. 你用了台破打印机！

你的剧本是用一台好打印机打出来的么？用的是好墨水么？页面有污迹么？有模糊不清的地方么？有一点点弄脏了么？质量管理是你份内事。你没机会走到别人面前为你廉价糟烂的打印机道歉。洛杉矶的人看不到你那间屋顶都漏水的佃农小木屋。他们也不会因为你没有鞋子、你的孩子几周都吃不上饭了而可怜你。只有你我知道你是多么幸运,能够打印出这么一份剧本而你的房子还没有烧成一片平地。但在好莱坞没人会在乎这个。

他们看的只是你的剧本。所以它最好看上去不错。是你的剧本给人留下印象,不是你,而且你只有一次机会。

在把剧本递出去之前,从头到尾再检查一遍,确保没有少一页,页数排序没有出错,而且也没有哪一页是背面朝上的。你会奇怪复印机怎么这么不把你的前途命运放在心上。

而且最后:

启动你的拼写检查,我万分诚挚地恳求你。

淡　出

第三幕

现在怎么办？

<u>写剧本是最简单的一部分。</u>

"宇宙就像一个密码保险箱，但密码锁在保险箱里了。"

——彼得·德·弗里斯①

"原始部落尊敬讲故事的人，但是如果他的故事没讲好，他们就会杀了他，然后当晚餐吃掉。"

——威廉·冯格②

"我知道你跟我一样，什么也不想干，只想要现金支票。"

——大明星的制片人刚谈妥一笔电视买卖

"难以置信，电影业的残酷已经刮走了我多少信心，经济上的窘迫又伤害了我多少自尊。"

——前电影编剧

"悲观主义者抱怨风，乐观主义者期待着风能转向，现实主义者则调整风帆。"

——威廉·亚瑟·韦德③

① 彼得·德·弗里斯(Peter De Vries)，1910—1993，因辛辣睿智的讽刺闻名的美国知名小说家，1944年至1987年间，一直供职于美国《纽约客》杂志，他十分多产，一生创作众多短篇、评论、诗歌、散文、戏剧、中篇小说和二十三本长篇小说，被哲学家丹尼尔·丹尼特喻为"关于宗教方面，可能是最幽默的作家"。——译者注

② 威廉·冯格(William Froug)，美国电视艾美奖获奖电视编剧、制片人。他制片作品有：《阴阳魔界》(*The Twilight Zone*, 1959)、《盖里甘的岛》(*Gilligan's Island*, 1964)、《家有仙妻》(*Bewitched*, 1964)。编剧作品有：《查理的天使》(*Charlie's Angels*, 1973)、《新阴阳魔界》(*The New Twilight Zone*, 2002)等。另外他还撰写了众多关于编剧艺术的书，并在美国加利福尼亚大学洛杉矶分校和弗罗里达州立大学等校教授剧作课程。——译者注

③ 威廉·亚瑟·韦德(William Arthur Ward)，1921—1994，《信仰之泉》的作者。他的励志格言在美国最常被引用，约百余篇文章、诗歌、沉思录被《读者文摘》等报刊、杂志刊载并广为流传。——译者注

> **淡入**
>
> 剧本写作一半靠写，一半靠卖。

别再担心"你是否将能写出一个伟大的剧本"了，如果这是你的第一个剧本，它很有可能很糟。别害怕失败。先写上几个剧本，然后再为"我做的对么"担心焦虑。现在，能不能得分的事先别管它，你只要拼尽全力做好动作。享受过程，咒骂结果。努力找到点乐趣。如果它没什么乐趣，为什么还有这么多人跃跃欲试呢？

如果你对失败忧心忡忡，好莱坞肯定能把你生吞活剥了。

这是艰难的行当。太多的人想进来。出于某些原因，这行当听起来很吸引人。至于究竟为什么，真问到我了。如果你曾经到过电影拍摄场地，你就会知道压根儿一点也不性感。只是一项工作而已。

"编剧没挖煤苦，但比挖煤黑。"

——达伯·科奈特（Dub Cornett），编剧、制片人

人们对编剧很好，我是说，那些成为金字塔的塔尖的编剧。大概也就只有十五个男人和十五个女人，他们享受了皇亲国戚般的待遇。除了这一小撮人，我不知道为什么，好莱坞的人对编剧不咋的。也许是因为每个人都能写出一两句话。他们怨恨你因为你比他们擅长做某些他们已经能做的事情。也许是因为如果编剧完不了活，他们就开不了工没有钱拿。也许是因为如果一部电影黄了，只有编剧拿得到报酬。

"很奇怪，作曲家得研究和弦和音乐表现形式的理论，画家如果不了解色彩和设计没法作画，建筑师也需要基础学校教育。只有当某人做了个要开始写作的决定时，他相信自己不需要学习任何东西。似乎任何知道怎么把字放在纸上的人都能成为一个作家。"

——屠格涅夫（Turgenev）

也许每个人都认为自己能够写作，我不知道。不管出于何种原因，拉斯

维加斯以西的人们经常对作家不怎么好。知道这个，也许你就不至于心中气恼了。高兴起来。享受美好的食物。享受你的工作。感谢你有这个天赋。如果你还是气不顺，就求助于你的理疗师。但是别跟这个行当里的某个人怄气，这无疑只会为你进入这行设置障碍。

对你来说进入这个行当的一个好方法就是写一个超一流的剧本。但是完成这个，你只是跨过了第一个栏而已。

现在你必须把你的剧本卖掉。

第一场
别当傻瓜，当专家

☐ 83. 你想要的是出名，而不是写作！

有很多作者不是想要写一个剧本，而是想要变得有钱。

如果你心底也有这么一丝念头，花点时间扪心自问，如果你心里确实是这么想的，趁早扔掉这本书，赶紧逃离这个写作游戏。写作很艰难，而且最大的可能就是失败。如果你想要的只是钱和名，我没法帮你。

> "这里可不全是可乐和辣妹。"
> ——助理掉了一个10K的灯泡到老灯光师脚上，
> 灯光师对助理如是说

你写作的目的必须正确，而且，目的还必须单纯。你需要写作是因为你必须写作。不是因为你想要拍成电影。不是因为它能付你的抵押贷款。

真的好的作家即使得不到报酬，依然会写。因为写作对他们而言，是一种难以遏制的冲动，而且写作给予他们的东西超越了金钱。你必须写作，是因为如果不写你就会死。

如果还有其他的原因，比如你想把你的照片登在《人物》杂志上等等，那你自踏上写作之旅的那一刻起，已然朝着苦大仇深而去了。快乐的(或者半快乐的)作者是那些喜欢写作，而不怎么关心是否成功的人。

相信我。

别挖空心思寻找抵达成功的捷径。还不如把这时间花在你的剧本上,让它组合装配得像一块瑞士精工手表。在自己确定它确实很棒之前,不要把剧本冒然地寄出去。我是非常非常认真的。

我写的上一个剧本,写到最后一页的时候我都哭了。头两个读到它的人也哭了。这剧本很棒。当我把它递给某人的时候,我不知道他们是否会买下它,但是我确定他们会认为这是一部很不错的作品。

因为我在其中投入了时间。

你也必须如此。不要妄想你写了一封空前绝后的伟大的投稿信,某人就会买下你并不真的万事俱备的剧本,在你把它寄出去之前,你的剧本必须他妈的刀枪不入了。写完一稿剧本。然后把它放在一边放上一段日子,写另外一个剧本。然后再把第一个剧本拿出来看看。重新投入进去,卷起袖子,下点功夫,让你的剧本好得冒泡。

检查剧本中有没有什么东西是你在其他电影中见过的。如果有,改掉它。改进、完善,让它变得更好。不要复制其他电影,因为看你剧本的人也许也看过这部电影。我敢打包票他们肯定看过。我最好的一个学生的行文、对白,都新鲜地像还冒着热气。我向他讨教,他回答说:"我把剧本读出来,如果听起来像某些我曾经听过的东西,我就改掉它。"

所有艺术家都孜孜不倦地勤勉苦练。玛格·芳登[1]、朱利安·施纳贝尔[2]、

---

[1] 玛格·芳登(Margot Fonteyn),1919—1991,英国芭蕾舞女演员,评论家盛赞她为20世纪伟大芭蕾舞女演员之一,1940年成为舞团首席芭蕾舞女演员,1956年受封大英帝国爵级司令勋章。她在《水仙子》、《罗密欧与朱丽叶》和《睡美人》中的表演尤其让人难忘。——译者注

[2] 朱利安·施纳贝尔(Julian Schnabel),1951—,美国画家、导演,他的绘画作品在纽约、伦敦、巴黎和洛杉矶等地的各大美术馆中都能找到。1996年,施纳贝尔初执导筒,拍摄了讲述美国街头画家吉恩·米切尔·巴斯奎特(Jean-Michel Basquiat)成名经历的影片《轻狂岁月》(Basquiat,1996),影片获威尼斯电影节金狮奖提名。2000年,施纳贝尔将古巴著名作家雷纳多·阿里纳斯(Reinaldo Arenas)的人生历程拍成电影《夜幕降临前》(Before Night Falls, 2000),该片不仅获得独立精神奖提名,还在威尼斯电影节被授予评审团特别大奖。2007年的作品,根据前《ELLE》杂志主编、记者让·多米尼克·鲍比生平故事改编拍摄的《潜水钟与蝴蝶》(The Diving Bell and the Butterfly),又在第60届戛纳国际电影节上斩获最佳导演大奖和评审团大奖。——译者注

米克·贾格尔①、索尔·巴斯②、毕加索、多娜泰拉·范思哲③、密尔顿·坎尼弗④每一个都是不辞辛劳的工蜂。这意味着起得比别人早,干得比别人苦,而且真心想要成为你口口声声说钟爱的这门手艺的专家。

你想要向他们兜售剧本的那些人可都是专家。为了能站到能够收购你的作品的这个位置上,他们投入了时间。所以你怎么能比他们投入得少?

□ 84. 你认为你的剧本与众不同,规则不适用于它!

很不幸地通知你,不管你妈妈跟你说了什么,你并没有那么与众不同独一无二。好吧,也许你是,但你的剧本不是。我觉得这一点你早晓得比晚晓得好。

今天的剧本跟一百年前的样子差不多。你最完美的剧本也没法改变好莱坞写剧本的方式。读者想要读你的剧本,除了你的剧本其他一切他们都不想看到。他们想要你的剧本看上去跟其他剧本样子差不多。封面、剧本,请给他们最常规的剧本格式。

---

① 米克·贾格尔(Mick Jagger),1943—,作为滚石乐队的主唱,米克·贾格尔是摇滚乐有史以来最有影响力的主唱之一。1964 年 5 月,滚石乐队发行首张专辑。到六十年代末,滚石已经成为全世界最为知名的摇滚乐队之一。七十年代初,贾格尔还曾涉足影视圈。——译者注

② 索尔·巴斯(Saul Bass),1920—,美国动画片绘制家、美工师、导演,美国知名平面设计师、学院奖获奖电影导演。他也是动态图像和动态片头的开山鼻祖。在他从业的 40 年里,他曾与一些伟大的好莱坞电影导演们合作。其中包括阿尔弗雷德·希区柯克,斯坦利·库布里克和马丁·斯科塞斯。在他创作过的众多片头当中,最为出名的,包括:为大导演普雷明格的电影《金臂人》(*The Man with the Golden Arm*,1955)所作的那段以动态剪纸形式表现一个吸毒瘾君子手臂的动画;大导演阿尔弗雷德·希区柯克的电影《西北偏北》中,上下疾驰的文字最终变成了高角度镜头俯瞰联合国大楼那段情节;为电影《精神病患者》创作的那段杂乱无章的文字一起飞驰然后被拉开的画面。——译者注

③ 多娜泰拉·范思哲(Donatella Versace),1955—,著名服装设计师詹尼·范思哲的胞妹,在兄长意外遭枪击身亡之后,多娜泰拉毅然扛起范思哲大旗,以其年轻、鲜活、性感、大胆、锐意求新的设计征服了时尚圈,被喻为"时装界最有权力的女人"、"活着的美杜莎"。——译者注

④ 密尔顿·坎尼弗(Milton Caniff),1907—1988,美国知名漫画家,代表作品:《迪基·戴尔》(*Dickie Dare*)、《特里和海盗》(*Terry and the Pirates*)、《史蒂夫·坎勇》(*Steve Canyon*),其漫画风格对于 20 世纪中叶美国历险主题的连环漫画影响深远。——译者注

下列错误应该没有出现在你的剧本里吧?但愿没有。

不要用三个曲头钉。傻瓜。他们在纸上放三个洞就是为了引诱你堕入其恶毒的陷阱。用两个曲头钉。在为这本书做调查的时候,我跟一个制片人谈话,当我跟他说起三个曲头钉时,他假笑着说:"是的,当我告诉一些编剧新手只用两个曲头钉时,我忍不住大笑起来,因为这规矩确实很傻。但当我看到一个有三个曲头钉的剧本,我立马就会把它扔到一边。"之后他又大笑起来,就像这种:"唔——哈哈!"

用"两个曲头钉"的原因很荒唐?助手必须影印你的剧本,不想花时间来解开三个曲头钉,既然两个曲头钉就能把你的剧本钉在一起,所以当他们看到有三个曲头钉的剧本,他们就知道了你并不熟悉他们的需要。就从拿起你的剧本的那一刻起,他们就开始讨厌你!

你用的曲头钉对么?上 www.writersstore.com 网站订购吧。

要用 $1\frac{1}{4}$" #5 黄铜螺丝的曲头钉。在你的家乡可买不到。你能买的那些金属层太薄,根本没法固定。知道如何把"业余"这个词写在你剧本的封面上,除了直接写上"业余"二字,首推蹩脚的欧迪办公[①]曲头钉。

不要企图压缩页边空白以让你过长的剧本能缩短在珍贵的 110 页里。你认为这些人的脑子都被门挤了么?如果你这么做,他们只会想:"想钻空子,休想得逞!"然后把你当做心肝宝贝的剧本扔出窗外。别抖这些没用的小机灵,做你该做的工作,让你的剧本变得短点。

不要求助于插图、照片或者地图做"更好地解释"。妈呀,只要剧本。你必须用文字讲述故事,只有文字。如果你半途中来一句"现在打开这张地图……"你就直接出局了。

不要电影配乐的 CD,不要演员名字列表,不要那些有朝一日可能想演出这个角色的演员的照片,什么都不要。只要剧本。你想要脱颖而出,这肯定。但是你想要的,是凭写作脱颖而出,而不是因为你像个笨蛋而从他们办公室里的 1500 本剧本中脱颖而出。

---

① 欧迪办公(Office Depot),成立于 1986 年,总部位于美国佛罗里达州,年销售额 150 多亿美元,全球员工近 52000 人,为 43 个国家和地区的客户提供办公产品与办公服务。——译者注

不要扩展对白的页边距。

不要在金考快印①装订剧本。

不要把剧本放在三孔活页夹里寄出去。

只用卡纸做封面!

不要以95%的比例缩印剧本让它显得有更多的空白。想法很可爱,但可别真这么干。

不要尝试眼花缭乱的新格式,妄想好莱坞一直翘首期盼你这位旷世奇才给他们带来生机勃勃的新方式。我很遗憾地告诉你,好莱坞没有你也繁荣昌盛了这么多年了。如果你真做了什么稀奇古怪的大胆尝试,提供了你以为新颖而改良的新品种,只会让他们认为你是个傻瓜。

而且他们也不会回你的电话。

☐ 85. 你的标题页上放了不该放的东西!

标题页上不要写上代表版权所有的符号:©。

标题页上不要写西部编剧工会什么什么的。

也不要写东部美国编剧工会。

标题页上也不要写美国编剧工会注册号349683。

标题页上也不要写"版权所有"。

---

① 金考快印(Kinko's),即联邦快递金考,是一家以印务为主要业务的全球连锁公司,总部设在美国得克萨斯州的达拉斯市。金考快印的主要客户是商务公司及SOHO族。——译者注

我精彩绝伦的剧本

作者：

威廉·M·埃克斯

我的名字@网域.com
我住的街道
我的家乡,州 12345
212/555-1212

除了标题、你的姓名和你的联系信息,别的东西一概不要写,不要。你要问我,为什么?!

游戏进行到这一阶段,当你耗尽血汗,为这个剧本埋头苦干了谁知道多久,终于有了一个很棒的剧本——你仍然有可能在最后一分钟将它毁于一旦。我敢说,你想要显得很酷,而不是像一个妄想狂患者。

假如你把"如果你偷了我的创意,我就会把你告到断气"诸如此类的傻话写在标题页上或者附信里,你就玩完了。只要你给人一丁点儿感觉:你担心他们会偷走你宝贵的作品——我的朋友——你的剧本马上就得到垃圾箱一游了。

等等,我还没说完!如果你和你的写作搭档把这个写在标题页上:

作者:
威廉·M·埃克斯和威廉·高德曼

这马上就告诉他们:你对这一行完全不了解。你当然不希望这样,对吧?这个"和"字在业内是一个公认的用词,代表第一个作者被解雇了,第二个作者出现代替了他。"及"的符号——&——意思才是你们是一个写作团队。

作者:
威廉·M·埃克斯 & 威廉·高德曼

这才意味着我们坐在同一个房间里一起写作。当然我只是打个比方,我也希望自己能有这份荣幸和威廉一同工作。

知道了这个,现在你就可以坐在一个电影院里喋喋不休了:"嘿,那个女人被炒了鱿鱼,他们雇了这两个人来接替她,后来又炒了他们两个,最后这个家伙清理战场。"当然,大银幕上的人员名单不会告诉你这部电影一路走来,另外还有十九名编剧在途中像苍蝇那样默默无闻地死去,而没有得到署名。

你的剧本逊毙了,因为你在标题页上写了日期!永远别这样做!

要知道，在好莱坞，年轻比其他任何东西都珍贵。一个新剧本总是比一个老剧本值钱，即使那个老剧本更好。很傻，但是事实就是如此。

递出去的剧本就像泼出去的水，你永远没法预知它会有怎样的游历和际遇。如果你在剧本上写了日期，有人可能会在两年后拿起它，然后认为它只是一个没被投入制作的陈腐老旧的垃圾，所以它铁定是个烂剧本。

我曾经写过一个剧本，当然，标题页上没有日期。我的经纪人把它递出去，没人买它。有人读了它，差点它就被拍成了电影，但是后来还是没有。时间流逝。另一个经纪人把它寄给了一个发展部主管，他喜欢这个剧本。不幸的是，她的上司不喜欢。所以她只有把剧本放在她的抽屉里，直到她有了一个新的上司。谢天谢地，他们喜欢这个剧本。又过了一段时间，他们找到了一个执行制片人和一个导演。

我去洛杉矶和制片人、执行制片人及导演共进午餐，吃午餐时曾有这样一段对话：

"那么，你是什么时候写的这个剧本？"

我对怎么回答这个问题早已做好了准备。

"哎呀，前不久吧。我居然都不记得了。"

那个执行制片人说："是啊，有时老剧本是最好的。"

围坐一桌的人齐声嚷嚷"是的"、"确实"。

然后那个执行制片人说："我前几天还看了一个老剧本。没被拍成电影，但是它确实很不错。它就是五年前写的。"

又一次，围坐一桌的人一阵激动——为一个写于内燃机引擎诞生之前的老剧本。我当然聪明地三缄其口。这席对话和这顿免费午餐都源于我的剧本，而它写于二十年之前。如果他们知道这个剧本究竟有多老，他们就会像扔烫手的山芋一样扔掉它，因为每个人都知道，在好莱坞旧的就等于糟的——因为如果它很好，那么比他们精明的人早就把它拍成一部电影了，还用等到现在！

当然他们中没人知道这个秘密，因为二十年前我没在剧本的标题页留下日期。

☐ 86. 你没做过台词排演！

所谓对白就是必须被听到的话语。

你先在大脑里写它,然后又把它写到一张纸上,然后再在你的头脑中读它——这并不真的管用。要想发现你对白中的问题,你必须听到它。

台词排演是个好主意,尤其是如果你认识某些演员的话。如果只是你的朋友,效果会差一点,但是依然很有帮助。把人们召集到一块,请他们吃晚餐,让他们围坐在桌边,花一个半小时或者两小时读剧本。你不要参与其中,人物对白或者场景描述你都不要读。你需要做的就是坐在那儿,倾听,然后做笔记——可以用笔记本电脑,或者就在你面前的一本剧本上瞎划都行。

确保:
    给演员足够的时间熟悉剧本。
    准备足够的咖啡和水。
    让自己带点幽默感。
    带点巧克力让大家分享。
    降低你的期望值。
    简明、直接地回答所有问题。
    做好即兴创造的准备。
    做好失望的准备,这个不一定。
    吸口气。

请允许我给你一个小小的警告。如果你或者演员们没有做好准备,台词排演的效果可能令人非常沮丧。如果演员以电话直播的方式参加台词排演(这意味着你没有把他们伺候好或者给他们的报酬不够,他们进行台词排演只是勉强为之),台词排演结束时,你可能想跑去自杀。

我曾在伦敦为一个制片人和投资公司做过一次围桌排演。一个高档酒店的包房里挤满了演员、制片人,还有我。投资人来之前,他们通读了一遍剧本。演员的表现乏善可陈、没精打采而且枯燥乏味。这是我整个创作生涯的低谷。走出那个房间时我觉得自己毫无才华，之前拍出的每一部电影都是笑话，我根本就不配在这个行当里混饭吃。我压根儿不知道演员还没发挥正常的"表演水准"，只是在熟悉素材。投资的人一现身，他们的表演马上变得劲头十足激烈饱满。对白像长了翅膀，从纸上飞起，在桌边环绕。因为这次精彩的排演，投资人拍板决定投资这部电影。

☐ 87. 你还没真正准备好，就急着把剧本寄出去！

如果你可以找到某位"实权人物"对读你的剧本感兴趣，你真是个幸运儿。所谓"实权人物"，我的意思是指一个导演或者制片人或者发展部人员或者演员——他们所在的位置能帮助你把剧本拍成电影——简而言之也就是身处于电影行业之内的人士。

这样的机会比金子还要宝贵，你一定要万分珍惜。如果你把你的剧本交给某位"实权人物"，他们读了，而它并不优秀，他们就会：1) 永远不会读你以后写的任何东西；2) 或者假如他们还是读到你的下一个剧本，他们也会记得第一个不怎么样的那个，他将戴着有色眼镜来判断你的新作品。吓着你了，但是，我说的是真的。

他们会说看到你的作品有多兴奋，但是你别相信这种话。不要堕入这样的陷阱："这个家伙想读它，所以我最好赶快把剧本给他。"他们根本不在意你是否递出了剧本，所以你最好再花六个月把你的剧本打磨得闪闪发光。每隔两个月给他们打个电话，让他们知道你还活着，这样他们就没法忘记曾向你承诺要读你剧本的话。

我写的第一个剧本《威洛比追逐的狼》(*The Wolves of Willoughby Chase*)，改编自一本书，让我不间断地工作了三或四个月，也许是六个月。一个晴好的日子里，我终于写完了。我心花怒放，我想要它下个星期就投入制作。哦，快乐的日子——我姐姐的一个朋友正和一个知名女演员约会，她自告奋勇读我的剧本，而且，居然不可思议地想要帮我。我加倍地心花怒放。我开车到夏特蒙特酒店,把剧本留在服务台,然后兴高采烈地离开。我的剧本完工了,而通往财富幸福的金光大道已经在我面前徐徐展开。

中途我去了趟朋友史蒂夫·布鲁姆(Steve Bloom)的家。后来,他跟人共同创作了《犯贱情人》(*The Sure Thing*,1985)、《神兵总动员》(*Tall Tale*,1995)、《飞天巨桃历险记》(*James and the Giant Peach*,1996)。他也是自告奋勇读了我刚印出来的剧本。这段时间里我到他的卧室看了本书。他看完剧本的时候天已经黑了,我回到他的办公室。

我仍然记得他坐在椅子里,向后一靠,我的剧本就放在他的大腿上。他开始快速翻动我的剧本,但不是给我的剧本唱颂歌,而是把它批得体无完肤。他像用十六英寸的炮弹射击我的剧本,而我就眼睁睁地看着我的心血之作在面前爆裂。说起来也奇怪,他刚开始温柔地将我的剧本开膛破肚,我的眼前就突然一下清晰。我看见剧本里成吨的错误,有些他甚至都还没指出来。这真让人沮丧,当然,从另一个角度说,也令人振奋。因为正是由于有了他一流的批评意见武装我的剧本,我可以让它变得更好!

然后我想起了那个知名女演员,我把剧本给了她!她正准备读这超级垃圾,读了它之后她不仅不会帮助我,也许还会追捕我杀掉我,因为我居然用这样的烂剧本浪费了她的宝贵时间。

我觉得恐惧、愚蠢,还有其他一千种导致汗流浃背的情绪。羞愧难当的我在纽约给她打电话准备告诉她我必须对剧本进行改写,请她不要读我给她的那本剧本了。但在我开口之前,她先向我道歉,因为酒店把我的剧本弄丢了!呀哈!太好了!

躲过了一枚子弹。

我简直是俯冲回我的剧本,又花了三个月的时间进行改写。整个写作时间是九个月。但是,当我完工的时候,它确实是个好剧本了。它得到了优先购买权,最后被拍成了电影。我的编剧生涯开始了。所有一切都得感谢我的朋友毙掉了我自己认为已经很完美了的半成品剧本,没让它搞砸一切。

铭记这些不朽的语录:

"你对你的剧本腻味了,并不意味着它就完工了。"

——威廉·M·埃克斯

还有

"你如何知道什么时候你的剧本算准备就绪了?当你再做不了什么,只能开始另一个故事的时候。或者当你把脑子都想炸了的时候。"

——制片人马克思·黄[①]

[①] 马克思·黄(Max Wong),美国电影制片人,制片作品:《恐怖怪谭》(*Disturbing Behavior*, 1998)、《美少女啦啦队》(*Bring It On*, 2000)、《你拥有的一切》(*All You've Got*, 2006)、《我希望在地狱也有酒喝》(*I Hope They Serve Beer in Hell*, 2009)等。——译者注

第二场
电影业

☐ 88. 你压根不知道电影业如何运作！

不要显得你对"一部电影是怎么制作出来的"缺乏了解。

做好你的功课。成为专家。

> "他不只是一个牙医。他在写剧本。"
> ——苏珊·萨兰登《芳心天涯》(Anywhere but Here, 1999)

现在你的剧本已经竣工，你必须把它卖出去。这意味着要找到某人读你的剧本。这个某人不是你的男朋友，除非你的男朋友就是制片厂的老板。如果有这样的美事，给我打电话。

到你的通讯录里掘金。然后，求助于你的朋友：你认识谁有个堂兄弟或者姊妹是灯光师？或者前男朋友的妈妈有没有朋友是克林特·伊斯特伍德的剧本顾问？你的老师跟洛杉矶有什么联系吗？或者你有没有碰到过某些人曾经在好莱坞混过？也许他们能认识什么人？

如果你不认识任何和好莱坞有联系的人，你可以试试从好莱坞创作人员名录(www.hcdonline.com)中找到某人读你的剧本，它列着每个制片公司和在那里工作的人员的联系信息。永远不要把你的剧本寄到制片厂。找一个拍摄过跟你剧本相似的影片的制片公司，然后写信给发展部主管，用甜言蜜语努力说服她，目的就是让她读你的剧本。因为电影业内人士每一年半换一次工作，一番走马换任之后，名录上几乎一半的内容都不对了，所以你也要随时更新再买本新名录。

你的询问函最好写得精彩一点，多花点工夫在上面，最好花几个星期好好琢磨琢磨。

在等待一个审稿人同意读你的作品同时，形成一个作者小组。从中得到反馈意见，采纳一些意见或者全部，完善加工你的剧本。记住，任何一个读你剧本的人都是在帮你的忙。

与此同时，让自己再增添些这一行中的其他技能——你可以是个演员，你可以是个剧作家，你可以写小说，等等——不要只是一个电影编剧。

与此同时，创作短片。《南方公园》的预告片令人忍俊不禁。最终这成功的预告片给那帮怪家伙带来了工作。很多曾往 www.youtobe.com 或者 www.funnyordie.com 上传过短片的人，后来都得到了一纸工作合约。

如果你终于得到某公司某人垂青，同意读你的剧本，他们会递给你一份授权书（release form）——为了避免卷入麻烦的诉讼。如果你不愿签署一份授权书，最好找一个娱乐纠纷律师递交你的剧本。

他们收到你的剧本后，公司会把它交给一个审稿人。如果是家小公司，这个审稿人可能就是前台接待员、助理，或者一个没有报酬的大学实习生。一般来说经纪公司里的审稿人会读完你整个剧本，制片公司里的审稿人则不会。所以，你搞不搞得定审稿人就在10页之内见分晓。

审稿人看完剧本后会写一个报告，包括你剧本的概要、推荐给其他什么人读它，或者不推荐。这个报告可能会对你整个创作生涯产生深远的影响，而你只有这一次机会。如果他们不喜欢你的剧本，就永远不会再读你写的东西。所以，别寄出你的第一个剧本，要寄出你的第一个好剧本。

如果这个读者推荐你的作品，发展部执行官就会读到它。如果他们喜欢，就会把它交给制片人。如果制片人喜欢，你就会得到一个电话。最好备有2号剧本，因为制片人可能说："嘿，写得不错，但是我们对这个故事的兴趣不大，你还有别的什么故事吗？"如果你的回答是有，他们就会邀你走一趟，跟他们说说你的下一个想法。

这一路道来你听到了许多起伏波折吧。这就是讲故事。

如果你有机会去开会,要做好二十分钟之内完成全部任务的计划。当闲谈告一段落,用十分钟陈述你的故事,然后走人。事前一定要预演一下,对着一个人——不要对着一面镜子。

> 我喜欢迅速设置故事的世界,加一点氛围,然后开始。
> 介绍一点主人公,她的性格,她的问题,她想要的是什么。
> 接着是关于坏蛋的一点介绍,他想要的是什么。
> 第一幕终点:事情是怎么发生转变的?
> 通往第二幕终点的一路上发生的主要波折,和第二幕终点。
> 英雄的低谷,在那儿她觉得自己一切都失去了。
> 她做了什么来解决她的问题?
> 然后,当所有一切结束,通过这些经历她发生怎样的转变?

干净利落。就这样。

带走你面前免费的水,见好就收,赶紧撤退。

如果他们对这个想法或者你的剧本感兴趣,之后你就可以得到一个经纪人,轻而易举,因为对于经纪人来说几乎不用费什么力气钱自动就上门了。公司会优先购买你的剧本,然后要求你改写。(哇哦!)接着就开始想方设法吸引演员。这些日子里,你要分文不取地做剧本改写。你可以对你的新经纪人抱怨此事,但制片人都习惯于免费得到东西,最后的结果还是你怀着他们能卖出这个剧本的期望改写一稿。还有其他人对你的剧本表示兴趣了么?没有,对吧?你没有太多选择。

也许他们能卖出它。也许不能。也许他们会让你把生命中一年或者两年时间浪费在无用的改写上。也许不会。这是这个行业最令人泄气的地方,而且没法避免。发展阶段么。如果你够幸运,遇上一个擅长于故事的制片人,你的剧本会得到改善。如果你走衰运,制片人对故事完全没感觉,会逼得你毁掉你的剧本,而且一分报酬也拿不到,最后只能把它当垃圾扔掉。因为它已经不再是一个好剧本了。表示哀悼。

如果他们找到一个导演或者一个演员对你的剧本感兴趣,他们就会去找钱了。

如果他们找到了投资,他们就会把你的剧本拍成电影了,而你就会在影片拍摄开始的第一天拿到属于你的那张金额不菲的支票。

然后,你为下一个剧本找到审稿人也许就能稍微容易一点点。

永远不要忘了竞争之残酷令人难以置信。学院奖获得者汤姆·舒尔曼刚刚走出校门那会儿去拜访他的朋友,他的朋友是理查德·德赖弗斯[①]的房屋托管人。吃罢晚饭,一个邮递员送来一个给德赖弗斯先生的剧本。如果一个信差送一个剧本到演员的家里,那就意味着这个剧本已经杀出一条血路抵达了食物链的最顶端。

舒尔曼的朋友说:"所以你想成为一个编剧?"她走过门厅打开一扇门,把剧本扔了进去。满怀恐惧的舒尔曼跟着她往里面看了一眼。他看见一间小小的空卧室里地上堆着足有四英尺高的剧本。

舒尔曼差点就放弃了。

对艰苦的未来有足够的思想准备,你的生活也许会变得更容易点。

□ 89. 你不知道好莱坞的人什么时候吃饭!

要不然,你不会在太平洋时间下午一点一刻打电话。真会挑时候。

娱乐行业里的人都在下午一点吃午饭。全城都是。所以不要在洛杉矶时间 12:45 分给任何人打电话。要知道这个时间他们要么在对助手说起刚才打的电话,要么就在把脚塞进高跟鞋,要么就在尖叫着让侍应生把他的车停到楼下——就在此时——您老人家从某个偏僻小村打过电话来!你觉得他们有什么理由想跟你说话呢,你显然不知道他们的屁股都迫不及待地要离开座位了!

[①] 理查德·德赖弗斯(Richard Dreyfuss),1947—,美国知名演员,因出演《美国风情画》崭露头角。1975 年他参演了史蒂文·斯皮尔伯格轰动一时的影片《大白鲨》人气急升,在《再见女郎》(*The Goodbye Girl*, 1977) 中的表演令他以黑马姿态勇夺奥斯卡影帝宝座。他在其后的 20 多年中继续主演过多部影片,1995 年他以《生命因你而动听》(*Mr. Holland's Opus*) 再创表演事业的高潮。——译者注

不要看起来跟个笨蛋一样。在办公时间打电话,12:30 之前和2:30 之后。除非——总有一些"除非"。

不要在午餐时间打电话,除非你只想要交差式地回过他们的电话,而不是真的想跟他们说话。另外,避开某人或许是你选在午餐时间打电话的原因。如果这些才是你在午餐时间打电话的缘故,那么准予你在萨米·格里克①成功之梯上前进两步,你无疑是达成所愿了。

再来说说电话:好莱坞滋养各式各样坏行为的湿地沼泽,过于讲究的礼貌、极端野蛮的残酷在此地并行不悖。这些曾被认为是反社会、不道德、不可原谅的行为,如今却变成了标准。当一流 A 级的导演、经纪人、制片人把剧本递给演员的经纪人,他们从来不会告诉大家自己是喜欢还是不喜欢,有时甚至连读没读过也不说,你和我压根儿就别期待任何人能回答任何问题。

沉默就意味着不。

它不意味着他们不喜欢它,也不意味着他们喜欢它,剧本也不会回到你手中。沉默意味着你永远也没法从他们那里得到消息,而你的本分就是永远不要问为什么。法律允许你再发一个提醒式的邮件或者电话,之后就放弃吧,舔舐伤口,退回洞穴,谋划更好的策略或者写出一个更好的剧本。

□ 90. 你的自尊过劳了! 直说就是"别跟观后意见过不去"!

没人就该读你的剧本。

"如果我读了一个烂剧本,它占用了我四十五分钟,我没法要回我的钱或者我的时间,只能满怀愤怒。"

——洛杉矶制片人

---

① 有着"滨水"作家之称的美国作家巴德·舒尔伯格(Budd Schulburg)在其小说《是什么让萨米奔跑》中,塑造了经典的为了自己的抱负不择手段的美国原型形象萨米·格里克(Sammy Glick)。萨米出生在纽约下层东部贫民区,自幼就立志摆脱贫困,为爬上成功的阶梯不择手段不惜一切。小说就讲述了萨米的崛起和失败。——译者注

没人欠你任何东西。你花了时间写你传说中美好的剧本，并不意味着好莱坞的人在道义上就有责任读它。它也许是地球上最伟大的剧本，但是有太多剧本在好莱坞流传，如果他们错过读你剧本的机会，他们也不会为此彻夜失眠的。

你请求某人看你的剧本，你必须首先进入到他的大脑里从他的角度想问题。记着影视行业里的人们都需要承受巨大的压力，也要投入巨多的时间。当你接近某个"实权"人物，要清楚他们的时间表，还有你想要他们做什么。你请求某人读你的剧本，其实你是在恳求他给出他生命中的几小时，而你没法再把他的时间还回去。你可以送给他一个好礼物，一本好书，或者一张星巴克礼品卡——或者听从采纳他们的建议，这主意也不赖。

你必须无比亲切，不能过分强求，而且要极度善解人意。如果某人同意读你的剧本，你必须待之如珍宝。永远不要想当然地认为他们这个周末就会读你的剧本，尽管他们嘴上可能这么允诺了，不必太较真。

不要周一就给他们打电话询问他们的想法。你必须一直牢记，他们可是大忙人，他们的时间被 N 个人瓜分殆尽。不要每隔一周就打个电话。最多给他们发一封言辞温和的提醒邮件，而且必须等到一个月之后，或者两个月之后。然后，忘掉这件事吧。

要和蔼。要耐心。要宽容。而且不要表现得像个傻子。

你千万不要冲向某人，愤怒开火，斥责他们为什么没有尽快看你非凡伟大的剧本。他们能接你的电话你就已经够幸运的了，所以要表现得体，不要得寸进尺了。

有可能你会遇到一些体贴周到的好人，他们会给你观后意见，你得欣然接受如获至宝！

"没人像新手那样傲慢自大。"

——伊莉莎白·艾什莉[①]

[①] 伊莉莎白·艾什莉(Elizabeth Ashley)，1939—，美国女演员，以扮演百老汇戏剧《带她走》中的纯真少女角色而引人注目，之后凭另一出百老汇戏剧《她是我的》赢得东尼奖。五十年前她参演过众多电影作品，如 1964 年《江湖男女》(The Carpetbaggers)、1965 年《蠢人船》(Ship of Fools)、1978 年的《昏迷》(Coma)、1987 年的《警网擒凶》(Dragnet)。20 世纪八九十年代后，伊莉莎白·艾什莉渐渐将表演领域转向电视荧屏。——译者注

如果某人读了你的剧本,却没像你想的那样立马对你竖起大拇指,但是他们给出了自己的意见——你,一定要忠实地把它们记下来,要表现得很感兴趣。我手头有一堆观后意见,给予那些他们的剧本还从没拍成电影的作者。新手经常很难以开放的态度接受批评。其实也许阅读者给你的建议价值连城。

别跟给你意见的人斗嘴,不要说:"但是这一幕终点在这里,你只是没有看到它。"别搞得跟奥马哈海滩①登陆似的,死死抓住每一码,寸土必争。把他说的抄下来,轻声低语虚心接受,最后要说一声"谢谢你"。不要表现得好像你比他们更了解剧本。不要因为他们居然读不懂你花了这么多时间和精力都写了些什么,就觉得他们是傻瓜。

读电影学校的时候,我们都要放映自己蹩脚生涩的处女短片。有个家伙的作品确实很糟。这种事经常发生。我们挨个发言,极尽伤人、恶毒之能事。他真的被激怒了,忍无可忍:"这是一部个人化的电影!你们根本不可能理解它!"说完他就拂袖而去。

如果你找到某位"实权人物"读了你的剧本,通往好莱坞的门就打开了——一条缝。

如果某人读了你的剧本,足够好心地给你意见,但是因为荒唐的自尊作祟,你跟他们因阅读意见而发生争执,那么那扇壮丽恢弘的金色大门也就要关上了。你可能都觉察不到它合上了,因为这些家伙会表现得很圆滑。就像大学社团里的清道夫——这个集魅力、优雅和善解人意于一身的开心果总是忙忙碌碌地把失败者引到后门。他温柔地向笨蛋解释说,也许他该到街那头的联谊会舍试试运气。这个家伙面带微笑离开,还完全不知道自己已经出局了。好莱坞大门关上时的情景也是这个样子,你根本感觉不到自己已经被宣判了死刑。

这些人一周要读二十到三十个剧本,他们没有时间或者耐心来对付狂

---

① 奥马哈海滩(Omaha Beach),第二次世界大战的诺曼底战役中盟军四个主要登陆地点之一的代号。此海滩对盟军有重要的意义,如果盟军能够控制这片海滩,那么海滩东部的英国登陆部队与海滩西部的美国登陆部队就能会师,这样的话可将整个诺曼底前线从零散的滩头阵地整合成一个大型的战线。——译者注

妄自负者。记着,它从审稿人脑海掠过的时间只是审稿人读它所花的时间,而不是你写它所花的时间。

如果你反驳他们的意见,他或者她肯定就会想:"老弟,我周末抽出一个小时看了你的剧本,来读你他妈的烂剧本。你只是个还没有任何作品的新手,我肯定比你懂行——至少你该听着!"

之后,那扇金光闪闪的大门就会锁上。继而制片人赶着去制片会、定演员、免费午餐和按摩——甚至到了影片开机拍摄的第一天,你还被孤零零地扔在阴冷萧瑟的人行道上,手中死死抓着你的剧本,仰望着高高的围墙和紧闭的铁门,百思不解到底发生了什么。

□ 91. 你不知道怎样写一封得体的询问函!

那个打开你的询问函的人会问:"为什么我应该注意到你?"即使是在美国编剧工会协会的经纪公司黄册上标明"恕不接受主动提供的剧本"的最小的经纪公司,每天都会收到五封询问函。

匠心独运是好事,但"别出心裁"则不是。不要煞费苦心,或显得煞费苦心。不要给五十家经纪公司寄去瓶中信。不要把仿造的断指随附在你的恐怖片剧本里寄给执行官们。一栋大型办公楼会因为收到这样的恐怖邮件而紧急疏散。猜猜哪个作者会被永远划入黑名单?

你的征询信应直奔主题。告诉他们你的剧情简介。列出你拥有的所有写作履历:记者、剧作家、小说家,旨在说明写作就是你的人生。也许可以让一个住在洛杉矶的朋友帮你寄信,因为不住在洛杉矶的作家会让经纪人的生活更加艰难。一看你不住在洛杉矶,她也许会扔掉你的信。让你的信和剧本看上去都很规范。如果剧本不是正确的格式,或者用了重量不对头的曲头钉,他们就会扔掉它,难怕它也许值一百万美元。

"我喜欢通过询问函看看这个人是否靠谱。如果剧情简介或者梗概看上去有意思,我就会继续。通过这种方法我只发现了两个作者,其中一个最后真的很棒——他对好莱坞一无所知,一个人也不认识,就凭着一封询问函就来到了好莱坞。"

——前任创意执行官[1]

不要忘了,制片人很忙,而且根本不在乎你,你必须有点什么特别的,必须已经为她准备好了卖点——让她可以毫不费力地把它卖出去。这样的东西可能会得到一个回电。我举个例子,比如:"我有我外公温斯顿·邱吉尔的生平改编权[2]。"

有一个发展部主管关于询问函问题如是说:"近来询问函大多数都是以电子邮件的形式发送,我们也接到一些书信和传真。因为数量过于庞大,技术上没法做到不接受主动提交的材料,所以大多数我们都会直接处理掉。最好的策略恐怕就是编剧们直接打电话给我,然后我让他们邮寄给我一些材料,因为我们谈过话,我可能会读信而不是扔掉。"

念头一闪:如果大多数询问函都是通过电子邮件发送,为什么你不送去一封老式平信?话又说回来,也许不行。

"即使你发的是电子邮件,仍然要以传统信件的格式。我收到很多邮件,是这样开头的:'艾林,你该看一眼'——明明是我不认识的人却佯作很熟,这只会招我讨厌,因为我觉得写信人有故意迷惑或欺骗的嫌疑。"

我说正经的,他们知道你是不是在撒谎。

"一个拼错的单词或者语法错误都足以让我停止读下去。如果这封信的文笔不怎么样,我就只能想象剧本写得也不会好到哪去。"

还记得关于拼写检查我说的那些话吧?我多有先见之明,嗯?

避免"《虎胆龙威》遇上《情比姊妹深》"的比喻,可以说一部电影类似某些东西(比如一个高中喜剧类似《美国派》),但是什么遇见什么的比喻总让人觉得很老套。

---

[1] 创意执行官(creative executive),在电影制片公司创意执行官常常被简称为 CE,是初级的开发部执行官,他的任务是读剧本,发现能够拍成电影(电视剧、电视电影)的素材。——译者注

[2] 生平改编权(life rights),就是给予作者或者制片人根据一个真实人生故事制作电影的权利。——译者注

避免戏剧化的措辞,比如"他意何如"?

"当人们提起我们曾经出品过的一些影片,或者说他们的项目能如何适合我们的常规计划时,我会觉得很贴心。"(比如,"很像你们的电影《沉默游泳》,我很喜欢那部电影,这个剧本也是将个人故事和政治事件融合在一起。")

"如果你参加过一个比赛并一路杀入决赛,询问函的第一句就写:我进入了什么什么的决赛。第一行就告诉他们。"

"如果你写的是一个喜剧,你的询问函最好也写得有趣一些。"

下面有一些询问函,恩,不太……高明。

除了让人震惊的语法、缺乏真正意义上的故事、列出美国编剧工会编号、多次使用"非常"一词——下面这个作者犯的最严重的错误就是不断地给发展部主管写信。这种猴急的心态还反映在,主题行上早早写好:"回复。"尽管人家从未回复,她却在信件开始写:"感谢您的回复。"千万千万别这么做。

发件人:年轻的作者(年轻作者@网域.com)
收件人:发展部执行官@制片公司出品.com
主题:提交

卡洛琳,下附剧情简介和剧本梗概。希望你能喜欢,有任何问题请联系我。

故事片剧本:"伙伴,伙伴,伙伴",喜剧
美国编剧工会编号 12345 号

我相信"伙伴,伙伴,伙伴"应该会成为电影制片公司的一个好项目。主流明星,主角是两男两女,预定年纪是 30 出头。漂亮、精明、理性而脆弱。从开场字幕伊始,电影就拥有很多惊喜,渐渐令人捧腹不止。电影第一幕发生在酒吧的场景,确立了电影的节奏和喜剧氛围,从那时开始,事情变得越来越有趣,越来越有娱乐性。这是一出充满睿智幽默、浪漫爱情、有趣惊喜的轻快可爱的浪漫喜剧。

希望你能喜欢它!

剧情简介

她在高校里既肤浅又刻薄，高中毕业舞会之夜上痛斥他的长相，尤其针对"他的大鼻子"。十三年后当他再见她，在鼻子整形手术和他的三个有趣朋友的帮助下，报复时刻来了。

谢谢你。

祝你愉快。

年轻的作者

(212)555—1212

看这篇美文的发展部主管不会看到第二段。注意下面这个作者是怎样让她显得非同一般的——这一开头列出的一大串电子邮件地址，潜台词就是"我们将这个剧本发给每一个人！"其实大多数都是无法送达的无用地址，甚至都不是一个人的名字！好好学着点。

发件人：年轻的电影制作者
收件人：reader@ bigfilms. com; edwinag@ bigmovies. com; contact@ literaryhat. com; mail@ fabulousfilms. com; contact@ giantmovies. net; timsmith@ immensemovies. com; info@ bigmoviesentertainment. com; madisonpewitt@ bigmovies. org. uk; films@ bigmovies. ca; josephing@ bigmovies. tv; ipfreeley@ hugeproductions. com; prq@ thebigmoviecompany. com
主题：为我们名为《追溯》的电影项目寻找制片人

亲爱的制片人和电影制作人同行们：

我们顶呱呱制片公司有志寻找其他制片人同我们一道共襄盛举，使我们名为《追溯》的项目（其具有全球范围的巨大吸引力）得以制作完成登陆大银幕。下面是这个兼具真实性和吸引力的故事的梗概。如果您感兴趣，请与我们联系。

《追溯》讲述了一个关于梦想、历险、勇气、爱情和失落的故事，它将带你乘坐情感的云霄飞车，因为这个真实的故事会以最深邃的人类情感深深打动你。

故事讲述了两个年轻人不寻常的历险经历，他们为生存而奋斗，迈克尔在自由之地挪威发现了人生和爱情的真意。但自由总是要付出代价。

《追溯》向我们展示了一个人追寻自由的漫漫长路。(有些事情直到今天依然在发生!)与此同时,它还呈示了我们找到在这个世界中所处位置的欲望,以及因与家人分离而生的负疚。

诚挚的祝福,
年轻的电影人

下面这一封信来自一位从未与制片人谋面的作者,可是看他的措辞就像他们是熟哥们儿。他拼对了"确定地"这个词,但死在了主题行糟糕的校对上。注意剧情简介中的句子和最后那句陈词滥调又夸张造作的话。

发件人:年轻的导演
收件人:制片人先生
主题:理应一看的项目

嗨,大卫,希望你一切都好。

这里有点东西我敢肯定你想要看看。是一个现成可投入拍摄的标准长度戏剧剧本,出自一个有过作品的编剧兼获过奖的剧作家之手,他还是一名尼科尔剧本奖励基金①的决赛选手。如果你喜欢我可以把它发给你……只要你开口。

"抢劫蓝色大海(剧情长片)……

一位父亲婚姻岌岌可危,朋友们都认为他无聊透顶,而且他还可能失去他十几岁的儿子——儿子与他越来越疏离——似乎没什么希望阻止这一切发生,除非他最后肯面对自己与父亲同样的疏离关系……可是他的父亲已经在越战中失踪三十八年了。

他开始一次旅行,旅行中他遇上一位幽默的老兵。这个老兵曾经和他的父亲并肩作战过,战时他是一名伙夫,后来则变成了神秘的泥瓦匠。他最终得知关于他父亲的可怕秘密,而这秘密永远地改变了他。他回到家尝试与家人和解,但是不是已经太晚了?

---

① 尼科尔剧本奖励基金(Nicholl Fellowship),是由美国电影艺术与科学学院发起的一个剧本竞赛,获奖者将赢得奖金,并在之后的剧本创作中获得专业指导。——译者注

祝好

年轻的导演

我听说过一封无比精彩的询问函。遗憾的是，一直无缘亲眼得见。据说作者是一对连体双胞胎中的一个，他写了一个关于连体双胞胎的剧本。其信文规范而愚蠢，还充斥着不怎么好笑的冷笑话，但是在信的背面有作者手写："我的哥哥是个怪胎、烂人，如果你想要读我的剧本，给我打电话。但是如果你打电话时是他接的话，告诉他这是干洗店打电话来。"

整件事当然是个恶作剧，这家伙现在得了个写喜剧的活儿。

☐ 92. 你在询问函里提了愚蠢的要求！

我再次援引艾什莉女士的话："没人像新手一样傲慢自大。"

让你的信被扔进垃圾箱最简易的方法是："我想要导演这部电影，虽然我之前没有任何导演作品，但是我对做导演早就有了很好的设想。"

你必须了解，威尔·法瑞尔喜欢的剧本都很难被拍摄出来。没有明星喜欢的剧本要拍成电影别提有多难了，而要把一个不值一提的人喜欢的剧本拍成电影简直就比登天还难。而你，作为导演，就是不值一提。

我讨厌说这些刺耳的话，但是你之前做过什么？看了很多很多电影？记住，他们在寻找一个不看你剧本的理由，"作者是一个不知天高地厚的傻瓜"无疑是他们求之不得的上佳理由。

他们不会让一个新手来拍电影。如果我没记错的话，女演员玛德琳·斯托（Madeline Stowe）的地位显然高出你好几个段位了。她最近写了一部西部片。显然，剧本相当抢眼。她想要自己执导这部影片。他们大概支付了她五百万美元买她的剧本，而她执意想要导演这部影片。哈！童话故事的结尾，上 IMBD 网站搜搜玛德琳·斯托的资料吧，她的资料中从未出现导演这个头衔——这就是结果。玛德琳·斯托都搞不定的事，你就别再痴心妄想了。拜托！

只取你应得，别得寸进尺。

——理查德·西尔伯特

一个人的职业生涯只能容忍少量的重大错误。如果你一犯再犯，到年过半百之时，你就会茫然不知何以自己的职业生涯竟会一败涂地。

听听我的建议吧，我尽量用老大哥的、温和的、善意的、安抚的、慰问的语气：

> 只要让他们把你的剧本**拍**成电影就行了。

让他们花钱买你的剧本。让他们把你的作品呈现给观众。至于是否要成为有线电视的节目或是直接发行 DVD，你干嘛管这么多？不要成为一个傲慢自大的傻瓜。傲慢自大的傻瓜都在西夫韦[①]公司的装货码头干活，而让别人买走他剧本的聪明人则拿到现金支票，和心满意足的妻子甜蜜亲热！

☐ 93. 你不想签他们的授权许可书！

如果你的询问函打动了他们，他们会寄给你一份授权许可让你签署，以便他们读你的剧本而免于被你起诉。如果你不让他们读你的剧本，他们自然也就没法把它拍成电影。

大多数此类文件提供的都是很基本的条例："创意有限，偶有雷同，纯属巧合。我们可能会基于一些与之相似的素材发展成为电影。很高兴读到你的剧本，但是你必须明悉我们可能正在着手拍摄于与之相似的题材。"诸如此类的东西。是的，这些文件显然倾向于制片人，但是谁叫他们是买家，而你不是。

[①] 西夫韦（safeway），北美最大的食品和药品零售商之一。——译者注

"买家和卖家的区别在哪里？区别就在于《发条橙》的前半部分和后半部分①。"

————布兰登·塔奇科夫②

如果你足够幸运，找到某人愿意读你的剧本，不要因为拒绝签署这种许可文件而白白浪费宝贵的机会。他们拥有一条源源奔涌永不断流的剧本之流，少一本根本无关紧要。他们不在乎你的剧本会不会成为第二个《泰坦尼克号》，他们乐意把它扔掉，因为他们一心只愿这个星期别有人起诉他。

签这授权书吧，抱最好的希望。毕竟，这个行业就是建立在这一基础之上：希望。

---

① 《发条橙》的前半部分是施虐的过程，而后半部分则是受虐的过程，言者以此比喻好莱坞买家与卖家的关系。——译者注

② 布兰登·塔奇科夫（Brandon Tartikoff），1949—1997，美国国家广播公司（NBC）著名经理。他用一系列成功的剧集扭转了 NBC 在黄金时段的颓势：如《希尔街的布鲁斯》(Hill Street Blues)、《洛城法网》(L. A. Law)、《成长的烦恼》(Growing Pains)、《欢乐酒店》(Cheers)、《迈阿密风云》(Miami Vice)、《黄金女郎》(The Golden Girls)、《天龙特攻队》(The A - Team)、《波城杏话》(St. Elsewhere)、《夜间法庭》(Night Court)、《马特洛克》(Matlock)、《斯蒂尔传奇》(Remington Steele)、《不同的世界》(A Different World) 和《空巢》(Empty Nest) 等。——译者注

第三场
杞人之忧

☐ 94. 你认为好莱坞会偷走你的创意!

多疑的妄想狂。

"不要担心人们会偷走你的想法。如果你的想法确实有过人之处,你应该把它们强塞进人们的喉咙里才对。"

——霍华德·艾肯[1]

这种毛病我还真没有。但是很大一部分编剧新手会担心某人偷走他们的创意。好莱坞的人没工夫偷你的故事!首先,付钱给你买你的创意再雇一个人改写要便宜得多。其次,你死抱着你的点子又能有何作为呢?你什么也做不了。记住,他们拥有整座的律师楼。别生活在妄想之地,那里对你的健康不利。第三,如果他们哪怕一瞬间感觉到一点点你这种疑心,那么一道加强加厚的不锈钢安全门就会从天而降将你隔绝在外,从此以后你再也没法接到他们的电话了。他们逃避妄想症就像罗得逃离罪恶的索

---

[1] 霍华德·艾肯(Howard Aiken),1900—1973,计算机史著名的 Mark I 之父。世界上第一台实现顺序控制的自动数字计算 Mark I 于 1944 年 5 月完工并投入使用,这是计算技术历史上的一个重大突破。另外,身为哈佛教授的霍华德桃李满天下,"IBM/360 之父"布鲁克斯(Frederick Phillips Brooks, Jr.)和"APL 之父"艾弗逊(Kenneth Eugene Iverson)等都是他的学生,对世界计算机历史产生了深远的影响。——译者注

多玛城①。

如果他们确实偷了你的想法呢？那就再想出一个别的点子。如果你只能想出一个好创意，你干嘛还选择这一行？

如果他们想要知道你的其他故事创意，告诉他们。

如果他们想要读你的剧本，给他们。

放轻松，让他们喜欢你。

放轻松，让他们帮助你。

如果你焦躁怪诞、隐藏躲闪，他也许会再请你斟上一杯，就礼貌地走开，像凯泽·索兹②一般消失得无影无踪。

别提到你的律师。

别说你的剧本已经在编剧工会登记在案。

别在你授予他们读你剧本的权利之前，就要求他们签署什么保证书。他们会微笑着说"不"，而后飞往阿斯本，将你无限期地抛在脑后。

别用深黄色的纸影印你的剧本，来防备他们静电复印你的剧本。

别跟他们说有个制片厂偷了你的上一个项目，而你正在告他们。

谁愿意和一个正在跟制片厂打官司的疑神疑鬼妄想狂共事呢？谁都不愿意。

不要浪费时间想方设法避免他们偷走你的剧本，还是把时间用于改写你的剧本吧。

不要表现得疑神疑鬼。你当然可以心存疑虑，但是起码别让人觉察出来！在工会登记你的剧本。（上 www.wga.org，或者，如果你住在密西西比的东边，那么登录 www.wgaeast.org）我强烈推荐为你的剧本注册版权（www.

---

① 《圣经·创世记》记载，因索多玛城的罪恶甚重，耶和华派两位天使去毁灭这城。最后，天使将亚伯拉罕的侄儿罗得和他的妻子、两个女儿救了出来，让他们逃到琐珥去。而罪恶之城索多玛与城里所有的居民则被耶和华毁灭。——译者注

② 凯泽·索兹（Kaiser Soze），1995年由克里斯托弗·麦克奎利（Christopher McQuarrie）编剧、布莱恩·辛格（Bryan Singer）导演的美国影片《非常嫌疑犯》（The Usual Suspects）中的一个虚构的角色。索兹是一个地下世界的首脑人物，他的残忍和影响力都成了一个传奇，甚至成为了神话。到影片直临近结束时，观众都被引导认为迪恩·基顿就是索兹，但是影片最后的惊人转折揭示了其实罗杰·肯特才是真正的凯泽·索兹。最终，智力超群的坏蛋逃之夭夭。——译者注

copyright.gov)。如果你两样都做,需要破费五十美元。

你可能认为有人会偷你的想法,但其实这不大可能。我写过一个电视试播节目,说的是福尔摩斯的外孙和华生医生的外孙女结为搭档在华盛顿做侦探。一年之后,我在广播里听到这个故事。我认为某人偷了我的创意么?没有。因为第一,我不是妄想狂;第二,我没给任何人看过我的剧本。

电影业的运行具有周期性。一个发展部主管曾经告诉我:"我在五年或十年时间里没看见过一部关于马戏团的电影,一部也没有。但是突然一下子,上个星期,三部关于马戏团的剧本摆上了我的办公桌。"

有时创意确实会被偷。用 Google 搜索"阿特·布奇沃德"和《来到美国》[1]。但是这样的情况不会经常发生,你不必闻之色变因噎废食。那个读你剧本的人想要偷你剧本的可能性远远低于那个想要读你剧本的人转身逃走的可能性,只要你表现出一点怀疑他们会偷走创意的迹象。

不相信?等下一次你和一个制片人或者制片厂执行官谈话,他们想要读你的剧本时(迄今为止这种谈话你有过几次?),拿出特拉维斯·比寇[2]那怀疑的劲头,突然抽出一份文件让他们签署。看看会发生什么。

☐ 95. 你不知道汉隆的剃刀[3]!

为什么你应该知道?你还是第一次听说它呢。

---

[1] 阿特·布奇沃德(Art Buchwald),1925—2007,以长年在《华盛顿邮报》撰写幽默专栏而闻名的美国幽默作家,他的专栏聚焦于政治讽刺和评论。他于 1982 年获得普利策奖,1986 年成为美国艺文学会(the American Academy and Institute of Arts and Letters)成员。布奇沃德也以与派拉蒙公司的诉讼案闻名,他与搭档阿兰·伯罕(Alain Bernheim)指控派拉蒙公司 1988 年制作的由艾迪·墨菲主演的电影《来到美国》(Coming to America,1988)涉嫌盗取了他的剧本陈述。最终他赢得诉讼,判决派拉蒙赔付给他损失赔偿费,他接受了派拉蒙公司的和解协议。——译者注

[2] 特拉维斯·比寇(Travis Bickle),马丁·斯科塞斯的著名影片《出租车司机》中由罗伯特·德尼罗扮演的男主角。——译者注

[3] 所谓汉隆的剃刀(Hanlon's Razor)是一句古训,源出罗伯特·J·汉隆(Robert J. Hanlon),因科幻小说作家罗伯特·海因莱因(Robert A. Heinlein)而为人所知。——译者注

"永远不要去怨恨那些可被充分解释为愚蠢的事情。"

——汉隆的剃刀

可是这跟娱乐行业有什么相干?如果你正努力想进入这个行业的话,那它就很要紧。

你准备给那些不认识你的人发电子邮件、写信、打电话,希望他们能回你的电话或者读你的剧本,再和你联系。这个过程花的时间可能比你预想的要长一些,长几个世纪。你会怀疑他们不喜欢你,或者已经打定主意永远不再和你联系,或者其他各种各样的猜想,总之你会极度缺乏自信。你主观臆断他人对你怀有敌意,想当然地就认为他们讨厌你,或者讨厌你的剧本,再或者忙着偷窃你的创意。

99.44%的几率,你错了。

也许你从没考虑到这些可能性:他们可能脑子出了毛病(我朋友的经纪人就是如此),或者不知道把你的电话号码搁哪去了,或者他们的飞机失事了剧本在飞机里烧没了(这可是我的亲身遭遇!),或者乱七八糟的一天中的无数理由中其他任意一个——如果你怒气冲冲地写信或者打电话给他们:"笨蛋,你们为什么不看我的剧本?"之后他们就会把你从他们的名单里永远删除。

你会变成活死人一个,永远也别想重新获得他们的欢心。所以对那些日理万机的重要人士耐心些,静心期待他们的消息吧。总有一些很好的理由,促使某人不再跟你联系,愚蠢就是其中常见的一个。

和蔼。耐心。永远别对他们破釜沉舟不留后路。

他们也许压根儿就没收到你的电子邮件。打个冷颤——要是这样你死得多冤啊。

□ 96. 你不知道娜塔莉·麦钱特和帕蒂·史密斯[①]的区别！

随便你到哪去下载或者花钱去买，反正找到那首《因为这夜》(Because the Night)，一万个疯子乐队演唱和帕蒂·史密斯演唱的两个版本都要找到。一万个疯子乐队要不插电 MTV 版的。帕蒂·史密斯乐团要复活节演出的那个。

首先听娜塔莉·麦钱特版本的，非常棒。一首好歌，精彩的音乐，还有麦钱特小姐非常震撼的表现。把她对这首歌的演绎想象成你的剧本。你去年写的所有剧本里最优秀的那5%！也许是最优秀的那2%！对白、故事、人物塑造都很棒，所有一切自始至终都是上乘水准。

现在，再换成帕蒂·史密斯的 CD。把音响声音开大，按下"播放"键，稍等片刻，默默祈祷。一旦她开始演唱，你就能觉察她的演出既自然原始又刺耳尖锐，跟她相比娜塔莉·麦钱特就成了差一大截的平庸之才。真正让人恐怖的是这种差异如此之小，两张 CD 听起来几乎是一样的，但是区别又是如此之大。娜塔莉·麦钱特声音仿似削金断玉的利剑，而帕蒂·史密斯的声音则像温热的自来水。

回到剧本：娜塔莉·麦钱特和帕蒂·史密斯演绎的两版《因为这夜》微小但巨大的差别就像一个写得确实不错的剧本和一个真正被拍出来的剧本之间的差别。

"似乎无能为力的时候，我就去看凿石匠不断地捶击石块，也许敲击一百次都看不见石头出现裂缝，但可能第一百零一下它就会裂成两

[①] 娜塔莉·麦钱特(Natalie Merchant)，美国流行乐坛歌手，担任"一万个疯子"(10000 Maniacs)乐队主唱十年。纽约才女娜塔莉·麦钱特为质朴动人的民谣添加学院派气质，代表曲目有 *Trouble Me*、*These Are Days*、*Because the Night* 等。帕蒂·史密斯(Patti Smith)，美国诗人、歌手，以朋克之火和诗人式的自我放纵，迅速成为纽约地下音乐圈中引人注目的人物。作为朋克女艺人的代表人物，她的音乐将摇滚乐的民粹主义与她充满诡异色彩的诗歌结合在一起，并不太注重音乐的平衡性，声嘶力竭的演唱与重金属般的节奏是她的注册商标。——译者注

半,我知道碎开石块的不是这最后一击,还包括之前所有的努力。"

——雅各布·A·理斯①

在你把剧本递出去之前,你的剧本必须达到帕蒂·史密斯那个水准。可悲的是,如果你只停留在娜塔莉·麦钱特那个水准,那么你连第一垒都跑不到,更别提得分了。

97. 你不知道能写出一条血路摆脱困境!

不管你的剧本可能有多么非泽利安式,你都可以挽救它!

"如果我有一个优点,那可能就是冷酷无情。"

——布鲁斯·斯普林斯汀②

作为编剧新手,当你的剧本陷入麻烦时,你也许不知道自己还能补救改善它。这就像被你的第一个男朋友甩掉,你的心碎成一瓣瓣,意识完全溃散,觉得未来只剩下一片黑暗、死亡、绝望和无穷无尽的痛苦。最后你会知道你能熬过大脑短路期。同理,作为一个编剧,你也会渐渐了解你可以通过改写一个剧本解决它的问题。

我卖出的第一个剧本就是个很好的例子,那还要追溯到像我这样的笨人居然都能凭三页纸就几乎卖出个剧本的年代。如果你给他们真正精彩的三页纸,好莱坞会给你足够多钱生活一整年。不幸的是,那样的好日子早已一去不复返了。

---

① 雅各布·A·理斯(Jacob A. Riis),纽约一位警方记者,他采用照相来补充文字报道,这种方法被称作记录法。——译者注

② 布鲁斯·斯普林斯廷(Bruce Springsteen),1949—,美国乡村风格与摇滚风格歌手、吉他手。斯普林斯廷的音乐也被称作"heartland rock",带着流行的风味,诗人般的歌词,与美国爱国主义情结,尤其注重以他的家乡新泽西为主轴来缠绕。他歌中表现了一般中下阶层民众的生活,不仅有发自内心的诚恳,更有着悦耳动听的旋律以及辛辣直截的批判,让他得到了数座格莱美奖、一个奥斯卡小金人,并进入摇滚名人堂。——译者注

总之，我写了超级迷人的三页。我的经纪人把它寄了出去，一个赫赫有名的好莱坞制片人爱上了它。我去小镇和他一起工作，然后去制片厂推销这个故事。飞机周六上午着陆，我打了一辆出租车到他的办公室。他和他的助手加上我三个人工作了整整一个周末。基本上，是他痛揍了我的故事——一记重拳，再一记，再一记。对我来说，非常不幸的是，他显然不了解一个刚刚从事写作、战战兢兢的编剧的心态。走进房间的头五分钟，他就让我觉得我根本就不适合这个工作，他们找错人了。

大纲写得很痛苦，因为我觉得他认为我根本不会在人前表达自己的想法。周一我们去制片厂推销我们的故事。他开始讲我们周末想出的故事。让我完全意想不到的是，他根本就不会讲救命的好故事。他太差劲了！他说了五句话之后，我意识到这个事情肯定泡汤了，除非有人站出来挽救这一切。所以，我接过了话头。讲故事我还是有信心的，一部分原因在于我是南方人，而大部分原因则在于我这一辈子都在讲故事。我顺利完成推销任务，制片厂买了我的创意，我开始写这个剧本。

发展的过程也不轻松，剧本变成了令人生厌黏黏乎乎的垃圾。天，我绝望极了。结束时我陷入作者的创作瓶颈。每写一个句子，看着它，我就想，"他不会喜欢的"。然后我就会删掉这个句子。这真是太恐怖了——我经历了写作生涯中的最低谷。我推开电脑，两天没有写一个字，然后我回来坐下来，咬紧牙关下定决心："让他见鬼去吧，我根本不在乎他怎么想。"然后我向前推进。

一旦我下定决心再无旁顾，情况便有所改善。我放松了下来。如果我把什么弄糟了，那我就继续努力，直到我解决这个问题。

那个时候我不知道而现在知道了，作为一个编剧不管你把自己置身于多深的一个洞里，只要你坚持不懈地推啊，戳啊，捅啊，最终你会写出一条血路把自己从洞里解救出来，解决这个问题。

重要的是你不能弃船而逃。不要因为它很困难就不写了。不要因为你陷入第二幕的湍流之中就举手投降。不要因为你把自己天才的创意搞砸了就辍笔放弃。如果你已经得到了报酬，你至少得保住那些钱。不管状况有多糟，一定要坚持坚持。要是知道每个编剧都有问题，每个剧本在某个时刻都会陷入困境也许能让你好受一点,但是有一条——你必须完成它。如果这是你的第一个剧本,而你不能完成它,最终你会有一大堆写了一半的剧本——四处都是。

让这些问题一直在脑子里萦绕。跟朋友说说。看编剧的书。看跟你的电影类似的电影。做任何事、想所有办法、做一切尝试来解决你的问题,在投入足够多的时间和铅笔芯之后,你终会解决你的问题。但如果你放弃它,问题就永远得不到解决,你将只得到一个写到半截的剧本蹲在书架上瞅着你,对你做着鬼脸,对你竖起中指。

没什么比一堆未完的剧本更糟的了,尤其是它们还对你竖起中指。

☐ 98. 你不知道怎么找到个经纪人!

其他人跟你一样也不知道。

编剧研讨班上谈到"我怎么才能找到一个经纪人"这个问题时,讲台上的人士都只能举手投降,一声叹息了。

这问题有点像"我怎么才能找到一个女朋友",真是令人头疼的难题。如果你还没有女朋友,你会跟毕加索一样忧郁,没精打采四处闲荡满心希望迎面能撞上一个。你真可怜。你需要女朋友,非常迫切。如果这时,你终于碰上意中人,结果会如何呢?她闻到了你迫不及待的气息,早跑得影都见不着了。是不是这样?而当你真的有了一个女朋友,她挖掘出你的魅力,你幸福得都飘飘然了。当然你还是一周前那小子,只是现在有女人走到你面前,把电话号码塞进你口袋,眉梢眼角都写满对你的爱意。前后变化虽大,但都是事实。

跟找到一个经纪人相比拍成一部电影倒是小菜一碟。这就是为什么我提议你拍出你自己的电影,而对经纪人说:"呸!"一旦你的剧本拍成电影,好莱坞就会像拿破仑攻击非洲那样排着大队向你进军。

但是现在,还是得说说怎么找到一个经纪人。

首先当然是写几个很棒的剧本。我这里说的不是一般意义的"好",我说的是那种让人们看了以后会说:"好家伙,这剧本真太棒了!我能把它给我的朋友看么,他认识一个人就在联合精英经纪公司①对面那条街的汽车修理厂里扫地!拜托,拜托,拜托!"

当然联合精英经纪公司对面那条街上没有一间汽车修理厂,但是你肯定明白我的意思。

我本不愿对别人说起,询问函从来没帮上过我的忙。一次也没有。而我究竟有过多少经纪人?肯定超过我愿意承认的数目。我的每一个朋友或者朋友的朋友都拿着枪对着一个经纪人的脑袋:"读这家伙写的剧本。你会因此感谢我,他日后必会青云直上。"在我有两个剧本拍成电影之后,我想找一个新经纪人。我已经开过推销会,卖出过剧本,而且那时正在给一个全国有线电视台的电视剧集制片人做指导。我还有超级棒的写作样稿。不是它管用,而是因为那时候我已经厌倦了想尽各种方法让某人把剧本递给经纪人。其实,说白了就是:我的朋友们都烦死我了。

所以我尝试了一把询问函,我花了整整一个星期写了一封信,挑了四十多个容易上当的笨蛋寄去。只有一个助理给我回了电话。他说:"你是她这个月准备回电话的三个人中间的一个。"那个经纪人一年回复十二封询问函!但是我再也没有得到她的回信。

我只能等待,直到我找到一些还没有被我烦透的新朋友。之后我找到一个新经纪人。

> 和那些认识经纪人的人做朋友。当然这事可不容易。
> 永远不要付钱请人读你的剧本(评论是另外一码事)。
> 在大经纪公司,新经纪人要读那些新剧本。多打听下业内的人事升迁。看看

---

① 联合精英经纪公司(United Talent Agency,简称 UTA),创建于 1991 年,是好莱坞五大经纪公司中的后起之秀,由鲍尔·班尼戴克和领先艺术家(Bauer Benedek and Leading Artists Agencies)两家中型经纪公司合并而成。创建之初,UTA 只有 26 个经纪人,客户亦仅限于电影明星、电影导演和电视界的精英。而在 18 年后,不仅经纪人总数已经膨胀至约 100 人,而且 UTA 的业务已扩展到娱乐业的所有领域,包括职业体育、音乐、视频游戏。很多好莱坞一线明星都是 UTA 的客户,其中包括约翰尼·德普、哈里森·福特、米莉、赛鲁斯、科恩兄弟等。——译者注

谁刚刚晋升成经纪人。

在你寄出信之前，先得找出寄给谁。

你的信必须介绍你自己，介绍你的剧本。它必须说清楚你是谁，你想卖的是什么。对剧本做一点讲述。

不要写一封固定形式公函。要能抓住他们的眼球，要富有创意。

把它寄给大的或小的经纪公司。小店和大店。当然大的经纪公司因为会打包信件，常常把作者弄丢。

参加竞赛。胜出或接近胜出，争个好成绩。

打电话给这个国家每所大学里教电影制作的教授，问问他们是否有学生担任经纪人的助理。把你的材料寄给他们。

搬到洛杉矶，借助你的业余爱好结识尽可能多的人。

给你一个建议，就这建议就值回这本书的价钱了。如果你真的有幸遇见经纪人或制片人或者其他"实权人物"，千万不要跟他们说你剧本的事！

这听起来有悖常理，但是耐心点听我说给你听。

要与他们之前碰到的五十个或者一百个人有所不同！跟他们谈谈铁路模型或者表现出对说法语感兴趣。给他们讲一个笑破肚皮的好笑话。问问他们抚养孩子遇到的问题。谈谈你最近读的一本好书。问问他们为什么约翰·休斯[1]后来不再拍电影了。总之说点别的，只要别提你伟大杰出的职业生涯还有你举世无双的创意以及你该死的剧本。

我有一个朋友在洛杉矶，是个经纪人。很久之前，那时我还是个一无所知的白痴，我与他共进晚餐。我说："嘿，昨晚，我碰见了史蒂夫·马丁[2]的律

---

[1] 约翰·休斯(John Hughes)，1950—2009，好莱坞青春片知名导演兼编剧。1984 年，他执导的处女作《十六支蜡烛》(Sixteen Candles)因对校园生活清新写实的描述令人耳目一新，此后便开启了创作《早餐俱乐部》(The Breakfast Club, 1985)、《红粉佳人》(Pretty in Pink, 1986)、《摩登保姆》(Weird Science, 1985)等一系列叫好又叫座影片的辉煌历程。休斯最为成功的编剧作品当属 20 世纪 90 年代期间热映的经典喜剧片《小鬼当家》(Home Alone)系列。——译者注

[2] 史蒂夫·马丁(Steve Martin)，1945—，美国著名演员、编剧、主持人。有"白头笑星"之称的斯蒂夫·马丁 1977 年曾因演出《荒唐侍者》(The Absent-Minded Waiter)入围奥斯卡最佳男配角。进入 80 年代，他在喜剧片的表演上精益求精，是热门电视节目"周六夜现场"的常客，也曾多次受邀主持奥斯卡电影奖与格莱美音乐奖颁奖典礼。2000 年获得美国电影学院的奥斯卡终身成就奖(喜剧)。——译者注

师。"他瞪着我,一脸绝望掺杂着恐惧的神情:"你没有让他读你的剧本吧。"我心里奇怪:"难道这不是我应该做的么?"我点点头,我的朋友一下子泄了气,缓缓用手捂住脸,长叹一口气。

我再也没能跟那个律师谈过话。如果我不是拼命地塞剧本给他,而是给这家伙讲个带点颜色的笑话,也许他还会跟我共进午餐。

他们不想读你的剧本。所以如果你在研讨班碰到某人,告诉他,你有一辆车,问他需不需要你为他们跑个腿,载他们去药店或者古玩市场。或者主动提议给他们买杯咖啡。我诚心祈祷你别向他们拼命推销你的剧本,那样你大概只能沦为笑料。先得让他们喜欢你,然后才能让他们自己开口要求读你的剧本。

这也许需要花上一年的时间。

但是如果他们真开了口,他们就一定会读你的剧本。

99. 他们说喜欢你的剧本,你就兴奋了!

好莱坞是个好话唬死人的所在。没人愿意招惹你,万一你变成下一个大人物呢,谁也不愿冒这个风险。所以,没人会告诉你,你的剧本逊毙了,除了我。但也许也不是。

有两种方法可以知道某人到底喜不喜欢你的作品。两个,只有两个。除此之外,都是他们在敷衍你。

1) 支票。恩!
2) 如果他们把你的剧本呈给其他某人。

他们可能会说他们很喜欢:

"我喜欢你的剧本。我不骗你。它真的很棒!"

"这是我今年读的最好的剧本。"

"你是一个真正的编剧。"

"它真是精彩绝伦。"

"我们正在发展一个类似它的项目,但是我非常希望看到你的下一个剧本。"

"完美的情节。出色的动作场景。你写了一流的对白。"

"我的女朋友喜欢它。"

……但是这些好听的话没有任何意义,他们也许喜欢,也许讨厌,但你永远也没法知道他们真实的想法。

这不是因为他们说谎成性。恩,不一定是。他们只是不想伤害你的情感。他们希望这一场对话不要有任何冲突,好始好终。这不能责怪他们,他们不是等在那专门给你意见的。你给他们一个剧本看。他们不喜欢。或者他们喜欢,但是不想买下它。就是这样。

这是一条漫长坎坷、一路颠簸的艰辛之路,不要因为一些最终可能化为乌有的东西太过兴奋。如果你得到好消息,尽情享受它。这个行业里很少有高潮,所以你应该享受成功,并继续前行。但是不要在开始就把这个好消息告诉每一个人,除非这好消息已经落实、确凿、板上钉钉。

大明星先生在读你的剧本,并不意味着你就能得到一张支票。你可以等一个人几个月,然后明白这事已经过去了,他压根儿就没有读你的剧本。

别一天到晚为这事胡思乱想。继续你的日常工作,多惦记着你的家人,这才是真正重要的。如果某些好事真的要发生,它就会发生,但也许不会这么快。你越是因为一丁点儿好消息就欣喜若狂,当这一点欢欣最后化为乌有时,你和你的家人要忍受的失望也就越多。因为很有可能,所有的快乐最终都会化为零。欢迎光临失望之谷。

> 制片人(兴奋地):就差一个点头,我们的电影就成了。
> 我(对自己说):是的,就差一个点头,我就能跟摩纳哥的卡洛琳公主好好亲热一把呢。

这是一个让人失望的行业。这个游戏本性如此。拥抱这个事实吧,清楚这一点,起码你就不会太困扰其中。如果某些奇妙的事情确实发生了,那就好好利用它、牢牢抓住它。但是不要整天想着有些妙事就要发生了而兴奋地瑟瑟发抖。还是等它真的发生时,你再欣喜若狂吧。

直到你真正得到一片绿光——或者影片正式开始拍摄,或者得了艾美奖提名——之前的漫长时刻还是把你的兴奋悄悄藏在心里吧。有一点悲观,但是从长远来看,对于你的身心健康更有好处,也是为了你身边的人的心智健康着想。

保持冷静。有时,确实不太容易。

□ 100. 你分不清哪个是期望哪个是拒绝!

在某个时刻,你必须问自己一个问题:是否应该放弃。

最后,当你被拒绝,拒绝,再拒绝——你也许必须承认自己写不了一个剧本。很多人都写不了,这没什么好羞愧的。如果某人是个好编剧,那么他很快就会找到门道。娱乐业是一头残忍的巨龙,它会把你烤成脆土豆片——如果你任其肆虐的话。排着队想进这行的人源源不绝,而入口,小得可怜。如果你不能找到办法来收缩调适自己挤进这道门,你可能永远也没法进来。不幸的是,这里没有旅行指南,也没有《爱丽丝漫游仙境》里那个让你吃了就可以变身的饼干。每天更早一点醒来,每周多干几天,也许都没法帮你达成所愿。最后,你不得不判定这条路恐怕不会有结果,永远。

你怎么才能得出一个判断,我没法回答你。当你忍无可忍时,当你意识到来自好莱坞的鼓励都是在浪费你一去不返的宝贵时间时。

这是一门手艺,你会越来越娴熟,但是有一天你会问自己:"到底有戏没戏?那些我递给他们剧本的人是真的在帮我做成这事还是只是装装样子,拍着我的头说:"很好,我很乐意能看到你继续努力。"

让你考虑不写剧本或不在好莱坞混出头简直不可思议。可是如果失败失败再失败,或者鼓励鼓励再鼓励,最后你还是一无所成——那么你真应该自己坐下来冷静而仔细地考虑下人们对你剧本的意见和反馈——或者,还有他们没有说出口的那部分。

在某一时刻,你也许只能放手。

第四场

淡出

太让人沮丧了,是么?

掏钱买了这本书,可是看到最后这家伙居然要你放弃。

如果我能说服你放弃,而且只花了这本书的价钱,你应该对我感激涕零,你应该用我的名给你的下一个孩子起名。

你不想放弃?那就不放弃好了。但是当你周围所有人都失去理智的时候,你还得保持冷静。

"这儿有大把大把的钞票等着你赚,你唯一的竞争者就是白痴。严守秘密,别让其他人都知道了。"

——编剧赫尔曼·J·曼凯维茨[1]1926年从好莱坞发给纽约本·赫特[2]的电报

你在看交易记录上说,某个家伙第一个剧本就卖出了五十万美金。这并不意味着你也能卖出你的第一个剧本,或者你的第二个,或者你的第九个。那可能就是他的第九个剧本,但是是他拿出来卖的第一个剧本,他就跟

---

[1] 赫尔曼·J·曼凯维茨(Herman Jacob Mankiewicz),1897—1953,著名德国裔美国编剧,曾与奥逊·威尔斯(Orson Welles)共同创作了《公民凯恩》的剧本,并赢得奥斯卡奖。影评人常说的"曼凯维茨幽默"(Mankiewicz Humor)是指一种圆滑的、讽刺而智慧的幽默,几乎就是通过对白来支撑故事。这种风格也渐渐成为那时代美国电影的典型风格。——译者注

[2] 本·赫特(Ben Hecht),1894—1964,美国电影编剧、导演、制片人、剧作家、小说家,被喻为"好莱坞的莎士比亚"。他因为《黑社会》(Underworld,1927)成为是奥斯卡原创剧本奖的首任获得者,代表作品有《疤面人》(Scarface,1932)、《关山飞渡》(Stagecoach,1939)、《热情似火》(Some Like It Hot,1959)、《乱世佳人》等,曾六次提名奥斯卡,两次获奖。——译者注

所有人说这是他的第一个剧本。也许这确实就是他的第一个剧本。我的第一个剧本就拍成了电影。了不得啊！但是下一个呢，下五个呢？你的主要工作任务就是写一个剧本，然后写另一个剧本。然后下一个。下一个、下一个……更多更多个，这一过程中的某个时刻，你会找到这一行的门道。

在你趴在打字机上敲击，或者伏在便签本和便签纸上手写，或者用电脑输入，或者口述让漂亮女秘书记录整理——不管你采取哪种方式投入了几千个小时之后，你渐渐开始知道怎么写一个剧本了。一些人很快就找到了门道。他们很幸运。另一些人得花一些时间。你也许就是后者中的一员。但是重要的不是承认你的第一个剧本就是天才之作，且好莱坞不买它只因为他们愚蠢。写一个剧本，然后写另一个，这是一个学习的过程。现在的我跟我开始写的时候相比，肯定是进步了。我提醒你：

"竞争是丑陋的。"

——理查德·西尔伯特

近年来在好莱坞求存更加艰难。

制片人再也不会像以前那样买剧本了，他们现在只想得到已然成功的题材的特许拍摄权，就像蜘蛛侠、钢铁侠……而曾经的情形是，他们买一个剧本然后根据这个剧本拍摄一部电影。现在不一样了。这种游戏太冒险了。现在制片厂业务都由品牌认知和市场营销驱动。

剧本曾经是迷你电影明星，但是现在大的剧本交易很少出现。这样的情况当然也还可能出现，但是不像以前那样每个周末都出现了。另外，制片人发现发展故事是个糟糕的经济模式，既然作者不给报酬也会写。现在制片厂就让制片人和作者们做发展故事的工作，然后把成品拿给他们——而且不用花费一个铜板。

对于作者来说好消息是，在制片厂体系之外还存在一个独立制片的市场，在那你可以拍摄影片，然后将它行销到很多地方。

对于作者来说坏消息是，制片人会拍拍屁股就走人，而你的工作全都白干了。如果某人对你的创意有兴趣，告诉你假如你把它写出来他们可能会把它拍成电影，你会怎么办？

这情形最让人左右为难。

话又说回来,这一行什么时候让人好受过,现在只是比五年前难上加难而已。"这比二十年前还要糟。""真高兴我不是现在想挤进这个行业。""哇,感谢上帝,我老婆正在钱的海洋里荡漾。"每当酒过三巡,你就能听到这样的说辞。

因为过程太过残酷,弄清楚你为什么要从事这愚蠢的写作游戏也许会有所帮助。当你看完这本《你的剧本逊毙了!》中的列表递出你的剧本时,问问你自己:"为什么我要干这个?"你干这个是因为不得不这样做么?你心中是否有故事要喷薄而出,把它写下来的欲望让你不可自抑?或者你是想在好莱坞赚大钱出大名?如果是后者,你的前路恐怕更加艰辛。因为,即使你有天赋有好点子,在好莱坞要想挣钱出名也很困难。你必须还要有运气,你必须在正确的时间,正确的停车场,碰上正确的人:

"就问自己一个问题。'觉得自己运气不错,小子?'"

——肮脏的哈里①

军队里有句话说:"誓死也要坚守阵地。"写作时,誓死也要时刻想着读者。你必须记得是哪些人在读你的剧本,无论如何要以他们的视角为先。不过因为这终究是一项半艺术的工作,你还是必须为自己而写,你必须首先取悦你自己。这个行业很艰辛,你写的东西能投入拍摄的可能性很小,所以你必须享受写作的乐趣。

"39岁才迎来成功,感觉有点怪,更怪的是你认识到自己从失败之中,慢慢地创造出了你想要的生活。"

——艾莉丝·希柏德②

说来奇怪,但是这是真的,如果你一贫如洗时写作仍然充满乐趣,那么

---

① 肮脏的哈里(Dirty Harry),克林特·伊斯特伍德主演的同名影片的主人公。《肮脏的哈里》系列是70年代"新警察电影"的代表作,为伊斯特伍德树立了一个典型的硬派新警察形象。该系列共分五集,从1971年的第一集到1988年最后一集,跨度将近二十年,分别由不同编导完成。片中哈里在处死杀手前总是会问:"你是不是觉得自己运气不错?"这句话已成为经典台词。——译者注

② 艾莉丝·希柏德(Alice Sebold),1963—,美国女作家,出版了三本小说:《幸运》、《可爱的骨头》、《近乎完美的月亮》。《可爱的骨头》已经于2009年由彼得·杰克逊拍成同名影片。——译者注

兑现支票时它一样充满乐趣。但如果无人喝彩时你不享受写作，那么即使万人簇拥，一线大明星毛遂自荐要出现在你的电影里——你的感觉一样糟。

如果你写作是因为不得不如此，如果你写作是因为你是一个作者，那么创造你的剧本这一行为本身便已足够。可能你要写四五个剧本才真正知道写剧本是怎么一回事。也许得写十个。但如果你享受过程，不因最后的结果——财富、名声或者迎娶美女明星查理兹·塞隆（Charlize Theron）——而烦恼困扰，那么写作对你来说可能就是件美事。

最后一次仔细考量这句话：

"写一个剧本会改变你的人生。如果你不能卖掉它，最起码你已经改变了自己的人生。"

——约翰·特鲁比

你的所有写作老师和写作书里都说所谓的"关键的是过程"，确乎如此。罔顾良言，后果自负。写作如此痛苦，如此让人心碎、耗时长久，如果失败时你没能拥有一段美好时光，那么成功时你也不会品尝到任何甜美乐趣。

你需要享受写作。享受它的所有。抱怨写作有多么艰难对你毫无益处，只会阻止那些可能会对你伸出的援手。没人愿意围绕在一个牢骚鬼身边。想着每个人其实都和你一样艰难，咬牙坚持前进。

有这么一条看不见的线，线这边的所有人都不在电影行业之内，其中可能就包括了你。有时，我也在那。而线的另一边，是所有拿着报酬写剧本的人，他们和导演开会，剧本享受优先购买权，演员们都愿意接演他们的剧本——其中的一部分人确实挣了钱。

但是，别害怕，他们和你一样不快乐，一样悲惨得要死。翻到线的那边去，和身处电影行业之内的人一起，也不会使你更加快乐。毫无疑问你的辛苦工作终于换来一张支票确实很棒，但这张支票对你真正的内心活动的影响却小得多。

跨过这条线进入电影业，也不会改变你和你作品之间的关系。得到报酬不会让你成为一个好的作者，也不会让你变得更加快乐。有一个著名导演看上你的剧本，但其实这个剧本还跟一周前没被名导演看中时一样。虽然在其他人眼中它发生了质的不同，但是你自己心里明镜似的。

"你怎么知道一个剧本好?当汤姆·克鲁斯把它递给你时说:这真是一个好剧本。你就知道了。"

——无名氏

如果汤姆·克鲁斯从来没有对你的剧本说过这种窝心的话,你还得找到方法来让自己满意。

"全力以赴,坚持不懈。"

——丹·乔治酋长①

不管你有没有拿到报酬,当你在桌前、咖啡店的笔记本电脑前、或你的车前座上写你的剧本时,都必须快乐。否则,这事就全无乐趣。有没有报酬不应该影响到你想要做的事情。

因为,如果这不是你想要做的,为什么你要做呢?

淡 出

完

登陆 www.yourscreenplaysucks.com 网站,那里有很多有用的东西,但是我实在没法把它们一一装进这本书里!

发来建议,我会把它们放在线上或者这本书的第 2 版里。但愿能有第 2 版。

再一次希望,事实证明这本书能对你有所帮助。

---

① 丹·乔治酋长(Chief Dan George),1899—1981,是印第安一个部落的酋长。他也是一个作家、诗人和获得奥斯卡提名的演员。71 岁时,乔治酋长因为他在《小巨人》(*Little Big Man*,1933)中的出色表现赢得了好几个表演奖项提名,其中包括奥斯卡最佳男配角奖提名。——译者注

译后记

板砖？金砖！

不久前国内一知名导演于新作面世之际大声疾呼："欢迎拍砖，但是请拍有质量的砖。"

确实，这是一个"板砖"横飞的年代，但有质量的"板砖"却奇货可居。多少名导大作广开言路、全民动员，都是期望从成吨计的板砖中淘出一两块金砖来，化为己有，再塑金身。于斗室俯首笔耕的草根一族们无此财力实力劳师动众、众里寻她，更只得日夜长祷天降奇砖、醍醐灌顶。

却不知一块分量十足的板砖已从大洋彼岸横空拍来——接砖！

不是一块，是整整一百块："你的故事不够原创"，"你选错了类型"，"我们对你的主人公没兴趣"，"你的人物只能做蠢事推动故事前进"……以"咏春拳"不容人半点喘息之势接连拍来，力道如何、准头如何？译者也算半个"王婆"，愧于自夸，唯一敢断言的是如果看官能咬牙捱过这一百块货真价实的上乘板砖，历经先伤筋动骨后脱胎换骨的痛苦嬗变，必将旧貌换新颜。

看过众多美国影片宣传花絮之后，才领教"你好我好大家好"的客气话，洋人说得一点不比国人差。但心灵鸡汤灌罢，该面对的棘手问题还需睁眼直面。倒不如一针见血："你的剧本逊毙了！"是真的勇士就敢于直面糟糕的剧本，敢于直面尖锐的批评，敢于推倒一切重来……"逊"不是终点，承认"逊"是为了艰难跋涉至"不再逊"的彼岸。都知道有病，但不是谁都开得了药方的，业内"剧本医生"一行之所以吃香也就香在这里。此书作者威廉·M·埃克斯无疑算得上一位剧本良医，而《你的剧本逊毙了！》就是一本剧本自疗的指导医书,对症施治照方抓药,能见起死回生腐骨生肉之奇效。

建议读者在啃这块硬砖时配备钢铁的神经、放低的心态和一个已然成形的剧本,因为这砖拍得太实在,没靶子使不上劲!

最后必须感谢此书翻译过程中给予我无私帮助的单万里老师、李迅老师、周黎明老师、张译文女士!

周　舟

2010年11月15日于北京

出版后记

读罢《你的剧本逊毙了!》一书,你的感觉就像上完了一堂长长的、长长的编剧课,授课者平易近人又风趣幽默,语言犀利而见解独到,而且他随时随地冷不防冒出的冷笑话让你笑得"腹肌都快练出来了"——待书已读毕,怎么翻也再翻不出新的一页,你是如此意犹未尽——画面淡出,鸣铃闭幕,落寞不足之意油然而生。这本编剧教材读来实在轻松自在。在这份儿自在里,威廉·M·埃克斯却已告诉了你有关编剧的所有一切——从整体构架到格式修改,从人物创设到经纪人的选定……林林总总,悉皆具备。

无论你是编剧界不畏一切的初生牛犊,还是颇经沉浮的写故事老手,这本书读来总有助益。除了名目繁杂的其他编剧书通常都有的有关构思、人物、对白、场景等剧作元素的详解,本书还为你条分缕析了写作实践需要注意的种种细节,并将写作之余外力因素对编剧作品命运的影响,以诙谐智慧的方式娓娓道来。为我们解析剧作各要素的书籍很多,讲述写作实践细节问题的却几乎是第一本,而为编剧们设身处地着想、教编剧们如何与好莱坞投资方制片公司斗智斗勇保护自身利益的编剧书,更是绝无仅有——如此机密诀窍,攸关实惠好处,谁肯轻易讲给你呢?但威廉·M·埃克斯就是如此慷慨。他乐意帮助初学者写出更好更有商业价值的剧本,让他们笔下的作品更有可能引起电影制片人(和为他们挑选剧本的专业人员)的兴趣。他是对学生满怀关心、洞察深刻的好老师,通过阅读、编校此书,我们深深地感到他的乐授天性是他写作此书的根本动力。

作者处处鼓励有志写作剧本的人行动起来,并提供了一份检验剧本的规范流程,以助在编剧路上苦苦探索的人们更简单直接又准确的实现目标。

这本剧作书籍语言通俗简单，内蕴却不简单，将作者所述技巧一一习得，勇敢写出你的剧本，聪明的修改你的剧本，恰到好处而饶有风度的卖出你的剧本——你不仅将一尝夙愿还可以得到物质回报，更重要的是，当才华得到肯定，你的写作之心会更加笃定，你还可以真正的享受写作，真正实现倾吐与表达的欲望。

作者兼具剧作讲师及编剧作者身份，能够以自身经历为例、从实际问题出发，旁征博引，讲解剧作为文之道，无微不至，细说编写推广之法，使得本书既有学院派风格又颇具操作性，是影视学院师生教材理想选择。本书详细介绍了有关剧作内容及写作规范的方方面面，读者拿来可用，借鉴性强、实用价值高，便于影视行业工作者及时补充自身知识、了解国外编剧方法新动态。而且此书内容蕴含深刻、思维广阔，作者机智有趣，内文对话感强，利于广大影视爱好者及初级入门者接受。

写出好的剧本是编剧们的夙愿，著成有益编剧创作的指导书籍是本书作者的夙愿，沟通交流、助电影爱好者与剧作爱好者了解国外电影人思想著述之佳作是我们的夙愿。西人的思维方式与东方不同，广泛吸收其优点，与传统剧作概念相融合，实现兼容并包，有助于编剧及影视爱好者们创作出更好的剧本。我们更希望，创作者们能由此带来精彩之作，为中国电影的奋起注入基本驱动力。

服务热线：133-6657-3072　139-1140-1220

服务信箱：reader@hinabook.com

"电影学院"编辑部

后浪出版咨询（北京）有限责任公司

拍电影网（www.pmovie.com）

2011 年 6 月

图书在版编目(CIP)数据

你的剧本逊毙了 / (美) 埃克斯著；周舟译．——北京：世界图书出版公司北京公司，2011.5
（电影学院）

书名原文：Your Screenplay Sucks!

ISBN 978-7-5100-3590-6

Ⅰ.①你… Ⅱ.①埃…②周… Ⅲ.①电影文学剧本—创作方法 Ⅳ.①I053.5

中国版本图书馆 CIP 数据核字 (2011) 第 095823 号

YOUR SCREENPLAY SUCKS！：100 WAYS TO MAKE IT GREAT
By WILLIAM. M. AKERS
Copyright©2008 BY WILLIAM M. AKERS
This edition arranged with MICHAEL WIESE PRODUCTIONS
through BIG APPLE TUTTLE—MORI AGENCY, LABUAN, MALAYSIA.
Simplified Chinese edition copyright：2011 BEIJING WORLD PUBLISHING CORPORATION
All rights reserved.

北京市版权局著作权合同登记号　图字 01-2010-1490

你的剧本逊毙了！100 个化腐朽为神奇的对策

著　　者：(美)威廉·M·埃克斯 (William M. Akers)	译　　者：周　舟
丛　　书：电影学院	筹划出版：银杏树下	出版统筹：吴兴元
责任编辑：陈仲瑶　陈草心	营销推广：ONEBOOK	装帧制造：墨白空间

出　　　版：世界图书出版公司北京公司
出　版　人：张跃明
发　　　行：世界图书出版公司北京公司（北京朝内大街 137 号　邮编 100010）
销　　　售：各地新华书店
印　　　刷：北京正合鼎业印刷技术有限公司（北京大兴区黄村镇太福庄东口　邮编 102612）
（如存在文字不清、漏印、缺页、倒页、脱页等印装质量问题，请与承印厂联系调换。联系电话：010-61252412-8021）

开　　本：787×1092 毫米　1/16
印　　张：20.5　插页 4
字　　数：285 千
版　　次：2011 年 9 月第 1 版
印　　次：2012 年 10 月第 5 次印刷

读者服务：reader@hinabook.com　139-1140-1220
投稿服务：onebook@hinabook.com　133-6631-2326
购书服务：buy@hinabook.com　133-6657-3072
网上订购：www.hinabook.com（后浪官网）
拍电影网：www.pmovie.com（"电影学院"官网）

ISBN 978-7-5100-3590-6/C·158　　　　　　　　　　定　价：36.00 元

后浪出版咨询（北京）有限公司常年法律顾问：北京大成律师事务所　周天晖　copyright@hinabook.com

版权所有　翻印必究